修订版

"小橘灯"
青春励志故事
（爱国求是卷）

刘素梅◎主编

不用说教，念故事书就好。

中国华侨出版社

图书在版编目(CIP)数据

"小橘灯"青春励志故事·爱国求是卷 / 刘素梅主编.—北京：中国华侨出版社，2012.8（2021.2重印）

　ISBN 978-7-5113-2806-9

　Ⅰ. ①小…　Ⅱ. ①刘…　Ⅲ. ①故事-作品集-中国-当代　Ⅳ. ①I247.8

中国版本图书馆 CIP 数据核字(2012)第 195272 号

"小橘灯"青春励志故事·爱国求是卷

主　　编	/ 刘素梅
责任编辑	/ 严晓慧
责任校对	/ 孙　丽
经　　销	/ 新华书店
开　　本	/ 787×1092 毫米　1/16 开　印张/16　字数/255 千字
印　　刷	/ 三河市嵩川印刷有限公司
版　　次	/ 2012 年 10 月第 1 版　2021 年 2 月第 2 次印刷
书　　号	/ ISBN 978-7-5113-2806-9
定　　价	/ 45.00 元

中国华侨出版社　北京市朝阳区静安里 26 号通成达大厦 3 层　邮编：100028

法律顾问：陈鹰律师事务所

编辑部：(010)64443056　64443979

发行部：(010)64443051　传真：(010)64439708

网址：www.oveaschin.com

E-mail：oveaschin@sina.com

Preface 前言

什么是青春?青春是那悠扬的歌,青春是那醇香的酒,青春是那南飞的雁,青春是那根永不褪色的青藤……有人说"所谓青春,并不是人生的某个阶段,而是一种心态。卓越的创造力、坚强的意志、艳阳般的热情、毫不退缩的进取心以及舍弃安逸的冒险心"。

青年人在懵懂中成长,他们拥有风一般的灵动,拥有火一般的热情;青年人崇拜英雄,追逐偶像,学习一切自己感兴趣的知识,而阅读无疑是最好的途径,那些拥有感人事迹的英雄模范无疑是青年人们最好的励志目标和学习的榜样。

于是《"小橘灯"青春励志故事》系列图书应运而生。

本书选取了古往今来的最有励志价值的人物,为他们作传,书写他们那或催人奋进,或感人至深的故事,力求将中国民族最传统的美德,最精粹的文化呈现在青年人的面前。要知道,一个国家、一个民族的领袖人物和英雄人物,是这个国家的历史坐标和精神典范。这些青春励志人物,无不有着坚定的理想信念、高尚的道德情操和伟大的国际情怀。我们要传承历史,弘扬民族精神,发生在这些人身上的真人真事正是最有说服力的励志经典。

他们中,既有科学伟人、革命英烈,也有国际友人、平民英雄。由于人物众多,我们将其分为爱国求是、科学求真、人文求善、艺术求美、创业求实5卷,分别讲述这些励志人物的经典故事。这些英雄模范人物、先进人物的事迹是引导青年树立正确的核心价值观,树立健康向上的生活态度、积极进取的人生观的最好素材。

爱国求是卷选取的是那些不畏强权,捍卫正义的英雄人物。方志敏、叶挺、李大钊、秋瑾、文天祥……他们为了维护自己心中的正义,与各种各样的反动势力作殊死的搏斗,甚至不惜牺牲自己的生命。

科学求真卷选取的是那些为了国家和民族的发展而奋斗在科研战线上的科学家们。钱学森、茅以升、李四光、华罗庚、陈景润……他们为了追求科学与真理,为了造福国家与人民而努力拼搏,他们中的很多人自愿放弃国外更好的待遇和科研环境,甚至为了科学研究不顾自己的健康,他们虽不是烈士,却也同样伟大。

人文求善卷选取的是那些著书立说泽被后世的文化名人,以及一心为民乐于助人的道德模范。白芳礼、陈逢干、钱钟书、鲁迅、蔡元培……他们为了创造文化、启迪智慧,为了心中的善意,为了能让其他人过得更好而不惜牺牲自己,不息奋斗终生,他们中的每一个,都是值得我们尊敬和学习的人。

艺术求美卷选取的是那些在艺术上取得卓越成就,为人民带来美的享受的艺术大师。常香玉、梁思成、郭沫若、梅兰芳、徐悲鸿……艺术是他们所从事的职业,美是他们毕生的追求,他们最大的成就,就是把美带到了世界的每一个角落,也带进了我们的心里。

创业求实卷选取的是那些立志为人类为国家创造财富的成功企业家和杰出的劳动者。任正非、袁隆平、王进喜、张謇……他们用自己的双手建设了这个国家,让人民过上幸福美满的生活,他们虽不是英雄,却是不折不扣的伟人。

最后,希望那些热爱读书的青年人能够形成知荣辱、讲正气、守诚信、作奉献、促和谐的良好风尚,成为对国家和社会有益的人,这是本书编者最大的愿望。

CONTENTS 目 录

☆ 岳　飞　抗金名将，民族英雄 ……………………………………… 1
　　　　——壮志饥餐胡虏肉，笑谈渴饮匈奴血。

☆ 文天祥　忠义千古，名留青史 …………………………………… 9
　　　　——人生自古谁无死，留取丹心照汗青。

☆ 秦良玉　古代唯一载入正史的女元帅 …………………………… 18
　　　　——由来巾帼甘心受，何必将军是丈夫。

☆ 袁崇焕　天下冤之的民族英雄 …………………………………… 23
　　　　——心术不可得罪于天地，言行要留好样于儿孙。

☆ 史可法　死守扬州城以身殉国的民族英雄 ……………………… 33
　　　　——与国家共存亡是吾辈本分之事。

☆ 孙中山　共和第一人 ……………………………………………… 40
　　　　——惟愿诸君将振兴中华之责任，置之于自身之肩上。

☆ 霍元甲　清末爱国武术家 ………………………………………… 48
　　　　——我是"东亚病夫"霍元甲，愿在这台上与你较量。

☆ 张　澜　民盟领袖，爱国志士 …………………………………… 56
　　　　——我对国家之和平、民主、统一、团结之信念，
　　　　　　及为此而努力之决心，决不变更。

☆ 陈嘉庚　爱国侨商的救亡之路 …………………………… 62
　　　　　——教育是千秋万代的事业,任何时候都需要。

☆ 秋　瑾　勇为天下先的革命女侠 …………………………… 68
　　　　　——当不甘为人之奴隶也。

☆ 陈叔通　才华横溢的爱国人士 …………………………… 74
　　　　　——附凤攀龙徒取辱,何如大泽一羊裘。

☆ 何香凝　大脚革命家 ……………………………………… 80
　　　　　——苟利于国,则吾举家以殉,亦所不惜。

☆ 冯玉祥　治军严谨的"模范军阀" ………………………… 86
　　　　　——争取把中国变成地球上最大的强国。

☆ 蔡　锷　护国讨袁运动的领导者 …………………………… 95
　　　　　——涣发明誓,拥护共和。

☆ 李济深　国民党爱国元老 …………………………………… 100
　　　　　——我与人民宏愿在,及身要见九州同。

☆ 李大钊　中国共产党的创始人之一 ………………………… 106
　　　　　——人生最高之理想,在求达于真理。

☆ 张治中　一生为国的黄埔将军 ……………………………… 113
　　　　　——洋洋万言书,拳拳爱国意。

☆ 尹锐志姐妹　忠义姐妹花 ………………………………… 119
　　　　　——女流之辈亦可为革命赴死!

☆ 杨明轩　共产党政府中的第一个民主人士 ……………… 126
　　　　　——只有在共产党的带领下才可能建立一个新社会。

☆ 张自忠　中国抗战军人之魂 ……………………………… 132
　　　　　——宁为百夫长,胜作一书生。

☆ 蔡廷锴　淞沪会战中的铁血将军 …………………… **141**
　　　　——为救国保家而抗日,虽牺牲至一卒一弹,决不退缩。

☆ 佟麟阁　抗日战争中阵亡的第一个高级将领 ………… **147**
　　　　——我愿与北京共存亡!

☆ 傅作义　保全北京城的历史功臣 ……………………… **153**
　　　　——人民的钱,一分都不能动!

☆ 胡厥文　成功企业家的救亡之路 ……………………… **160**
　　　　——听毛主席的话,跟共产党走。

☆ 吉鸿昌　抗日民族英雄 ………………………………… **164**
　　　　——加入革命的队伍,是我毕生最大的光荣!

☆ 章伯钧　草鞋才子报国有方 …………………………… **169**
　　　　——要做一个真正的人,最起码的条件就是表里如一,并且始终如一。

☆ 叶　挺　抗日救国急先锋 ……………………………… **175**
　　　　——人的身躯怎能在狗洞子里爬出!

☆ 方志敏　无悔的革命者 ………………………………… **186**
　　　　——为共产主义流血是我最好的归宿。

☆ 董其武　抗日急先锋 …………………………………… **196**
　　　　——中国,不能再打仗了!

☆ 马本斋　忠孝双全,大节不死 ………………………… **205**
　　　　——祖国就是我的家,党就是我的母亲,
　　　　　　为了她,我决心献出我的一切!

☆ 张学良　西安事变的发起者 …………………………… **212**
　　　　——现虽寄身海外,但有三事尚不敢忘:
　　　　　　一曰国难,二曰家患,三曰家仇。

3

☆ **陈　毅**　中华人民共和国十大元帅之一 …………………… 219
　　　　——此去泉台招旧部，旌旗十万斩阎罗。

☆ **王昆仑**　一生为国的爱国者 ………………………………… 232
　　　　——马列主义是拯救中国的唯一途径。

☆ **王　选**　中国细菌战受害者控诉原告团团长 …………… 238
　　　　——用正义的利剑戳穿弥天的谎言，用坚毅和执著还原历史的真相。

☆ **王　伟**　为国牺牲的英雄飞行员 ……………………………… 243
　　　　——为国尽忠就在今日！

岳飞

抗金名将,民族英雄

——壮志饥餐胡虏肉,笑谈渴饮匈奴血。

姓　　名	岳飞
籍　　贯	河南省安阳市汤阴县菜园镇程岗村
生卒时间	1103年3月24日~1142年1月27日
历史评价	民族英雄、伟大的军事家,岳家军创始人。

　　岳飞作为中国历史上的一员名将,他精忠报国的精神一直是中国人心中的典范。岳飞在出师北伐、壮志未酬的悲愤之下写的千古绝唱《满江红》,至今仍是令人士气振奋的佳作。其率领的军队被称为"岳家军",人们流传着"撼山易,撼岳家军难"的名句,表示对"岳家军"的最高赞誉。

国家栋梁

　　1103年3月24日,岳飞出生在河南省安阳市汤阴县菜园镇程岗村。他从小丧父,妈妈抚养他长大。到了12岁的时候,岳飞师从陈广学习武技,很快,他在汤阴县就再无敌手了。

　　靖康元年(公元1126年),岳飞24岁。当时的枢密院官刘浩在相州招募军队,岳飞前去投奔他。临行前,岳飞的母亲姚太夫人把岳飞叫到跟前,说:"现在国难当头,你有什么打算?"

"到前线杀敌,精忠报国!"

姚太夫人听了儿子的回答,十分满意,"精忠报国"正是母亲对儿子的希望。她决定把这四个字刺在儿子的背上,让他永远铭记在心。

岳飞解开上衣,露出瘦瘦的脊背,请母亲下针。

姚太夫人问:"孩子,针刺是很痛的,你怕吗?"

岳飞说:"母亲,小小钢针算不了什么,如果连针都怕,怎么去前线打仗!"

姚太夫人先在岳飞背上写了字,然后用绣花针刺了起来。刺完之后,岳母又涂上醋墨。从此,"精忠报国"四个字就永不褪色地留在了岳飞的后背上。

母亲的鼓舞激励着岳飞。岳飞投军后,很快因作战勇敢升为秉义郎。这时宋都开封被金军围困,岳飞随副元帅宗泽前去救援,多次打败金军,受到宗泽的赏识,称赞他"智勇才艺,古良将不能过",后来成为著名的抗金英雄,为历代人民所敬仰。

岳飞所处的年代,正是金宋之争的年代。当时金朝有个军事家叫做完颜宗弼(即金兀术)。他率领部队占领了宋朝的建康府。之后,又亲自率领金兵主力追赶宋高宗。

宋高宗一路南逃,到了温州避难。

金兀术在占领明州后,没能活捉通过海路逃跑的宋高宗,劫掠了一番便决定撤兵。当时金军利用京杭大运河,将抢夺来的金银财宝用船运往北方。一路上,他们又攻破秀州、平江府、常州,准备从镇江府向北渡河。

正当金兀术打算带着财宝回金朝的时候,被大宋名将韩世忠率领的8000人在黄天荡拦截,金兀术久久不能突围,被韩世忠在黄天荡困了一个多月。最后,有汉奸给金兀术想了个主意,让金军掘通河道,趁韩世忠不备逃了出去。韩世忠赶去攻击,却被金军的火箭击退。而此时的岳飞,已经成为了一位高级军官。在宋朝皇帝被赶出首都东京之后,岳飞开始带领东京留守的宋军转战北方,六战六捷,并且俘虏敌将四十多名。

当时岳飞带领着自己的军队驻扎在钟村,军粮都吃完了,但是将士们宁愿忍饥挨饿,也不敢扰民,因为岳飞早就下过军令:扰民者,斩!

后来宜兴知县钱谌听说岳军断粮的消息,就通报岳飞说:"本县存粮够一万军队吃十年,希望岳将军能到本县驻扎。"岳飞正为军队无粮而苦恼,所以听到这个消息之后,立刻率军进驻宜兴。

在宜兴,岳飞收编了许多因政局混乱而被逼上山的土匪,以及很多被金军强征来的河北伪军。岳飞认为伪军之所以当了"汉奸",实属迫不得已,所以他能公平对待这些前来归顺的伪军。

没过多久,金朝军队就试图来攻击常州。当时的常州知州周杞得知这一消息之后,派赵九龄去请岳飞到常州来助战。岳飞立刻点兵向常州进发。

但在岳飞起程之前,周杞也已经赶到了岳飞所在的宜兴县,他放弃了常州城。岳飞感到非常失望,他不愿意自己国家的土地就此拱手让人,所以说服周杞和赵九龄,一起带兵向北进发,前后和金军打了四次大战,终于夺回常州。

得胜之后,岳飞又率领部队继续追击金军,一直追到了镇江府东边,再次击败了敌人。正当岳飞打算一鼓作气攻打金朝的时候,有个叫戚方的土匪带着兵马攻打了岳飞的后方,岳飞连忙带兵救援,但是戚方在久攻不下的情况下已经逃窜到别处去了。

大战金军

宋高宗任命张俊为浙西路江东路制置使,试图收复建康。张俊带领的部队是宋高宗河北兵马大元帅府的嫡系部队,但是他并没有率领兵马出击,只是派岳飞统率的原宗泽、杜充的东京留守司的非嫡系部队当前锋,去攻打金朝重兵镇守的建康府。

岳飞得令后没有迟疑，带领着部队向建康进发。终于在建康城南30里的清水亭遭遇敌军，双方展开大战，岳家军大获全胜，当时战场上金兵横尸15里，岳家军活捉女真军、渤海军和汉儿签军共45人。

获得胜利之后，岳飞带部队到了牛头山扎营。某天夜里，岳飞命令一百人组成敢死队，身穿黑衣，混入到金朝的兵营中，到了后半夜，这些人突然杀出来，金朝士兵在睡梦中被惊醒，不知所从，开始自相攻击。岳飞略施小计，就让金朝人头疼不已。金兀术无奈之下只好命令部队退到了建康城西北十五里的龙湾镇。

岳飞听说金兀术向后撤退，立刻派了300骑兵，2000步兵，趁着敌人立足未稳的时候前去进攻，打得金朝军队丢盔弃甲。

金兀术无奈之下只好又从龙湾撤退到六合县宣化镇。岳飞收复龙湾镇，意味着他已经完全消灭了留在长江以南的所有金朝军队。在岳飞的攻打之下，金军损失非常严重，女真人更是被杀到"秃发垂环者之首无虑三千人"。

由于岳飞给金军以重创，导致金兀术回到北方之后，每次见到熟人忍不住要大哭一场。这一年，金国皇太弟完颜斜在临死前也担心地说："吾大虑者，南宋近年军势雄锐，有心争战。"

由于战功卓著，岳飞有了面见皇帝的机会。他亲自押解着战俘赶往越州，生平第一次见到了宋高宗赵构。在面见皇帝之前，岳飞先去见了上司张俊，张俊对岳飞说，朝廷要派他回江南镇守，岳飞认为这种做法是错误的，于是便向皇帝说："建康为要害之地，宜选兵固守，仍益兵守淮，拱护腹心。"宋高宗也同意了岳飞的请求。

冲冠一怒，六郡归宋

回到军中之后，岳飞决定继续北进，收复被金朝占领多年的失地。在发兵之前，岳飞对自己的部下慷慨激昂地说："飞不擒贼帅，复旧境，不涉此江！"

随后，岳家军直逼郢州城下。岳飞当时骑着战马绕城一周，亲自去侦察敌情。最后，他举起马鞭，遥指城墙东北角的一个鼓楼说："可贺我也！"

第二天黎明的时候，在阵阵战鼓声中，岳家军发起总攻。当时战斗非常酷烈，岳飞亲临战场进行指挥，忽然有一大块炮石掉到岳飞面前，他身边的人都惊呼着躲避，但是岳飞却处变不惊，镇定自若。最终，在岳飞的指挥下，岳家军攻克了郢州。

获得初步的胜利之后，岳飞分兵两路，命令部下张宪和徐庆率军朝东北方向进攻随州，而岳飞自己则率主力部队直扑襄阳府。

仅仅一天之后，岳飞就兵不血刃地拿下了襄阳城。而张宪和徐庆率兵来到随州后，这里的守将王嵩就一直龟缩在城垣里，不敢出战。

张宪和徐庆命令部下攻城，但是却不能成功。当时岳飞手下的两员猛将——牛皋和董先，听说张宪遇到了困难，就自告奋勇，请求带兵去支援张宪和徐庆。

牛皋前来驰援之后，张宪、徐庆的士气大增，最终合力攻下随州城，并且歼灭了500敌军。

金朝军队被岳家军屡次打败，大为愤怒，便派遣将领李成带领30万大军前去和岳飞交战。岳飞得知这一消息后，命令王万和辛太驻扎在清水河，作为诱饵，诱敌深入。但是辛太却不听命令，竟然私自待命逃走。之后，王万只好带领部队和前来进犯的敌军交战，岳飞则亲自指挥主力军队从敌人后方攻击敌人，迅速击败了李成的军队。

李成不甘心失败，不久之后再次反扑，试图挽回败局。但他的军队根本就经受不住岳飞手下军队的猛攻，再次一败涂地。李成部下骑兵更是乱作一团，在前锋骑兵被打败之后，纷纷向后涌去，将后列骑兵挤到了河里。

岳家军则乘胜追奔逐北，将金朝军队杀得横尸20余里。

之后,岳飞手下的两员猛将——王贵和张宪,又在城外同数万金军激战,正当他二人与金军打得难解难分的时候,岳飞又命令王万和董先两人率领骑兵突击敌人,一举击溃了这股敌军。这一仗,岳家军俘降敌人军官两百多人,夺取战马两百多匹。

几天后,岳家军又猛烈攻城。岳飞率领将士们不顾城上如雨点般射下来的箭矢,攀附城垣,对敌人进行强攻。而岳飞的儿子岳云,成为了第一个登上敌人城池的勇士。

之后,岳家军又攻下邓州城,活捉了敌人重要将领高仲。这是南宋立国八年以来,对金朝作战的最大胜利。

长驱伊洛,克复商虢

绍兴六年,在围剿过湖南的叛党之后。岳飞又带领着岳家军进行第二次北伐。

当时岳飞任命左军统制牛皋为先锋,进攻伪齐新设的镇汝军。镇汝军将领叫做薛亨,一贯悍勇善战,而牛皋则向岳飞承诺,一定要将他擒获。

牛皋带着自己手下的军队以雷霆万钧之势,迅速击溃了薛亨的军队,果然生擒薛亨。当牛皋将薛亨押解到岳飞面前时,连岳飞也感到非常吃惊。接着,牛皋又继续挥兵攻打金兵,扫荡了颖昌府,一直打到蔡州,焚烧了敌人的粮草、器械。

紧接着,岳飞又用声东击西的战术,让牛皋的左军去佯攻,自己则亲自率主力军队偷袭敌人。牛皋佯攻胜利之后,岳飞的主力部队往西北方向进击。几个月之后王贵、董先、郝晸等岳家军将领攻克了虢州州治卢氏县,歼灭伪齐守军,缴获粮食15万石。伪齐将领杨茂投降。

之后,岳家军又势如破竹,攻克了虢略、朱阳和栾川三县。王贵在虢州得手后,继续统军西向,又克复商州全境,包括上洛、商洛、洛南、丰阳、上津五县。

商、虢两州都属陕西路,并不是岳家军的势力范围。吴玠部将邵隆即是当年陕西解州神稷山抗金义军首领邵兴,因避宋高宗绍兴年号而改名。他曾上报朝廷说:商州才是"要害之地",只要占领了商州,就能经营关中。于是朝廷任命他去当商州知州。岳飞在攻克了商州之后,便通过邵隆,希望尽快赴任,好让自己抽出手来对付更强大的敌人。

商州和虢州的确是军事重镇,岳家军攻占此地之后,朝廷嘉奖岳飞说:"遂复商于之地,尽收虢略之城","长驱将入于三川,震响傍惊于五路"。

千古遗恨

岳飞患有眼疾,由于连年征战,没有时间就医,他的病情越来越严重。但是岳飞却说"目疾虽昏痛愈甚,深惟国事之重,义当忘身"。在他的带领下,岳家军收复了许多失地。南宋抗金斗争也因此有了根本的转机,眼看着沦陷了十年多的土地,一点点被收回,岳飞兴奋地对自己手下的大将们说:"直捣黄龙府,与诸君痛饮尔!(破掉军队中之前规定的酒戒,庆祝)"。而金军则对岳飞所带领的军队恐惧到了极点,他们发出了"撼山易,撼岳家军难"的哀叹。

但是,敌人不能战胜的岳家军,却遭到了南宋朝廷内部投降派的陷害。就在抗金战争节节胜利的时候,甘心充当儿皇帝的宋高宗赵构,害怕一旦收复中原,金人就放了他的哥哥宋钦宗,自己的皇位也保不住了。所以他热切希望与金朝和谈。而金朝人安插在南宋朝廷里的内奸秦桧,也趁机跳出来主张议和,破坏岳飞的抗战。

秦桧和宋高宗一拍即合,他们首先命令其他部队都撤回到后方,这样一来,岳家军就成为了一支孤立无援的军队。然后,他们又用"孤军不可久留"为借口,连下十二道金牌,命令岳飞停止军事行动。

岳飞虽然知道这是奸臣的所作所为，但是如果他不服从命令的话，难免被说成是"乱臣贼子"，同时，也是为了保存抗金实力，岳飞无奈之下只好班师回朝。

岳飞激愤地说："十年之功，废于一旦！所得诸郡，一朝全休！社稷江山，难以中兴！乾坤世界，无由再复！"

岳飞抗金的英勇事迹，就此被中断了。当岳家军离开的时候，久久渴望王师北定中原的北方人民，纷纷大哭不已。而岳飞则为了保护当地老百姓的生命财产，放出话说："明天要渡河攻击金兵。"吓得金兀术连夜逃跑，这使得岳飞争取到了从容地组织河南大批人民群众南迁的时间。

当时宋朝有一个无耻的书生，对金兀术说："太子（兀术）毋走，京城可守也，岳少保兵且退矣！……自古没有权臣在内，而大将能立功于外者。"金兀术听完之后又带兵回到了开封，不费吹灰之力，就又把中原的疆土夺了回去。

岳飞一回到南宋都城临安，立即被秦桧、张俊等人陷害入狱。绍兴十一年，岳飞被奸臣诬告"谋反"。还派人去拷打岳飞，想要屈打成招。与此同时，宋朝开始和金朝加紧策划第二次和议，金兀术则秘密写信给秦桧，说："必杀岳飞而后可和。"在内外两股恶势力的共同作用下，岳飞一步步走向了末路。

但是狱中岳飞正气凛然，光明正大，忠心报国。在他身上，秦桧等人找不到任何"反叛朝廷"的证据，最终，他们以一个"莫须有"的罪名杀害了岳飞。当时岳飞年仅39岁。同时，岳飞部将张宪、儿子岳云也被奸臣所害。

岳飞父子及张宪冤死在奸臣手中，激起了抗金军队和宋朝老百姓的愤怒之情，韩世忠当面质问秦桧有什么证据证明岳飞反叛？秦桧支支吾吾地说："其事体莫须有（也许有）。"韩世忠则气愤地说："莫须有三字，何以服天下？"

就这样，一个伟大的民族英雄，死在了"也许有"的罪名下。

在岳飞临死前，他在供状上写下"天日昭昭，天日昭昭"这8个字，这是何等悲愤的呐喊！

文天祥

忠义千古，名留青史

——人生自古谁无死，留取丹心照汗青。

姓　　名	文天祥
籍　　贯	江西
生卒时间	1236年6月6日~1283年1月9日
历史评价	民族英雄，著名诗人，军事家。他以文官身份组织军队抗元，功败垂成，以身殉国。

"人生自古谁无死，留取丹心照汗青"，这句耳熟能详的千古名句是民族英雄文天祥的最后悲歌。他的一生，波澜壮阔，留给了后人许多欷歔和回忆。

13世纪之初，蒙古变得强大起来，不久之后，成吉思汗又统一了蒙古，建立了一个强大的帝国。之后的几十年间，蒙古铁骑横扫欧亚，基本统一了欧亚大陆。

成吉思汗的二儿子窝阔台即位后，又灭掉金国，随即开始进军南宋。

南宋抗争了40多年，最终没能击败敌人，君臣军民蹈海殉天下。而文天祥的一生，则和这场壮烈的民主战争密切关联。他是一个留名青史的爱国将领和著名诗人。他在强敌入侵，国土沦陷，生灵涂炭的危急时刻，他自卖家产，组织义军，举兵抗击蒙古铁骑。战败被俘后，他义正词严，痛斥汉奸和蒙古汗国，慷慨殉国。

严父良师

宋端平三年五月初二日,文天祥诞生在江西吉州庐陵县(今江西青原)富田。他的家乡一个美丽而宁静的小乡镇。文天祥的先辈是地地道道的农民,家里没有人做过官,所以文天祥在成名之后说自己出身贫寒。

文天祥的长辈们虽然没有做过官,但是因为具有良好的道德操守,所以在家乡颇有声望。这对文天祥的汉族士者风骨也产生了深刻的影响。

文天祥的父亲叫做文仪,是个典型的书呆子,虽然没能够考上功名,但是一生嗜书如命,常常为了看书而废寝忘食。

文仪的学问非常渊博,经典史籍、诸子百家无所不通,天文、地理、中医、占卜也有所涉猎。他非常喜欢买书,有时候看到一本好书,如果身上没有钱的话,宁愿把身上的衣服当了,也要把书买下。文仪对辛勤劳作的穷苦人充满了同情,有经世济国的大志向,著有《宝藏》三十卷,《随意录》二十卷。后来文天祥才华出众,和父亲的文化教育是分不开的。

文天祥幼年时,就非常仰慕英雄人物,尤其喜欢读忠臣传。有一次,他赶往吉州的学宫去瞻仰先贤遗像。当他看到欧阳修、杨邦乂、胡铨等人的塑像时,非常钦佩和敬慕。由于这些忠烈之士都是吉州人,他们能有的成就,文天祥认为自己也能够做到。他暗地里发誓:我一定要以这些人作为榜样。如果我将来不能和这些英雄人物一样受人尊敬,就算不上什么大丈夫!

状元及第

1256年,文天祥到宋朝都城临安去参加科举考试。在会试中他通过了初选。到了殿试的时候,文天祥不小心患了恶疾,但仍坚持拖着病体赶到考场。由于当天去考场的人很多，进门时将文天祥挤出了一身汗，这反倒让他顿时觉得身体舒服多了，头脑也逐渐清醒过来。看到考试的题目之后，文天祥略加思考，连草稿也没打，一蹴而就。

考试过后，宋理宗到集英殿去阅读考生的试卷，最终把文天祥录取为一甲第一名。这一年，文天祥只有 21 岁。

当时参与复审的有著名学者王应麟，他在看到文天祥的试卷之后，赞叹道："这份卷子，议论卓绝，合乎古圣先贤之大道。文中表现出的忠孝礼仪等精神，坚如铁石。我为陛下得到这样的人才致贺！"当时这个卷子还是密封的，打开一看，考生姓名叫做文天祥。宋理宗也觉得这个名字就很吉利，高兴地说："天祥，天祥，这是天降的吉祥，是大宋朝瑞气的体现啊。"此后，文天祥就以"宋瑞"为字。

1259 年，蒙古人向南宋发动了规模宏大的入侵战争。忽必烈包围了鄂州。消息传到都城之后，朝野震动。当时皇帝的宠宦董宋臣，建议迁都到宁波，以躲避蒙古人，试图再次上演南宋初期高宗赵构流亡海上的旧事。而且，这个建议对团结军心、民心是非常有害的。文天祥当时还是一个小官，他知道自己说话也没有什么分量，而且言多必失，但为了江山社稷，文天祥还是挺身而出，向皇帝上书说："建议迁都的都是误国的小人，董宋臣是个大大的奸臣，应以斩首。"同时，文天祥还向皇帝建议改革政治、扩充兵力，时刻做好和蒙古人战争的准备。可惜理宗没有采纳他的建议。

1260 年，朝廷任命文天祥为签书镇南军节度判官厅公事，但是他不想去上任，于是请求停职，朝廷也批准了文天祥的这个要求，命他做建昌军仙都观的主管。

仙都观是个道观，这个职务也是个"不管事儿"的闲职，这一年文天祥才 25 岁，但是却有了退隐的想法。说到底，还是因为朝廷权奸当道，文天祥的很多改革设想都不可能实现，他非常失望，又不愿尸位素餐，混迹官场，更不愿同流合污，宁愿暂时置身于政治旋涡之外。中国有句古话叫做"邦有道则仕，邦无道则隐"，也许文天祥当时就是这么想的。

触动权贵

1263年，由于皇帝重新起用了奸臣董宋臣，文天祥几次劝谏皇帝，最后反而被朝廷贬到瑞州去任一个小小的知县。

瑞州曾被蒙古人侵占过，很多房屋被毁，许多家庭妻离子散，文物古迹则被洗劫一空。文天祥到这里后，实行惠民政策，尽力安抚当地百姓，他还筹集资金建立"便民库"，老百姓可以在便民库里获得借款和救济。经过文天祥的一番努力，地方秩序重新恢复。同时，他还修复了一些当地的文物古迹，比如说"碧落堂"、"三贤堂"等。不久之后，瑞州就在文天祥的治理下恢复了生机。

1264年，宋理宗逝世。大奸臣贾似道将太子扶上了皇位，由于太子年幼，所以贾似道开始操纵朝政。

贾似道荒淫无耻，在朝廷内一手遮天，搞得南宋朝政更加腐败不堪。1270年，文天祥担任军器监，主要负责监造武器，同时还兼任崇政殿说书，负责给皇帝讲解书史、经义。

有一次，汉奸贾似道声称自己有病，要去职回乡。其实他是想通过"辞职不干"来要挟宋度宗，而软弱无能的度宗竟哭着挽留这个大奸臣。文天祥当时为皇帝起草了一份诏书，他没有像其他大臣那样，对贾似道溜须拍马，反而严厉地斥责贾似道，要他以国事为重，并且说贾似道的行为是"惜其身"、"违朕心"。

贾似道在接到皇帝的诏书之后，当然知道这是文天祥写的，因此记恨于心。不久后，文天祥就被免去了所有职务。

被免官之后，文天祥回到家乡，深感人心不古，世道险恶，决意归隐山间。他在文山修建一处山庄,隐居在那里,并且寄情山水,写下了不少流传千古的诗篇。

虽然生活非常平静,但是文天祥的忧国忧民之情始终萦绕在心头。1273年,朝廷起用他为湖南提刑,掌管狱讼,文天祥无法推辞,只好起程上任。

几年之后,文天祥又被任命为赣州知州。赣州是文天祥的老家,为自己的家乡办事,文天祥更是非常卖力。他实行对人民少用刑罚、多讲道理的政策,所以他治下10个县的人民都非常拥戴他,加上当时年景不错,五谷丰登,出现了短暂的安乐景象。

但是这种情况没能延续太长时间,蒙古大军就开始大举南侵,南宋又到了生死存亡的关键时刻,而文天祥则开始义无反顾地投入抗元的行列中,踏上戎马征途。

起兵勤王

1274年9月,蒙古丞相伯颜带领二十万铁骑,兵分两路南下攻宋。但是南宋淮西制置使夏贵,见蒙古人势大,不战而逃。

仅仅三个月时间,蒙古人就攻克了鄂州,鄂州都统程鹏飞投向蒙古人。很多宋军军官在蒙古人的攻击下纷纷叛变,南宋可以说是兵败如山倒。

宋恭帝即位后,朝廷号召各大臣起兵勤王,但是只有文天祥和张世杰二人响应。

文天祥收到朝廷的诏书之后,痛哭流涕,马上发布榜文,征募勇武之士,筹集粮饷,准备起兵。他将自己的全部家产都拿出来当做军费,把自己的母亲和家眷都送到弟弟那里。

在文天祥的号召下,一支主要由农民和知识分子构成的义军很快就形成了,总共有三万多人。

有朋友劝告文天祥说："现在元朝人三路来犯，你以一支从未有战斗经验的队伍去迎敌，就好像把一只羊送到了老虎的嘴里。"文天祥则回答说："这些情况我又何尝不知。但国家养士三百年，一朝有难，征天下兵，但是却无一人一骑应召，我非常心痛。所以才不自量力，身赴险境，希望全天下的忠义之士都能响应，聚集所有汉人的力量，也许能保存社稷。"文天祥最著名的一句话是："受君之恩，食国之禄，应该以死报国。"

正因文天祥如此忠义，所以后人对文天祥非常尊重，往往不敢直呼其名，将文天祥称为文山或文文山，以示敬意和尊重。

进军临安

文天祥起兵之后，就积极寻找上前线阻击蒙元的机会。但是当时朝廷中许多主张和蒙古人谈和的奸臣却极力阻挠，甚至还有人诬陷勤王军在民间大肆抢劫。文天祥知道后非常气愤，立刻上书抗辩，而社会上许多有志之士都普遍支持他，连当时的太学生们也上书批评投降派。在各方面的努力下，朝廷最终准许文天祥带兵入京。

得到朝廷的许可之后，文天祥带领部队赶到了临安，一路上对百姓秋毫无犯，文天祥声望大增。

文天祥到了临安之后，正赶上蒙古人进攻常州，朝廷马上命令文天祥带领自己的部下去保卫平江，同时还派张全带领两千兵去援助常州。文天祥顾全大局，从自己的军队中调了三千人，交给张全带领，以便能更好地增援常州。

但是张全这个人卑鄙自私，当文天祥的军队和元军浴血奋战的时候，他却隔岸观火、坐视不管，在战斗中又乘夜逃跑，义军陷入了孤立无援的境地，最后全军覆灭。

文天祥非常气愤，要求朝廷严惩张全，却遭到丞相陈宜中的反对。文天祥对朝廷的赏罚不明非常失望，也因此对国家的安危更加担忧。

蒙古人攻陷了常州、平江之后，就连都城临安也陷入了危险之中。这时，主和、主战两派又发生了激烈的冲突。

文天祥、张世杰是典型的主战派，两人联名上奏朝廷，请求背城一战。

但是丞相陈宜中却在组织求和，就连太皇太后也准备对蒙古人"称臣"，只要蒙古人能保全土地，什么都可以。而此时和文天祥一起起兵的张世杰，对朝廷已经失望透顶，开始到南方去招兵，以保全实力。而文天祥的救国政策没有人支持，也想离开临安，回到江西去继续抗元。最终，元朝兵临城下，大臣们纷纷逃走，南宋朝廷乱成一团。

出使元营

1276年，蒙古军队包围了临安，宋朝大臣降的降、逃的逃，几乎全部都当了汉奸。这时候太皇太后才知道只有文天祥是一心为国，所以在危难之时起任文天祥为右丞相兼枢密使，去拯救危局。文天祥虽然知道大厦将倾、独木难支，但还是答应孤身一人出使蒙元大营，以便窥探敌人的虚实，见机行事。

但文天祥没有料到蒙古人言而无信，他一人敌营，便被对方擒获，拘禁了起来。南宋朝廷失去了最后一点希望，太皇太后和皇帝宣布投降。

皇帝投降后，一个汉奸挖苦文天祥："你曾经不是上书朝廷要砍我的头吗，现在为什么不砍了呢？"文天祥则义正词严地回答他说："你做了汉奸，没能杀你，是本朝的不幸。你无耻苟活，还有什么面目面对天下人？你现在替蒙古人卖命，要杀我很容易，但这也成全了我忠臣之义，我也没什么好害怕的！"

文天祥虽然深陷敌营，但是他坚决不肯投降。蒙古丞相伯颜实在没有办法，只好把他送往元大都。

等押送文天祥的船走到镇江的时候,文天祥密令自己的随从暗中打探敌情,联络船只,策划逃跑,他还准备了一把匕首,准备在万不得已的情况下挥刀自刎。文天祥准备好了一切,准备逃走的时候,却被元朝的船只发现,但因对方的船在追捕文天祥时搁浅,所以文天祥顺利逃脱。

文天祥带着自己的随从到达仪征后,受到真州军民的热烈欢迎。当时真州守将苗再成非常高兴,他认为以文天祥的丞相、枢密使身份作号召,说不定能挽回大局。但是当时淮东制置使李庭芝却以为文天祥已投降蒙古,命令苗再成杀死文天祥。苗再成不忍心,可上司的命令又无法违抗,只好把文天祥悄悄地送出了城。

为国尽忠

在逃离元朝的拘押之后,文天祥听说益王、广王在浙江温州建立了元帅府,带领各地义军继续抗元,就立刻决定去投奔二人。

之后,益王成为了宋朝新的皇帝,历史上称之为宋端宗。文天祥则担任枢密使,负责掌管各路军马。

文天祥在南剑州开督府,当时福建、广东、江西的许多有志之士前来投奔他。文天祥很快就组织了一支很有规模的军队。

后来,朝廷命令文天祥去攻打汀州,但是不幸遭到失败。

当时蒙元的元帅汉奸张弘范率领大军来攻打文天祥的军队,在进攻之前,他给文天祥写了一封招降信。文天祥严词拒绝,并且写了一首诗明志:

辛苦遭逢起一经,

干戈寥落四周星。

山河破碎风飘絮,

身世浮沉雨打萍。

惶恐滩头说惶恐，

零丁洋里叹零丁。

人生自古谁无死？

留取丹心照汗青！

以身殉国

在蒙古大军的进攻之下，南宋政府节节败退。最终，皇帝以死殉国，而文天祥则被元军抓获，并押到广州。当时有汉奸对文天祥说："南宋灭亡，忠孝之事已尽，即使杀身成仁，又有谁把这事写入国史？文丞相如愿转而效力大元，一定会受到重用。"文天祥则回答说："国亡不能救，作为臣子，死有余辜，怎能再怀二心？"

从文天祥被捕之后，元朝就想方设法地劝降他，但是文天祥始终不屈服。三年之后十二月初九，兵马司监狱内外，到处都是全副武装的士兵，元朝政府决定在这一天杀害文天祥。老百姓听说要处决文天祥，纷纷聚集在街道旁边，送别这位大忠臣。从监狱到刑场，文天祥一路上神态自若，举止安详。行刑前，文天祥问明了方向，随即向着南方拜了几拜。监斩官问："丞相还有什么要说的没有，此时回心转意还不晚。"文天祥一言不发，从容就义，终年47岁。

文天祥，汉族杰出的民族英雄，生活在一个汉民族危机阴影笼罩的时代。在那个年代里，他英勇地对抗外族入侵，为中华民族作出了杰出的贡献。

秦良玉

古代唯一载入正史的女元帅

——由来巾帼甘心受,何必将军是丈夫。

姓　　名	秦良玉
籍　　贯	四川忠州
生卒时间	1574年正月初二~1648年5月21日
历史评价	明末民族英雄、女将军、军事家、抗清名将,是一位名副其实的"花木兰"。

秦良玉是中国历史上唯一正式列入"国家编制"的女将军,她代夫出征,北上抗清,战功卓著,《明史》专门用了一个章节《秦良玉传》来记录她。

比武招亲成土司夫人

万历二年(1574年)正月初二申时,秦良玉出生于一个岁贡生的家庭。她自幼深受忠义家庭"执干戈以卫社稷"的思想影响,从其父秦葵操练武艺,演习阵法,显露出一般女子所难企及的军事才能,素以"饶胆智、善骑射、熟韬略、工词翰、仪度娴雅、而驭下严峻"称著于世。幼年时代秦良玉就树立了一颗掌军挂帅的雄心。秦葵曾对她说:"可惜你是一个女子,不然你的兄弟都不如你。"秦良玉回答说:"女人也不是不可以参加战争。"

秦良玉是一个非常优秀的女子,因此择偶的条件非常高。当时,忠州有个纨绔子弟曹皋想娶秦良玉为妻,被秦良玉断然拒绝,后来曹皋就想办法陷害秦良玉,最后给秦良玉安了一个支持抗税斗争的名头,将其打入大牢。

出狱后,秦良玉宣布要比武招亲,曹皋也恬不知耻地前来应征,结果被秦良玉一顿好打,狼狈而归。在这次招亲中,秦良玉看中了石砫主土司马千乘。

马千乘并不是苗族人,他的祖籍在陕西扶风,因为他的祖先建立了战功,所以被朝廷封为石砫主宣抚使,马千乘世袭了祖上的官职。

不久之后,马千乘和秦良玉就结婚了。由于石砫主地处边远,当地民风剽悍,经常有人发动叛乱。所以宣抚使最主要的任务就是训练兵马,维护当地的治安。秦良玉嫁给马千乘之后,一身本领终于有了用武之地。她立志要为国效忠,协助丈夫精心练兵,为丈夫施展一身的文韬武略。而马千乘也并不反对妻子参与军事,夫唱妇随。

威震四方的"白杆兵"

除善于练兵之外,秦良玉还是一位"武器专家"。在秦良玉的部队中,有一支数千人马、手持白杆长枪的王牌军队——"白杆兵"。

所谓的"白杆兵",就是用白杆长矛作为主要武器的部队,这种白杆长矛是秦良玉根据家乡的地势特点所研究出来的一种武器,它用结实的白木做成长杆,上配带刃的钩,下配坚硬的铁环。在战斗的时候,钩可砍可拉,环则可作锤击武器。在遇到悬崖峭壁的时候,几支长矛钩环相接,就可以当做越山攀墙的"绳索",即使是悬崖峭壁,也能很轻松地爬上去,非常适宜山地作战。

当时马千乘就凭借着这支数千人马的部队,横扫叛军,使石砫主一带太平无事。

万历二十六年,秦良玉作为唯一的一个女将军,生平第一次参与了实际战斗。

这一年,播州宣抚使杨应龙勾结当地九个苗族部落举旗反叛,播州就是贵州省遵义,这里地势险峻,山高水险,叛军依靠着天险,非常猖獗。朝廷派遣李化龙总督四川、贵州、湖广各路官军,去围剿叛军。而马千乘与秦良玉所率领的三千白杆兵也响应朝廷的号召,前去平叛。经过几场恶战之后,叛军打败,之后他们退守播州,并且在城外设下了五道关卡,分别是邓坎、桑木、乌江、河渡和娄山关。

在攻打邓坎,秦良玉亲自带领五百白杆兵为主力冲锋陷阵,在大战中,秦良玉生擒敌将杨朝栋,拿下了邓坎。接着他又带兵顺利地攻克了桑木、乌江、河渡三关,兵临播州外的娄山关。为了攻克娄山关,马千乘、秦良玉一起上阵杀敌,在正面牵制敌军的注意力,同时,他们命其他白杆兵将士从关卡两侧的悬崖峭壁之上,凭着白杆长矛首尾相接,攀越上关,对敌军形成合围,最终打败了叛军,攻克了娄山关。娄山既失,播州无险可守,不久之后就被收复了。杨应龙带着全家老小自焚而死,叛乱平息。

当时明朝政府认为,在此次战役中,白杆兵"为南川路战功第一"。

这一战过后,秦良玉夫妇成为了战斗英雄。但是,在班师凯旋的路上,由于天气非常热,马千乘患上了疾病。回到石石主后,又因接待时得罪了内监邱乘云,被关入了大牢。在狱中,马千乘的病情开始恶化,最终病死。马千乘死后,朝廷鉴于秦良玉作战有功,文武兼长,所以授命她继任了丈夫的官职。

崇祯亲题四首赞美诗

明朝天启七年,明熹宗天启皇帝逝世,明思宗崇祯皇帝即位。此时,正赶上清兵入侵,明朝廷诏令天下各路兵马"救急",秦良玉接到圣旨之后,带领她的白杆兵日夜兼程赶往京师,并变卖了自己的全部家产作为军饷。她的白杆军与清兵在京师外围相遇,随即展开了激烈的厮杀。

当时已经55岁的秦良玉手舞白杆枪在敌阵中来回冲突,威风凛凛,长枪所到之处,敌人不是身上挂彩就是人头落地;见主帅如此勇猛,白杆兵将士士气大涨,打得清兵落荒而逃。

但是在这场战役中,秦良玉之兄秦邦屏战死沙场,其弟秦民屏、爱子马祥麟皆受重伤,所部子弟兵殉国者极多。

之后,秦良玉又乘胜追击,接连收复了几处被敌人占领的地方,解救了京城之围。崇祯皇帝得知这个消息之后,派特使去犒军,而且在平台亲自接见了秦良玉,赐一品服、彩币羊酒。

在这次召见中,崇祯皇帝还亲自写了四首诗,赐给了秦良玉,以示褒奖:

> 学就四川作阵图,鸳鸯袖里握兵符;
> 由来巾帼甘心受,何必将军是丈夫。
> 蜀锦征袍自剪成,桃花马上请长缨;
> 世间多少奇男子,谁肯沙场万里行。
> 露宿风餐誓不辞,忍将鲜血代胭脂;
> 凯歌马上清平曲,不是昭君出塞时。
> 凭将箕帚扫匈奴,一片欢声动地呼;
> 试看他年麟阁上,丹青先画美人图。

皇帝亲题的四首赞美诗,给予了秦良玉极高的评价,这实在是一件难得的殊荣,秦良玉叩谢圣恩后,班师回石石主。这一次,是秦良玉戎马生涯中,获得的最显赫的荣耀。但对于大明王朝来说,却是彻底败亡的开始。这次北京之战,崇祯皇帝在褒奖秦良玉的同时,杀死了辽东督师袁崇焕,使得明廷再无一人能够负担起抵抗清兵的重任。

古稀之年驰骋疆场

崇祯十三年,秦良玉又率兵去攻打起义军。当时起义军张献忠部进入了四川一带,秦良玉带领着白杆兵接连打败张献忠,解太平之围,并且将张献忠的部将罗汝才围困到了巫山之上,斩东山虎于谭家坪,使张献忠的军队吃了不少苦头。

但是,面对着源源不断赶来厮杀的义军,英勇善战的秦良玉也只能哀叹"大厦将倾,一木难支"。

崇祯十七年春,张献忠带领部队包围了夔州。秦良玉带领部队前来解围,但是因为寡不敌众,全军溃败。不久之后,四川全省都被张献忠所占领,而秦良玉则退守石石主。这时的石石主孤立无援,就好像是狼群中的一只绵羊一样,随时有被吞没的危险。秦良玉对自己的士兵们说:"吾兄弟二人皆死王事,吾以一孱妇蒙国恩二十年,今不幸至此,其敢以余年事逆贼哉!"并下令:"有从贼者,族无赦!"

张献忠占领了四川之后,招降了许多当地的军阀。但是却不敢派人到秦良玉那里劝降。

此时,李自成的大顺军攻陷北京,崇祯皇帝自缢煤山,随后,清兵入关。南明朝廷与大顺、大西军开始了联合抵抗清军的战斗。

1646年,在福州称帝的南明隆武皇帝为秦良玉加"太子太保"衔,封"忠贞侯",挂"太子太保总镇关防"印,命令她去和清朝人作战。此时,已经74岁的秦良玉决定再次驰骋疆场,但不久便传来郑芝龙叛明,隆武帝遇难的消息,未能成行。

第二年端午节,秦良玉在阅兵之后,刚一下马,便"身倾,遂殁",享年75岁。这位"鸳鸯袖里握兵符"的女将军结束了自己传奇的一生。

袁崇焕

天下冤之的民族英雄

——心术不可得罪于天地，言行要留好样于儿孙。

姓　　名	袁崇焕
籍　　贯	广东东莞
生卒时间	1584年6月6日~1630年9月22日
历史评价	民族英雄，伟大的军事家。他生前为抗清立下功勋，但是却被人诬陷是投降清朝的叛徒而被处死，实为千古奇冤。

　　袁崇焕是明王朝的最后一任蓟辽督师，同时也是明王朝的最后一位名将。他以文官的身份带兵，在辽东与后金征战多年屡立奇功，但却被多疑的崇祯皇帝冤杀而死，实在令人扼腕。但是，历史不会忘记袁崇焕的伟大功绩，几乎所有的中国人都称颂这位大英雄的爱国事迹，他忠贞不二的爱国热情在他就义之前所吟的这首绝命诗中可见一二："一生事业总成空，半世功名在梦中。死后不愁无勇将，忠魂依旧守辽东。"

经营辽东

　　袁崇焕出生于广西布政使司梧州府藤县北门街。自幼聪明，喜欢读书。

万历四十七年,袁崇焕参加科举考试,中了三甲第四十名,赐同进士出身。之后他去福建邵武县任知县。

在邵武知县任职不久,袁崇焕遵照明朝征召的规定,赶往北京朝觐,接受朝廷的政绩考核。他利用在北京的这段时间,出关考察边防,了解形势,为抗击清兵入侵做准备。

当时的辽东局势已经非常危急。辽东经略王在晋曾经说:"东事离披,一坏于清、抚,再坏于开、铁,三坏于辽、沈,四坏于广宁。初坏为危局,再坏为败局,三坏为残局,至于四坏——捐弃全辽,则无局之可布矣!逐步退缩之于山海,此后再无一步可退。"意思就是,明朝政府失去了抚顺、清河、开原、铁岭、辽阳、沈阳、广宁等重要城市,致使辽宁地区落入清朝手中。袁崇焕就是在这个局势空前紧张的情况下,独自一人到关外巡视形势。

当时所有人都不知道袁崇焕到底跑到哪里去了,等袁崇焕回来之后,人们才知道他是去考察边防了,人们都说:"你一个文官,去考察边防干什么?"袁崇焕笑而不语,过了几天,他给朝廷上书,说:"只要给我兵马钱粮,我一个人就能守住边关!"许多大臣都说袁崇焕确实有军事才能,于是皇帝便命令他去关外建军,发给他二十万金钱,供他招兵买马。

袁崇焕赴任之前,去拜访了当朝名将熊廷弼。熊廷弼问他:"你准备采取什么策略?"袁崇焕回答说:"主守而后战。"熊廷弼非常高兴,认为袁崇焕找到了制胜之道。

袁崇焕上任之后,练兵选将,整械造船,固守山海关,并且试图进一步收复辽东。他上书给朝廷说:"不但巩固山海,即已失之封疆,行将复之。"

当时,山海关外的土地被漠南蒙古哈剌慎等部占据,袁崇焕则驻守在关内。朝廷采纳了蓟辽总督王象乾的办法,对关外的蒙古部落实行"抚赏"政策,就是给他们一些赏银,争取他们和明朝一起抵御后金。

很多蒙古部落首领接受了"抚赏",辽东经略王在晋命令袁崇焕移到山海关外中前所。去那里安置流亡、失业的辽东人民。袁崇焕接到命令之后,马上出发,星夜赶往中前所,途中丛林荒野,虎豹出没,袁崇焕都不畏惧,天亮的时候赶到了目的地,将士都赞叹他的勇敢与胆量。

宁远大捷

天启二年三月,有驻守在北山的明朝士兵叛逃,袁崇焕杀一儆百,终于遏制住了士兵逃跑的局面。

当时,有人建议袁崇焕在八里铺筑山海重关,以抵挡清兵。袁崇焕认为这样做不妥,就上书给朝廷,说切不可将山海关当做第一道防线。朝廷派将领孙承宗亲往视察,孙承宗来到山海关之后,袁崇焕对他说:"只有在宁远构筑工事,才是守御敌人的最好办法。"孙承宗经过实地考察,采纳了袁崇焕的建议。

天启六年正月十四日,清兵渡辽河。右屯守将周守廉闻风而逃,松山等处守将左辅也将军粮烧毁之后退兵。袁崇焕得知这一情况之后,与总兵满桂,参将祖大寿,守备何可纲,召集宁远所有的士兵,和大家共同发誓死守宁远。之后,袁崇焕命令陈兆阑和都司徐敷奏率兵入城,左辅朱梅为外援。之后,他又通知在山海关守卫的将领杨麟:只要有从宁远跑出去的士兵,抓住就直接砍头。

几天之后,努尔哈赤率领清兵来到宁远,并且自称带了30万大军,不攻下宁远城誓不罢休,希望袁崇焕投降。

袁崇焕回答说:"你说有30万大军,不过是虚张声势罢了,我估计最多也就13万。我修建宁远城就是为了对付你,岂能投降?"

努尔哈赤非常生气,马上命令士兵攻打宁远。而袁崇焕则命令士兵用火枪火炮打击敌人,宁远通判金启倧亲自上阵杀敌,却被火炮误伤,为国捐躯。

从凌晨战到中午,袁崇焕共杀敌三千多人,清兵见势不妙暂时停止了进攻。二十五日,清朝将领佟养性带兵攻打西门,这一次攻势更为浩大,但是始终没能奈何袁崇焕,反而是损兵折将。这一仗,清朝士兵共死亡17000余人,多数是被大炮炸死的。

努尔哈赤自25岁起兵以来,攻无不克,战无不胜,只有宁远城始终难以攻克。

清兵见难以攻克宁远,便撤兵去攻打觉华岛,岛上参将金冠带领7000水兵迎敌,皆力战不屈而亡。

锦州之战

天启七年五月十一日,后金分兵三路,把锦州城团团围住,持续攻城多日,毫无进展,伤亡颇重。

驻守锦州的是赵率教,守城士兵只有一两万。没办法,在援军到来之前,先假装和皇太极谈判。

袁崇焕凭敏锐的直觉料定,皇太极的作战意图是攻宁远,便决定自己留守宁远,只派满桂、祖大寿率骑兵一万援救锦州。

有必要补充一下,这次满桂带去的是明军战斗力最为强悍的部队——关宁铁骑。经过袁崇焕在辽东多年的打拼,事实证明,这支配有多管火器的部队,训练有素,作战勇敢,是能够和后金骑兵硬碰硬的。

五月十六日,援军到达锦州,皇太极这才如梦初醒。

而此刻袁崇焕派人送给赵率教的书信被后金截获,信中称:

"调集水师援兵六七万,将至山海关,蓟州、宣府兵亦至前屯,沙河、中后所兵俱至宁远。各处蒙古兵,已至台楼山……"

被忽悠惯了的皇太极信以为真,五月二十五日,改变了进攻目标,亲率主力攻打宁远,只留一小部分兵力监视锦州明军。

五月二十八日,皇太极再次来到了宁远城下。

出人意料的是,袁崇焕列重兵布阵于城外,背靠城墙迎击,显然,袁崇焕是有准备的,充满自信。

一年前努尔哈赤曾在宁远惨败,后金官兵对袁崇焕甚是忌惮。面对当前明军这一反常举动,大贝勒代善、二贝勒阿敏、三贝勒莽古尔泰"皆以距城近不可攻,劝上勿进,甚力",都劝皇太极不要急着打。

皇太极这下彻底抓狂了,随即怒吼:"昔皇考太祖攻宁远,不克;今我攻锦州,又未克。似此野战之兵,尚不能胜,其何以张我国威耶!"

在大炮轰鸣声的伴奏下,双方的骑兵很快厮杀在了一起。

满桂、祖大寿等率领关宁铁骑如同疯子一般冲入后金骑兵队,大砍大杀,时不时还用"木龙虎"、"灭虏"等各种火器射击后金军骑兵。

更要命的是,明军所使用的火器形似铁制大棒,连续开枪射击后,还能抡起来砸人。显然,其砸人的杀伤效果远优于现代的"拍砖"。关宁铁骑的士兵大都是辽东本地人,保家卫国的意志十分坚定,个个奋力拼杀。

明军骑兵在城下厮杀,炮兵则在城上提供火力支援,内外夹击。袁崇焕亲自登城督战,"凭堞大呼",激励将士,齐力攻打,并指挥用红夷大炮轰击后金的后继部队,杀敌甚多,明太监监军刘应坤奏报称:"打死贼夷,约有数千,尸横满地。"

战斗从早晨开始,持续到中午,明军死战不退,勇冠三军的满桂在混战中身中数箭,他和尤世威的坐骑也都被射伤,而后金军的伤亡也是越来越大。后金贝勒济尔哈朗、大贝勒代善第三子萨哈廉和第四子瓦克达俱受重伤,蒙古正白旗牛录额真博图等战死⋯⋯

比起上次的宁远之战,努尔哈赤还能冲到宁远城下挖个墙脚,这次,皇太极压根儿连摸一下宁远城墙的机会也没有,更别谈攻城了。

就在此时,锦州的赵率教趁后金不备,突然打开城门,冲进了锦州城边的后金大营,一阵乱砍乱杀之后,又冲了出来,回到了城中。接到战报后的皇太极顿感腹背受敌,不得不下令撤军。

五月二十九日,皇太极离开宁远,向锦州撤退。

赵率教也不闲着,趁上次后金撤走的几天里,在城外挖好了几条壕沟,延缓后金骑兵冲锋的同时,还能为大炮提供固定的射击方位。

六月初三日,皇太极下令向锦州再次发起进攻,发誓拿不下锦州绝不退兵,临阵脱逃者一律斩首。

可结果还是老样子:守城的赵率教用大炮朝后金军人多的地方开火,后金死掉一批,又上一批,如此反复,仍毫无进展。明总兵赵率教疏报:此役后金兵伤亡"不下二三千"。明镇守太监纪用奏报:"初四日,奴贼数万,蜂拥以战。我兵用火炮、火罐与矢石,打死奴贼数千,中伤数千,败回贼营,大放悲声。"

可见,明军在用大炮杀伤后金军的同时,在心理上给对方以重创——居然把后金军打哭了!

六月初五的凌晨,守城明军发现后金大军一夜之间消失得无影无踪。

皇太极食言了,最后还是撤军了。

和他的父亲努尔哈赤一样,为了泄愤,皇太极下令把明军大、小凌河两座空城拆成了白地。

至此,为期二十余天的宁锦大战,最终以后金惨败告终。

六月初六,辽东巡抚袁崇焕上疏报捷:

"十年来尽天下之兵,未尝敢于奴战,合马交锋,今始一刀一枪拼命,不知有夷之凶狠剽悍……诸军愤恨此贼,一战挫之。"

木匠皇帝朱由校回应:

"十年之积弱,今日一旦挫其狂峰!"

吊丧

努尔哈赤受重伤死去以后,袁崇焕为了探听后金的动静,特地派使者到沈阳去吊丧。皇太极对袁崇焕窝了一肚子的怨恨,但是因为后金刚打败仗,需要休整,再说也想试探一下明朝的态度;所以,不但接待了袁崇焕的使者,还派使者到宁远去表示答谢。双方表面上缓和下来,背地里都在加紧准备下一步的战斗。

到了第二年,皇太极亲自率领大军,攻打明军。后金军兵分三路南下,先把锦州城包围起来。袁崇焕料定皇太极的目标是宁远,决定自己留在宁远,派部将带领四千骑兵援救锦州。果然,援兵还没出发,皇太极已经分兵攻打宁远。袁崇焕亲自到城头上督率将士守城,用大炮猛轰后金军;城外的明军援军也和城里内外夹击,把后金军赶跑了。

皇太极又把人马撤到锦州,但是锦州的明军守得严严实实,加上天气转暖,后金军士气低落。皇太极只好退兵。

袁崇焕又打了一个大胜仗。可是,魏忠贤阉党却把功劳记在自己名下,反而责怪袁崇焕没有亲自救锦州是失职。袁崇焕知道魏忠贤有心为难他,只好辞职。

公元1627年,昏庸的明熹宗死去,他的弟弟朱由检即位,就是明思宗,也叫崇祯帝(崇祯是年号)。

崇祯帝早就了解魏忠贤作恶多端,民愤太大。他一即位,就宣布了魏忠贤的罪状,把魏忠贤充军到凤阳。魏忠贤知道自己活不成,走到半路上自杀了。

崇祯帝惩办了阉党,又给杨涟、左光斗等人平反了冤狱,很想振作一番。许多大臣请求把袁崇焕召回朝廷。崇祯帝接受了这个意见,提拔袁崇焕为兵部尚书,负责指挥整个河北、辽东的军事。崇祯帝还亲自召见袁崇焕,问他有什么计划。袁崇焕说:"只要给我指挥权,朝廷各部一致配合,不出五年,可以恢复辽东。"

崇祯帝听了十分兴奋,给袁崇焕一口上方宝剑,准许他全权行事。

袁崇焕重新回到宁远,选拔将才,整顿队伍,军纪严明,士气振奋。东江总兵毛文龙作战不力,虚报军功,不服从袁崇焕的指挥。袁崇焕使用上方宝剑,把毛文龙杀了。

下狱

皇太极打了败仗,当然不肯罢休,他知道宁远、锦州防守严密,决定改变进兵路线。他做好一切准备,公元1629年十月,率领几十万后金军,从龙井关、大安口(今河北遵化北)绕到河北,直扑明朝京城北京。

这一着可出乎袁崇焕的意外。袁崇焕赶快出兵,想在半路上把后金军拦住,已经来不及了。后金军乘虚而入,到了北京郊外。袁崇焕得到情报,心急火燎带着明军赶了两天两夜,到了北京,没顾上休息,就和后金军展开激烈的战斗。别路明军,也陆续赶到,投入战斗。

后金军突然进攻北京,引起了全城震动。崇祯帝更是急得心慌意乱,不知该怎么办才好,后来听说袁崇焕带兵赶到,心才定了一些。他亲自召见袁崇焕,慰劳了一番。但是一些魏忠贤的余党却散布谣言,说这次后金兵绕道进京,完全是袁崇焕引进来的,说不定里面还有什么阴谋呢。

崇祯帝是个猜疑心极重的人,听了这些谣言,也有些怀疑起来。正在这个时候,有一个被金兵俘虏去的太监从金营逃了回来,向崇祯帝密告,说袁崇焕和皇太极已经订下密约,要出卖北京。这个消息简直像晴天霹雳,把崇祯帝惊呆了。

原来,明朝有两个太监被后金军俘虏去以后,被关在金营里。有天晚上,一个姓杨的太监半夜醒来,听见两个看守他们的金兵在外面轻声地谈话。

一个金兵说:"今天咱们临阵退兵,完全是皇上(指皇太极)的意思,你可知道?"

另一个说:"你是怎么知道的?"

一个又说:"刚才我就看到皇上一个人骑着马朝着明营走,明营里也有两个人骑马过来,跟皇上谈了好半天话才回去。听说那两人就是袁将军派来的,他已经跟皇上有密约,眼看大事就要成功啦……"

姓杨的太监偷听了这番对话,趁看守他的金兵不注意,偷偷地逃了出来,赶快跑回皇宫,向崇祯帝报告。崇祯帝听了也信以为真。他哪里知道,这个情报完全是假的。两个金兵的谈话是皇太极预先布置的。

崇祯帝命令袁崇焕马上进宫。袁崇焕接到命令,也不知道发生了什么事,匆忙进了宫。崇祯帝拉长了脸,责问说:"袁崇焕,你为什么要擅自杀死大将毛文龙?为什么金兵到了北京,你的援兵还迟迟不来?"

袁崇焕不禁怔了一下,这些话都是从哪儿说起?他正想答辩,崇祯帝已经喝令锦衣卫把袁崇焕捆绑起来,押进大牢。

有个大臣知道袁崇焕平日忠心为国,觉得事情蹊跷,劝崇祯帝说:"请陛下慎重考虑啊!"

崇祯帝说:"什么慎重不慎重?慎重只会误事。"崇祯帝拒绝大臣的劝告,一些魏忠贤余党又趁机诬陷。袁崇焕被抓进了监狱。

袁崇焕之死

关于袁崇焕如何受审,如何定罪,明代史料中几乎没有任何记载。明末清初人余大成所著《剖肝录》记载,袁被逮后,祖大寿曾经表示愿意以自己官阶封赠为其赎命,兵科给事钱家修更是"请以身代"。袁崇焕在狱中的八个多月中,关外将吏士民多次到督辅孙承宗的官邸门前为袁崇焕鸣冤。余大成是袁崇焕一案主审梁廷栋的属官,他的记载应该是比较可信的。

袁崇焕的死刑是崇祯三年八月十六日举行的,地点在西四牌楼,明时称为"西市",就是现在的西四大街十字路口,明代死刑犯都在那里受刑,清代才把刑场设在菜市口。关于袁崇焕的死刑,《崇祯实录》、《明史纪事本末》、《国榷》、《明史》都只有一句话,前三部史料甚至只写"杀督师袁崇焕",连凌迟的死法都没有提到。记录比较详细的是《明季北略》和《石匮书后集》。

《石匮书后集》:"遂于镇抚司绑发西市,寸寸脔割之。割肉一块,京师百姓,从刽子手争取生啖之。刽子乱扑,百姓以钱争买其肉,顷刻立尽。开膛出其肠胃,百姓群起抢之。得其一节者,和烧酒生啮,血流齿颊间,犹唾地骂不已。拾得其骨者,以刀斧碎磔之。骨肉俱尽,止剩一首,传视九边。"

《明季北略》:"是时百姓怨恨,争啖其肉,皮骨已尽,心肺之间叫声不绝,半日而止……百姓将银一钱,买肉一块,如手指大,啖之。食时必骂一声,须臾崇焕肉悉卖尽……刽子无锡周无瑕曰:'吾服事诸老爷多矣,未见如袁爷胆之大者'。"

无论如何,袁崇焕的死状是极其恐怖残忍的,而当时京城百姓对他的态度也是极端仇恨的,袁崇焕在临刑时是非常镇定的……

后人对袁崇焕的死有四字评语:天下冤之!!!!

史可法

死守扬州城以身殉国的民族英雄

——与国家共存亡是吾辈本分之事。

姓　　名	史可法
籍　　贯	河南开封
生卒时间	1601~1645 年
历史评价	民族英雄、军事家、政治家。在对清作战中,他宁死不降,成就了一段可歌可泣的历史故事。

史可法,一个如雷贯耳的名字。他是明南京兵部尚书东阁大学士,因抗清被俘,不屈而死,是我国著名的民族英雄。南明朝廷谥之忠靖。清高宗追谥忠正。其后人收其著作,编为《史忠正公集》。史可法的事迹一如丰碑屹立不倒,始终被华夏儿女所铭记。

探监

史可法,字宪之,号道邻,出生在河南开封。明朝崇祯年间,史可法中了进士。

明朝重臣左光斗受奸臣魏忠贤诬陷,被捕下狱。消息传开,左光斗的亲朋有的回避，有的摇头，竟没有一个人敢到东厂监狱探望。只有他的一个学生——史可法，从他被捕下狱那天起，就怀着万分焦急的心情，日夜徘徊在监狱门外。

原来左光斗是史可法的恩师。当年在科举考试中，左光斗发现了史可法超乎一般的才能，还特意在家里接见了史可法，当着夫人的面夸奖了一番，说："我的几个儿子都碌碌无为，将来能继承我的志向的，只能是这个后生了！"从此，他们建立了亲密的师生关系。史可法家境贫寒，左光斗便让他住进官府，亲自指点他读书。有时处理公事到了深夜，他还要跑到史可法的房间里，与他一起讨论学问。

打听到自己的恩师在狱中受到炮烙酷刑。而且早晚要被处死，史可法冒险买通狱吏，在某天清晨，化装成一个清洁工，身穿破烂衣服，手拿一把长铁铲，来到狱中探望左光斗。他目睹恩师脸面额头焦烂不堪，左腿膝盖以下的筋骨全已打断，"扑通"一声跪倒在地，抱住左光斗的断腿，悲痛得很久哭不出声来。

昏迷中的左光斗听到哭声，用不能弯曲的手指艰难地扒开眼皮，辨认出来人是史可法，怒吼道："无用的奴才！这是什么地方？你竟敢闯了进来。国家的政局已腐烂到这种地步，我老头子已不行了。你冒险送死，将来国家大事靠谁来支持？你再不赶忙离开这里，不等奸人陷害，我马上就打死你！"他摸起地上一根短铁棒，举起来就打。史可法领会了恩师嘱托的深意，不敢出声，忙起身退了两步，又倒地向老师磕了一个头，满含着悲愤之情，依依不舍地离开了这间漆黑的牢房。

过了不久，左光斗被奸党害死在狱中。但老师刚直不阿、威武不屈的形象，却时时浮现在史可法的眼前。他常用老师平时的教诲和狱中的重托来鞭策自己，勉励自己，更加刻苦地学习。老师走了，他就随时到师母身边听候呼唤。后来史可法中了进士，还当了兵部尚书大学士，但他每次带兵经过桐城，都一定亲临左府,向老师的父母问安,并上堂拜见师母,照应他们的生活。恩师已经不在人世了,自己应像对待亲人一样,侍奉恩师的亲属。

大厦将倾

崇祯十七年三月,闯王李自成攻陷了北京城。崇祯皇帝则在煤山上上吊自杀。这个消息传出来之后,南京的大臣们一片慌乱。他们立了一个逃到南方的皇族、福王朱由崧做皇帝,在南京建立了一个政权,历史上把它叫做南明,把朱由崧称为弘光帝。

当时的南明被清兵和起义军轮番攻打,处境非常艰难,而以史可法为首的明朝大臣,采取的主要策略是"联虏平寇"。他希望能够借助清兵的力量,先把李自成等叛党剿灭,然后再做打算。但是南明朝中却有很多不同的意见,党争不断,文、武官员之间互相也不够信任,只是在争权夺利上下工夫。

史可法是个非常有才能的人,南明朝廷其实也很想重用他。当福王刚到南京监国的时候,史可法就被拜为首辅,但是由于奸臣马士英觉得自己功劳更大,却屈居于史可法之下,很不高兴。他煽动南京附近的军队叛乱,胁迫福王让自己当首辅大臣,而史可法最终只当上了一个东阁大学士的虚职。

史可法知道自己被马士英等人视作是眼中钉,于是便奏请朝廷,希望朝廷能派自己督师江北。福王同意了史可法的请求。

史可法赶到扬州统领当地军务之后,发现刘泽清、刘良佐、高杰、黄得功这四个当地最大的军阀完全不把他放在眼里。他们飞扬跋扈,各据地自雄,史可法根本就无力约束这四个人,而明军的战斗力也因此非常低下。

1645年,河南总兵许定国投降清朝,清军占领了河南之后进军南下。史可法得知这一消息后仰天长叹:"中原事不可图矣!"

弘光元年,明朝大将左良玉率数十万兵力,从武汉发兵南下,要清君侧,除掉福王身边的奸臣。马士英知道后，竟然命令史可法调集长江沿岸的士兵去和左良玉作战。史可法无奈之下，只得率兵前去攻打左良玉。最终左良玉被黄得功打败，呕血而死，左良玉手下的士兵全部投向清朝。史可法奉命返回长江沿岸继续驻守，但是此时泗州城已经失陷了。史可法只好到扬州继续阻挡清军的攻势。

史可法醉酒

南明的皇帝朱由崧是个酒色之徒，凤阳总督马士英和一批魏忠贤的余党操纵了南明政权。他们都从来没想过要收复故土，只是饮酒作乐，中饱私囊。

史可法到了扬州之后，开始加强训练士兵。他以身作则，跟士兵们同甘共苦，受到了明朝将士们的尊敬。

这年的大年夜，史可法把手下的随从都打发回家去休息，而自己则留在官府里批阅公文。到了深夜，史可法觉得非常饥饿，便把当时正在值班的厨子叫了来，要点酒菜。

厨子对史可法说："按照您的吩咐，今天厨房里的肉都分给士兵们了，下酒的菜是一点也没有了。"

史可法说："那就拿点盐和酱下酒吧。"

厨子给史可法拿来了几瓶酒，史可法就坐在桌子前面喝起酒来。史可法的酒量非常了得，但是自从到扬州督师之后，他就很少喝酒了。今天是大年夜，他才破例喝一点。举起酒杯，史可法想到国难临头，又想到官员腐败，心里的愁闷难以言表，边喝酒边流泪，不知不觉喝得有些多了，带着几分酒意趴在桌子上睡着了。

第二天一大早，扬州文武官员都和平时一样前往督师府来议事，他们看见大门还紧紧地关着，都非常奇怪，因为史可法平时起得非常早，今天怎么突然贪睡了。后来,史可法的厨子说:"督师昨晚喝醉了酒,现在还没有醒来呢。"

扬州知府任民育对文武官员们说:"督师平常操劳过度,昨天睡得那么好,真是非常难得的事情。我们都别去惊动他,让他再好好休息一会儿吧。"他又把打更的人叫来,吩咐他重复打四更的鼓,让史可法以为天还没亮。

等到史可法一觉醒来,外面天已经大亮了,可是自己却听到打更人还在打四更,非常生气,把手下叫进来,问道:"是谁在乱打更鼓,这是违反军令的事情。"兵士把任民育吩咐的话说了,史可法并没有追究,赶快召集官员,去处理公事了。从那以后,史可法下定决心不再喝酒了。

抗击清兵

没多久,清军在将领多铎的带领下,大举南下。史可法马上发出紧急檄文,要求扬州附近的各镇将领都带兵来扬州守卫。但是好几天过去了,竟然没有一个人带兵来救援。史可法知道,自己所能依靠的,是剩下的扬州军民了。

清军到了扬州城下,多铎先是派人到扬州去劝降史可法,他一共派了五个人去,都被史可法拒绝。多铎非常生气,下令把扬州城里三层外三层地包围了起来。

扬州城非常危急,城里一些没有骨气的将领害怕了。刚到第二天,就有一个总兵和一个监军带着自己的士兵,出城去向清军投降了。这样一来,扬州城的守卫力量就更薄弱了。

史可法把全城的官员都召集到一起,并且激励他们同心协力,抗击清兵。最后,史可法给官员们分派了守城的任务。

当时史可法认为西门是最重要的防线,就亲自带兵去守卫西门。将士们见史可法毫不胆怯,从容淡定,顿时有了勇气,他们表示一定要和史可法一起,坚决抗敌。

多铎命令清朝士兵不分白天黑夜地轮番攻城。扬州军民奋勇作战,把清兵的进攻一次次打回去。但是清兵死了一批,又来了一批,扬州的形式逐渐变得越来越危急了。

多铎为了攻破扬州,开始动用大炮。他听说西门的防守最为严密,而且史可法就在那里,于是便下令炮手专门向西北角开炮。炮弹一颗颗砸向城墙,扬州城最终被轰开了缺口。史可法见城墙被击垮,赶紧指挥军民堵缺口,但是这个时候大队清军已经蜂拥着冲进城来。史可法看到扬州城已经守不住了,便拔出佩刀准备自杀。这时他的随从抢上前去抱住了史可法,夺走了他的刀。这时候,有一队清兵过来,看见史可法身上穿的是明朝官员的服装,就吆喝着问他是谁。

史可法毫无惧色地高声回答:"我就是史督师,你们快杀我吧!"敌人向史可法举起了屠刀,一代忠义之士就此殒命。

因为攻打扬州城使得清军伤亡重大,清军将领心里恼恨,竟灭绝人性地下令屠杀扬州百姓。这场大屠杀整整持续了十天,历史上把这桩惨案叫做"扬州十日"。

扬州失守后几天,清军攻破南京。南明政权的官员投降的投降,逃跑的逃跑,弘光政权被消灭了。

清兵继续南下,还颁布一道剃发令,强迫百姓在十天之内,改依清人的习惯,一律剃掉前半部头发,留下一条辫子,违抗命令的处死,实行"留头不留发,留发不留头"。这样一来,更加激起了江南百姓的反抗情绪。江阴军民在典史(县衙里一种小官)阎应元的率领下,顶住二十多万清兵的重重包围,坚守了八十多天。城里男女老少,没有一个投降。清军死伤惨重。嘉定军民坚持抗清斗争三个月,被清军屠城三次,牺牲两万多人。历史上把这次惨案称做"嘉定三屠"。

史可法死后,福王政权失去了唯一一个有能力、有威望的大臣。从此,各路兵马或降清,或拥兵观望,或撤军南逃。清军势如破竹,长驱直下,很快逼近了南京城。

史可法壮烈殉国后,其遗体不知下落,史姓将其生前穿过的袍子、帽、靴,用过的笏板,埋葬在此,并在史氏宗祠东宅建立"忠烈祠",以纪念史可法以身殉国力战不屈的英勇事迹。

孙中山

共和第一人

——惟愿诸君将振兴中华之责任,置之于自身之肩上。

姓　　名	孙文(别名:中山、逸仙、载之、日新、中山樵)
籍　　贯	广东省香山县
生卒时间	1866年11月12日~1925年3月12日
历史评价	中国伟大的民主革命先行者,华夏杰出爱国志士,"中华民国"尊之为国父,堪称中国共和第一人。

孙中山是中国伟大的民主革命先行者,华夏杰出爱国志士,深受全国各族人民乃至全世界人民的尊崇和景仰。他首举彻底反封建的旗帜,"起共和而终帝制",组织革命政党,发动武装起义,领导了震惊中外的辛亥革命,推翻了中国历史上延续几千年的封建王朝专制统治,开创了中国民主革命风起云涌的历史新篇章,功载千秋,万古流芳。

从医生到革命家

孙中山出生在广东东莞县的农民家庭,乳名帝象,学名文,字德明,号日新,后改逸仙。

孙中山自小就参与家中的农业活动,他曾经说"农家子也,生于畎亩,早知稼穑之艰难"。孙家没有田产,佃二亩半高租田耕种,指望种地难以养家糊口,所以孙中山的父亲孙达成还通过在村中打更报时赚点钱。

孙中山从6岁开始就上山打柴牧牛,到溪涧去捕捉鱼虾,还跟着外祖父到海边打捞海产。在农忙的间隙,孙中山经常到邻村三合会人办的武馆偷偷地学习武术,所以从小就养成勤劳勇敢的精神。

7岁的时候,孙中山进入私塾去接受传统的文化教育。由于家庭条件不好,在课余时间,孙中山还要去做一些农活。贫寒的童年生活,让孙中山对旧中国人民的贫苦生活有了切身的体会。到了10岁的时候,孙中山开始到村塾求学,他非常聪明,仅三年就成为全家中最有文化的人。

1879年,当时已经14岁的孙中山受长兄孙眉的资助,和母亲一起乘轮船到夏威夷檀香山去上学,那是他第一次看见先进的巨轮,所以在心中有了"始见轮舟之奇,沧海之阔,自是有慕西学之心,穷天地之想"的想法。

在当地英国人开办的用英语授课的小学"意奥兰尼书院"(IolaniSchool),孙中山学习英语、英国历史、数学、化学、物理、圣经等科目。

三年之后,孙中山毕业了,并且获得了夏威夷国王亲自颁发的英文文法优胜奖。之后,他又进入当地的最高学府——美国教会学校"奥阿胡学院"——继续学习。

从夏威夷回国之后,孙中山去村庙祭拜时,看见有生了病的人通过服食香灰的方法来治病,孙中山知道这都是巫医骗人的手段,气愤之下捣毁了神像。

这一下孙中山闯了大祸,在当地几乎无立足之地,所以去了香港。到香港后孙中山开始信仰基督教,并继续读书,不久之后他就到了广州博济医学院求学,在这期间认识了三合会首领郑仕良。

后来孙中山又听说香港西医书院招生,便立刻以优异成绩考入这个学校。在这个学校期间,除学习医术之外,对欧美各国的政治、经济、农业、乃至天文地理知识,都有了一定的了解,当时孙中山的朋友称其为"通天晓"。

当时孙中山非常痛恨政治腐败的清政府,经常和同乡好像杨鹤龄以及陈少白、尤列等人批评时政,乡里人都认为他们四人的行为属于"大不敬",所以管他们称作为"四大寇"。

1892年7月,孙中山以全校第二的优异成绩毕业于香港西医书院,并获当时港英政府总督威廉·罗便臣亲自颁奖。

从医学院毕业之后,孙中山曾在澳门、广州开设医院,每天定时义诊赠药,所以专门来求医的人非常多。在广州行医这段时间,孙中山经常和尤列、陈少白、杨鹤龄、陆皓东等人畅谈、批评国事,也经常构想革命。

1894年春,孙中山在家中写了一封《上李鸿章书》,并和陆皓东一起赶赴天津求见李鸿章,希望李鸿章接纳自己"人尽其才,地尽其利,物尽其用,货畅其流"的治国方略。但李鸿章并未接见他们。于是孙中山到了檀香山,在孙眉的帮助下,几经艰辛,终于发动了广大的华侨,组建了中国第一个资产阶级性质的革命团体——兴中会。这个组织的口号是"驱除鞑虏,恢复中华,创立合众政府",并且伺机起义。

早期革命

1895年,孙中山回到了香港,当时和老朋友陆皓东、郑士良、陈少白、杨鹤龄等人共同组建了"香港兴中会总会"。这时候,杨衢云、谢缵泰等人开始以"开通民智、改造中国"为纲领,组建了"辅仁文社"。因志趣相投,孙中山后来和辅仁文社接洽,而杨衢云等也非常认可孙中山的革命思想,将自己的组织并入了兴中会。

1895年2月21日,兴中会总会正式在香港建成,所有的会员都立誓要以"驱除鞑虏,恢复中华,建立民国,平均地权"为奋斗的目标,孙中山当选为兴中会的秘书。3月16日,兴中会秘密会议决定,先攻占广州为根据地,并确定用青天白日旗作为起义军的军旗,随后即分工展开各种活动。

当时,由杨衢云主持后方的后勤工作,而孙中山则主要负责第一线的工作。于是孙中山秘密来到广州,以创办农学会为掩护,广泛召集革命同道。最后,孙中山决定在10月26日也就是重阳节这一天起义。可是因为被内奸出卖,这次起义最终宣告失败。陆皓东等多位兴中会重要成员被捕判刑,孙中山则被清廷通缉,香港政府也开始驱逐他,无奈之下,孙中山只好流亡海外。

11月,孙中山来到了日本,并且在这个时候剪掉辫子,开始穿西装。1896年年初,他与其妻子女儿一起到了夏威夷,再转往美国,希望在旅美华侨中发展兴中会及筹款。

1896年,孙中山又前往英国伦敦,但是在那里被当地的清朝特务捉拿到了中国使馆里,这一事件就是所谓的"伦敦蒙难记",在国际上引起了一定的反响。孙中山被迫用英文书写,描述自己的遭遇,他本人也因为这件事而名声大噪。

1897年,孙中山途径加拿大,又回到了日本。先结识宫崎寅藏、平山周,这两个人后来成为了孙中山的忠实拥护者;透过宫崎及平山,孙中山在此期间结识了很多日本军政、帮会中人,包括犬养毅、大隈重信、山田良政等人;并和梁启超等保皇派有所接触。

1900年,八国联军入侵中国,孙中山则趁机联系到了当时担任两广总督的李鸿章,希望他能支持南方诸省独立的运动,成立和美国联合政府相类似的政权。李鸿章也答应与孙中山会见。但在最终孙中山却发现,这一切不过是清朝政府设下的一个陷阱。李鸿章到北京协调条约之事,这次会面也就不了了之了。

同年9月,孙中山与日本朋友和兴中会的一些骨干人物,一起赶赴香港,被禁入境后又转去台湾,并且得到了当地日本官员的承诺,支持孙中山在广东发动起义。后因日本官员没能履行承诺,起义失败,孙中山只好再度返回日本。

1903年夏天,孙中山在日本青山开办了一所革命军事学校,他再次用"驱除鞑虏,恢复中华,创立民国,平均地权"作为革命誓词。同年9月,孙中山再次访问檀香山,希望在华侨中培养革命的力量。

1904年年初,孙中山加入洪门,并且当上了致公堂的堂主。之后他赶赴美国,甚至被美国移民局扣留在旧金山。后来得到旧金山致公堂的保释,给他聘请了律师,这才避免被美国政府遣送回中国。

之后,孙中山又到美国寻求华侨的帮助,并于纽约第一次发表公开宣言,希望赢得外国人士对中国革命的支持与好感,但是没有多大的效果。年底,孙中山受到中国留学生的资助,开始到欧洲活动,他在伦敦、巴黎、布鲁塞尔等地广泛地接触中国留学生,进行革命宣传,并通过留学生筹集到了资金。

1905年,孙中山再次赶往远东,抵达日本横滨。在宫崎寅藏的引荐下,他和黄兴相识,并开始筹划将所有的革命组织联系起来。

之后,孙中山的"兴中会"、黄兴与宋教仁等人的"华兴会"、蔡元培和吴敬恒等人的"爱国学社"、张继的"青年会"等组织,在日本东京合并成为了"中国同盟会"。孙中山被推举为同盟会总理,他们再次将"驱除鞑虏,恢复中华,建立民国,平均地权"确定为自己的革命口号,并将华兴会出版的《二十世纪之支那》改组成为《民报》。

孙中山在《民报》第一次提出了自己的"三民主义"学说,即"民族、民权、民生",与梁启超、康有为等保皇派进行激烈的辩论。继而编订"同盟会革命方略",正式宣示进行国民革命,举所誓之四纲,力图创立"中华民国",并定"军法之治、约法之治、宪法之治"三程序。

1906年,孙中山由法国到日本,中途逗留新加坡,抵日后又重返新加坡。同年6月,孙中山在晚晴园主持成立同盟会新加坡分会,新加坡由此成为革命党人在南洋的活动中心。

晚晴园议事

1907年,清政府向日本政府施压,要日本驱逐孙中山,最终日本以15000元作为补偿,请孙中山离开日本。

孙中山无奈只好离开日本,由于孙中山突然离开,引起了同盟会内部分裂。孙中山赴南洋后,在胡汉民、汪精卫等支持下,在南洋又成立同盟会总部。

1907年,由孙中山指挥许雪秋和同盟会会员何子渊领导发动了潮州黄冈起义,但是最终因寡不敌众,在六天之后宣告失败;之后,起义军宣布解散,总指挥陈涌波、余既成流亡香港。

在那之后,孙中山曾经多次指挥其他革命同志,在全国各地发动起义。他还曾经经越南亲自赶赴广西,主持镇南关起义,并且因此被法国政府拒绝入境。直到辛亥革命成功以后,孙中山才得以再度踏足中国国土。

1909年至1911年这几年间,孙中山绝大多数的时间几乎都花在旅途之上,多次在各国华侨、留学生中宣传革命,并筹集革命经费,然而所得到的支持却非常有限。但是随着孙中山的威望逐渐增强,同盟会以及周边组织都在迅速发展壮大。1910年1月,孙中山又成立了同盟会美洲地区总会,希望能获得更多海外华侨的支持。

直到1911年10月10日,革命党人发动了武昌起义,孙中山所领导的革命才取得了第一次成功,武汉当天光复,各省的同盟会会员纷纷响应。

1912年8月,同盟会联合其他党派一起,成立了国民党,孙中山被推选为理事长。1913年3月20日,著名的革命家,也是国民党领袖的宋教仁被袁世凯主使的刺客暗杀。1913年7月,国民党组织了二次革命,袁世凯为了掩盖自己的罪恶行径,还装模作样,要严惩凶手。但经过调查才发现,谋杀宋教仁的元凶正是袁世凯,真相大白之后,全国各界一片哗然。这时,孙中山从日本赶回到了上海,他看清了袁世凯反革命的真面目,意识到非得除掉袁世凯不可,所以极力主张发兵讨袁。"二次革命"由此爆发。袁世凯一方面干扰宋教仁被害案的司法审判,一方面和英、法、德、日、俄5个国家的银行团达成了2500万英镑的大贷款,全部用来扩充军费。有了大量资金的袁世凯,更是有恃无恐,先后罢免了李烈钧、胡汉民、柏文蔚等国民党人的职务,同时命令早已集结在九江、南京附近的军队对革命军发起猛攻。9月1日,南京城被袁世凯占领,原来宣布独立的各个省份,在战争失利的情况下,先后取消了独立。"二次革命"只进行了两个月的时间,就失败了。

之后,孙中山又成立了护法军政府,同时授意同盟会嘉应州主盟人何子渊创办了全国第一家地方国营股份制大型企业——梅州"琯坑钨矿"。在1918年2月正式投产。

1918年5月,孙中山受到西南桂系和政学系军阀的要挟,无奈之下辞去了"中华民国"大元帅的职务。1919年10月,孙中山将中华革命党改组为中国国民党,并发表所著《孙文学说》、《建国方略》。1921年4月,孙中山在广州再次组建了军政府,担任大总统。

1922年6月,陈炯明发动兵变,孙中山被迫转移到了上海。直到1923年2月陈炯明被击败之后,他才又回到广州重新担任大元帅的职位。

之后,孙中山在广州召开了中国国民党第一次全国代表大会,发表了关于改建国民党的宣言,并且确定了"联俄、联共、扶助农工"的国民党政策;通过新党纲、新党章,把原来旧的三民主义进行了重新调整,提出了新三民主义。

孙中山将中国国民党改建为包含工人、农民、小资产阶级和民族资产阶级的革命联盟,也因此而推动了第一次国共合作。

之后,孙中山在冯玉祥的邀请下到北京去"讨论国事"。在北上途中,孙中山发表了关于反对帝国主义和封建军阀的执政纲领,并且提出要召开"国民会议"、废除不平等条约等革命口号。当时孙中山身患肝病,但仍然拖着病体来到北京,发表了《入京宣言》。

1924年12月31日,孙中山抵京入住北京饭店后,次年1月即开始病发。1月26日,被确诊为肝癌,在协和医院接受手术。1925年2月18日,他移至行馆接受中医治疗,3月11日,自知不起,临终时由夫人宋庆龄扶腕,在汪兆铭(即汪精卫)所代笔的《总理遗训》及《致苏联政府书》上签字。

1925年3月12日9时30分,孙中山因原发胆管腺癌转移到肝部逝于北京协和医院,享年59岁。在生命的最后时刻,孙中山提到国事的遗言是:"和平……奋斗……救中国!"

霍元甲

清末爱国武术家

——我是"东亚病夫"霍元甲，愿在这台上与你较量。

姓　　名	霍元甲
籍　　贯	天津静海小南河村
生卒时间	1868年1月18日~1910年9月14日
历史评价	名震中外的爱国武术家，上海精武体育会创始人。孙中山对霍元甲"以武保国强种"的胆识给予了很高的评价。

作为一个经常在电视荧幕上出现的武术家，霍元甲的种种传奇故事已经被很多人所熟知。但是，在很多人眼里，霍元甲仅仅是一个武林高手，却忘了，他同样是一位爱国人士。从生到死，他都在以自己独特的方式为国家民族争取尊严。

体弱少年竟是武林高手

霍元甲出生在天津市的小南河村的一个武术世家。由于他少年时体弱多病，所以他的父亲禁止他习练武术。但是霍元甲却从小对武术非常感兴趣，经常悄悄地观看父亲习武。

小南河村西有一片枣树林子,由于紧挨着一块坟地,所以平时根本就没有什么人到这里。霍元甲每次偷学了父亲的武艺之后,就到这个枣林的深处去练习。

没有不透风的墙,霍元甲的父亲知道了小霍元甲的所作所为。后来,霍元甲的父亲对霍元甲说:"我说过,不让你习武,可你为何不听?"霍元甲回答说:"孩儿知错了,请父亲原谅,我保证不与任何人较量,不丢霍家的面子。"霍父见儿子习武心切,只得答应下来。

某年秋天,有一位拳师来到了霍元甲的家中,说是仰慕霍家"迷踪拳"的大名,其实是来比武较量的。霍元甲的父亲不想与人动手,便说:"霍家习武只是强身健体之用,实在不敢班门弄斧。"那位拳师见霍元甲的父亲不愿与自己比武,便说道:"难道霍家都是缩头乌龟?"

霍元甲的父亲听到对手的这句话,心中有气,但是依旧不动声色,说道:"既然如此,就让元卿和你过几招吧。"霍元卿是霍元甲的三弟,自幼习武,也算是略有小成,但是不承想对手着实厉害,只三招,便将元卿打倒在地。霍元甲的父亲一看对手功夫不弱,心下暗想:"为了家族声誉,今天看来非得我自己出马不可了。"正在此时,他突然听到有人喝道:"看我的!"就见霍元甲旋风似地一跃而出。

霍元甲的父亲一看是他,吃了一惊,因为他从来没正经教过这个孩子什么武术,他上去肯定会被对方打败,但是此时想要阻拦也已经晚了,霍元甲和那人已经开打了。只见霍元甲进如疾风,退如闪电,下盘功夫也非常扎实。没过几个回合,霍元甲就找到了对手的一处破绽,俯身一腿扫去,将那人放倒了。然后霍元甲趁机上前,施展擒拿手法,将对手扔出好几米远,获胜了。

眼前的这一幕完全出乎所有人的意料,霍元甲的父亲是又惊又喜。而霍元甲"武艺绝伦"的名声也就此传遍了天津卫。

勇斗歹徒

1895年的时候，霍元甲已经娶妻生子，开始忙于生计了。这年冬天，他挑着一担柴到天津卫去卖。

霍元甲的柴担与别人的完全不同，重达三四百斤，但是霍元甲挑起来却非常轻松。路人行人见霍元甲如此神力，交口称赞。

霍元甲来到西门外的西头弯子，还没有开始做生意，就有当地的地痞流氓前来管霍元甲要什么"过肩钱"、"地皮钱"。霍元甲当然不肯把钱给这些无赖，于是对方便对霍元甲动手。一个小小的地痞哪里是霍元甲的对手，被霍元甲三招两式便制伏了，地痞见势不妙就逃走了。

过了没多久，一群地痞流氓拿刀枪棍棒前来给自己的同伙报仇，霍元甲知道不动真格的是不行了，于是便将扁担拿在手里，严阵以待。等到那群人气势汹汹地涌上来之后，他突然大喝一声，用自己手中的扁担左突右冲，前扫后抢。几声惨叫过后，地痞们手里的武器都被霍元甲打到了地上；紧接着，霍元甲又对他们一通猛打，将对方打得四散逃走。

虽然屡次被霍元甲打败，但是小痞子们依旧是不甘心，他们又集结了40多号人，前来报仇。当时霍元甲也打红了眼，他把手中扁担"咔嚓"一声断为两截，双手各执一截，就准备和对方较量一下。就在局面一触即发的时候，有人突然喊了一声："住手！"原来是那帮地痞们的头目——"冯掌柜——"到了。

冯掌柜见霍元甲威猛无比，便生结交之意。他将霍元甲邀请到自己家中，设宴款待，并想让霍元甲接手脚行，负责维持地盘。霍元甲说这要和家人商量之后才能作决定。

到了第二年，霍元甲的生活越发困窘，无奈之下便前往天津，去投奔冯掌柜。他接手脚行以后，先后取消了敲诈农民和商贩们的"苛捐杂税"，这引起了当地地痞流氓的不满。霍元甲此时才算知道,原来这里是一个专门剥削劳动者的地方,于是便辞去了工作,去药栈当了一个搬运工。

一天,霍元甲所在药栈进了一批中草药,每一捆都有500多斤。当时有一个壮汉想和霍元甲一较高下,便独自一个人扛起这500斤重的草药捆,连着扛了三趟,然后当着所有人的面说:"霍师傅,大家都说你是个武林高手,力大无比,今天您也当着大伙儿的面展露一下您的功夫,也让大家伙开开眼。"霍元甲早就知道这个壮汉仗着自己的一身蛮力,在工友中作威作福,就想趁此机会扫一扫他的威风。于是,霍元甲对他笑了一笑,拿过一个粗大的木棍,两段各放一捆药材,优哉游哉地担着走了。当时工友们看霍元甲竟然自己担了一千斤的东西,纷纷鼓掌,那大汉则自愧不如,灰溜溜地走了。

勇斗皇家保镖

到了1900年初春,霍元甲所工作的药栈掌柜农劲荪趁工作不忙,便邀请霍元甲一起出去游玩。两个人来到河边,找了一个小茶馆,一边喝茶一边聊天。

农劲荪曾在日本留学,知识渊博,他经常和霍元甲一起谈古论今,给霍元甲讲了许多关于外寇入侵中国的故事,使霍元甲大开了眼界,更懂得了许多道理,也激发了霍元甲爱国报国之心。

当时二人谈兴正浓,忽然听到河边有一阵吵闹之声,原来是运皇粮的船只要在这里停泊。负责押粮的人叫做李刚,他跳上岸来,在周围转了一圈,都没有找到一个打桩的地方,李刚心里有些着急,便一脚把一个席棚的立柱踢断了。

这个席棚的主人是从山东逃荒到天津的穷苦人,靠做早点为生,他见席棚被人踢倒,也不敢发火,只是向李刚求情。但是这个李刚是霸道惯了的,他不管对方的苦苦哀求，扯掉了席棚，把木桩尖头朝下，用自己的拳头作为锤子，将木桩一下一下地钉入地里。这一举动引起了众人的围观。

那席棚的主人失去了赖以生存的本钱，就跪下求李刚给点赔偿，李刚则将这人一脚踢开，在木桩上拴好缆绳，准备离开。

就在此时，只听得霍元甲喝道："那黑小子，给我回来！"

李刚身为皇家粮船的保镖，怎么会把一个其貌不扬的霍元甲放在眼里？他回转身来，傲慢地说："浑小子，你是不是不想活了，怎么敢和我作对？"霍元甲则冷笑道："像你这种狂徒，我霍元甲一向不怕！"得知对方就是赫赫有名的霍元甲之后，李刚心中也吃了一惊。但他不愿意折了面子，就对霍元甲说："姓霍的，别多管闲事。"霍元甲也不肯示弱，执意让李刚赔偿山东人的席棚。

二人谈不拢，最终还是动起手来。霍元甲见李刚也颇有些拳脚，就使出了家传的绝招——"闪步撇拦掌手雷"，一下子就跳到李刚的身后，在他背上猛击一记，那李刚怎么能经受得起霍元甲全力一击，便"哇"的一声吐出一口鲜血，栽倒在地。

这时，船上的运粮官看见有人居然把保镖给打倒了，就叫来手下的军士来捉拿霍元甲，将霍元甲铐了起来。

站在一旁的农劲荪急得顿足捶胸。恰巧，当时体仁阁大学士徐桐经过此地，而农劲荪恰巧与对方熟识，便对和徐桐说明了前因后果，徐桐也慨叹霍元甲是条好汉，就叫人放了霍元甲。

李刚被霍元甲打倒之后，非常不服气，就让自己的同门师兄刘伟英去邀霍元甲比武。霍元甲欣然应战。

他们比的第一项是在空簸箩的边上走三圈。霍元甲对这种功夫比较生疏，只走了两圈半就把簸箩给搞翻了，李刚和刘伟英都嘲笑霍元甲说："看来你的功夫还是差半圈。"霍元甲则不动声色。

他们的第二项比武是每人各击对方三掌。刘伟英的第一掌打过去，霍元甲好像浑然未觉,就是脚下的青砖裂开了。刘伟英第二掌打下去,霍元甲还是丝毫不动,只是脚下的碎砖变成了小块。刘伟英不由倒吸了一口冷气,他用尽所有力气击出第三掌,只见霍元甲的双脚陷进青砖地里三寸多深,但是身体还是丝毫未动。霍元甲拔出双脚,微微一笑说:"老师傅请了!"刘伟英哪知他的厉害?只一掌,他就经受不住了,晃了一晃,一头栽倒在地。

刘伟英笑脸相赔,承认失败,并邀霍元甲住下,以后再比。谁想到他居心叵测,竟把霍元甲锁到了小阁楼里。霍元甲在天黑以后使出神力把铁窗整个推了出去,墙壁也塌了一块,方才脱身。

为国争光

1900年,北京源顺镖局江湖人称"大刀王五"的王子斌来到了天津,与霍元甲相识,两人一见如故,霍元甲对王子斌非常尊重。

1900年6月18日,天津城被八国联军攻陷。"大刀王五"在抗击外国侵略时被洋人所杀。洋人还把他的头颅挂在了旗杆之上,以震慑反侵略义士。得知这个消息之后,霍元甲和自己的徒弟刘振声悄悄地来到了京城。趁着夜深人静的时候,霍元甲爬上十几米的旗杆,拿回了王子斌的首级,在《老残游记》作者刘鹗的协助下,将大刀王五安葬,尽了朋友之义。

在那之后,霍元甲亲眼看到了许多洋鬼子残杀中国人的滔天罪行,这使他种下了对侵略者的仇恨和对清政府的愤懑。他回到家乡招众练武,以报效国家。

霍元甲33岁那年的一天,他的徒弟刘振声手里拿着一张海报气冲冲地交给了霍元甲,霍元甲一看也非常气愤,因为这是一张俄国大力士向中国武术节挑战的战书,上面还写着:"打遍中国无敌手,让东亚病夫们见识见识,开开眼界。"看到这句话,霍元甲说:"洋人欺人太甚!"便马上带着刘振声赶往天津卫。

　　到了天津卫之后，霍元甲先找到了懂外语的人，让他去和外国人说："霍元甲要挑战俄国大力士。"当时俄国大力士非常嚣张，认为自己一定可以打败所有的中国武者，便答应了霍元甲的挑战。

　　等到比武那天，俄国大力士首先出场。这个大力士身材高大，体壮如牛。

　　为了震慑到场的中国人，俄国大力士先是打了一套拳来活动浑身的肌肉，然后仰卧台上，两只手各拿起一只重达一百磅的哑铃，双腿再夹住一个，在三个哑铃上放一木板，木板上放一张八仙桌，四把椅子，后让四名壮汉坐到上面大牌，木板没有丝毫的动摇。接着，这个大力士又开始表演"平卷铁板"。他先是拿一块很厚的铁板让别人用大锤砸三下，那个铁板没有任何的变化，然后他拿起铁板，用手将铁板卷成了筒状。最后一项是断铁链。他把一条粗铁链一头用脚踩住，然后绕身几周，另一端从肩上回过来用双手拽住，只听大喝一声，铁链咔嚓挣断，落在台上发出巨响。

　　如此表演，让所有观众都目瞪口呆，表演之后，他又吹牛自己是世界第一大力士。看到这里，霍元甲再也忍不住了，他一个箭步冲上台，对这大力士说："我就是你所说的'东亚病夫'中的一个，名叫霍元甲，我要和你较量一番！"

　　大力士这时才知道，原来要和自己比武的是眼前这个英气逼人的汉子，他怕自己在众目睽睽之下输给对方，不敢应战。霍元甲只得气愤地离开了会场。

　　到了1909年，上海又来了个叫做"奥匹音"的英国大力士，这个大力士在报上大登广告，自吹自擂，侮辱中国人。当时许多上海武术界的人物都与这个人交过手，没有一个人能够胜过他。无奈之下，上海武术家们便去天津请霍元甲，让他来收拾这个大力士。

　　霍元甲一来到上海，就在上海也设下了一个擂台，并且打出了"专收各国大力士，虽有铜皮铁骨，无所惴焉"的旗号。

　　霍元甲的所作所为很快就在上海滩引起了轰动。奥匹音觉得对手非常强大，不想出战，便用一万两银子做赌注要挟霍元甲，没想到霍元甲一口答应。奥匹音不得不签订了赛约。可是，在比赛的那天，奥匹音也逃之夭夭了。

当时日本柔道会知道霍元甲挫败英、俄大力士，非常不服气，就找来十几个高手，来找霍元甲一较高下。

当时，霍元甲先让他的徒弟刘振声上场，刘振声按照霍元甲的吩咐，在比武开始时纹丝不动。日方武士见对方不出招，便猛地扑上前去，抓住刘的衣服想把他摔个跟头，谁知道刘的站桩功夫非常了得，日本武士使出很多招数，都拿刘振声没有办法。刘振声连败对方五人。

日领队见状非常气氛，就亲自出马，让霍元甲和他比武，霍元甲应战而出。刚刚一交手，日本领队就察觉到了霍元甲的厉害，就企图对霍元甲下狠手，霍元甲识破了对方的阴谋，便虚晃一招，用自己的手掌打中了对方的小臂，对方的手臂瞬间骨折，无力再战，只得承认失败。

在和日本人比赛之后，日方设宴招待霍元甲，其间，日本人得知霍元甲患有"热疾"，就让一个叫秋野的医生给霍元甲看病。哪知霍元甲在吃了这个医生的药之后，身体非但没有康复，反而还病得更加厉害了，仅仅一个月以后，霍元甲就离开了人世。

霍元甲死后，朋友们把药拿去化验，才知道这根本不是什么治病的药，而是一种慢性毒药。

霍元甲逝世后，当时精武会弟子和上海武术界爱国人士为霍元甲举行了隆重葬礼，敬献了"成仁取义"挽联，安葬于上海北郊。转年，由弟子刘振声扶柩归里，迁葬于小南河村南。上海精武会由元甲之弟元卿、次子东阁任教。各地分会相继纷起，十数年后，海内外精武分会达43处，会员逾40万之众。

孙中山对霍元甲"以武保国强种"的胆识给予了很高的评价。在精武会成立10周年之际，他亲临大会，题写了"尚武精神"四个大字，以示对霍元甲的纪念。

张澜

民盟领袖，爱国志士

——我对国家之和平、民主、统一、团结之信念，及为此而努力之决心，决不变更。

姓　　名	张澜
籍　　贯	四川南充
生卒时间	1872年~1955年2月9日
历史评价	民盟中央执行委员会主席、民盟第一届中央委员会主席，著名的爱国人士。

张澜是一位热诚的民主主义者、爱国主义者。从旧民主主义革命到新民主主义革命，他经受了严峻的考验和锻炼，而成为坚强的民主战士。他的一生是为中国的独立、自由、民主、和平而奋斗的一生。他的"与日俱进"的学习精神体现着中国优秀知识分子的本色。

投身教育事业

张澜自幼随父耕读，25岁那年中秀才，之后执教于南充乡塾和广安紫荇书院。1902年入成都尊经书院深造，专攻经史。因成绩优异被选送日本东京宏文书院学习教育。留学期间,因倡议那拉氏(慈禧)退朝,被视为大逆不道,遭清廷驻日公使押送回国。

张澜回国之后,积极投身教育事业,创办小学、中学和女校,并且推行新式教育。1911年,领导了历史意义非常重大的四川保路运动,反对清政府卖国,进一步促成了四川人民大起义,这一事件是辛亥革命的导火线,获孙中山赞扬。辛亥革命之后,他出任川北宣慰使,还担任国会众议院议员。1915年联系川军北上讨伐袁世凯复辟帝制。共和恢复后,出任四川嘉陵道道尹,主持川北政府,1917年升任四川省省长,时间虽不长,但很有功劳。1918年在北京设立"四川省省长行署",五四运动时期,任北京《晨报》执行董事,大力宣传民主与科学。

在抗日战争的年代里,张澜出任国民参政会参政员。1941年又发动了中国民主政团同盟(后改为中国民主同盟),从1941年10月开始,张澜就出任民盟中央主席,直到1955年2月逝世为止,一共当了14年。他领导民盟始终响应中国共产党的号召,坚持抗战,反对投降;坚持团结,反对分裂;坚持进步,反对倒退。

1943年张澜发表了《中国需要真正民主政治》,揭露国民党政治上的重大骗局,阐明民盟的民主政治主张,为争取抗战胜利作出了巨大贡献。

抗战胜利后,他领导民盟和共产党一道为团结统一、和平建国作贡献,坚定不移地站在共产党一边,反对内战。1945年12月写信国共两党,对团结、民主、军事、国家建设诸问题进行探讨,并且督促国共双方在1946年元旦下令停战。

之后,张澜代表民盟担任旧政协首席代表。内战爆发后为国共和谈积极奔走,在和谈破裂之后,领导民盟总部发表公开讲话,拒绝出席国民党的伪国大。1947年11月国民党政府将民盟定位为"非法团体",民盟总部无奈解散,张澜在民盟总部被迫解散的第二天以个人名义公开声明,说"我个人对国家之和平、民主、统一、团结之信念,及为此而努力之决心,决不变更。我希望以往之全体盟员,站在忠诚国民之立场,谨守法律范围,继续为国家之和平民主统一团结而努力,以求达到目的"。

之后,张澜又努力恢复民盟总部。1949年,因拒绝和国民党一起去台湾,在上海遭到软禁,在共产党的努力下终于脱险。

1949年9月,出席中国人民政治协商会议第一届全体会议,当选为中华人民共和国中央人民政府副主席。新中国成立后,他以高度的政治热情参加国家大政方针的决策,为国家政治稳定,经济发展作出了突出贡献。1954年当选为第一届全国人大常委会副委员长、第二届全国政协副主席。

英勇的保路运动领导人

1911年,腐败的清朝政府为着维护自己的独裁统治,将川汉铁路卖给了英、美、法、德四国银行团。清政府的可耻行径激起了四川人民的愤怒。于是各县推选股东代表,商量对策,张澜以南充代表出席了这次大会,并当选为川汉铁路股东大会副会长。

大会成立了"保路会",和清朝政府展开了斗争。当时四川总督赵尔丰为平息这场斗争,竟然派人逮捕了张澜等9名领导人。在死亡的威胁下,张澜不为威武所屈,大义凛然地据理力争,赵尔丰非常恼火,将张澜软禁,"候旨听斩"。

这个消息传出之后,全川各县保路会动员当地群众10余万人,包围了成都城。清政府只好派督办铁路大臣端方率领军队赶往四川解围。同情革命的清朝军队在途中发生兵变。无奈之下,赵尔丰只好释放张澜等9位保路运动领导人。

同时由于鄂军西调,武昌城内缺兵少将,给辛亥革命起义创造了有利条件。孙中山先生曾经说过，如果没有四川保路会起义，武昌革命至少要推迟一年半载。

当年的保路运动，除了在军事上对辛亥革命产生过积极的作用之外，其更为深远的历史意义是，它证明中国人民再也不甘屈服于帝国主义侵略者和清朝封建专制统治者的压迫，敢于起来坚决抗争。这是民族觉醒的象征，是爱国主义和民主主义精神的伟大象征。

杰出的人民教育家

张澜曾经留学日本，在东京宏文书院师范读书。日本在维新之后，国家富强、教育事业的发达，对张澜很有启示。他因在中国留日学生中积极主张变法立宪，被清政府看做是大逆不道，押送回国。

回国之后，张澜积极献身于教育事业。他在创办南充中学的时候，倡导学用结合，除普通中学外，增设农、工、医及师范等职业班，附设农场、工厂、医院供学生实习。他办的新式学校对当时四川教育的革新起了先锋作用，吸引了大量进步青年前往就学，其中包括朱德、罗瑞卿等伟大的无产阶级革命家。

1920年，他在北京以四川省长名义与当时北洋政府交通部商洽，将川汉铁路股款利息拨出，救济就学于京、津等地生活困难的川籍学生，并将部分利息作为基金捐助他的好友吴玉章等组织的华法教育会，资助留法勤工俭学的川籍学生，其中一些人后来成为中国共产党的优秀战士。

1925年，他任成都大学校长时，采取蔡元培在北大实行的兼容并蓄方针，坚持用人唯才，提倡思想学术自由。他不顾校内外顽固守旧派反对，允许校内三派（共产主义者的社会科学研究社、三民主义者的健行社和国家主义者的惕社）同时存在，自由争鸣。在他的开放政策下，社会科学研究社在校内扩大了影响，一时成为西南一带传播革命种子的重要园地。

为民主、和平、统一而奋斗

1927年以后,中国革命进入了最为艰苦的时期,中国共产党成为国家兴亡的唯一希望。抗日战争中期,在共产党统一战线政策的推动下,中国出现了一个主要由知识分子组成的民主同盟。而张澜正是民盟的主要领导人。

1945年,毛主席在重庆与蒋介石谈判的时候,和周恩来曾经多次到"特园"和张澜会晤,为以后中共与民盟共同奋斗奠定了基础。在旧政协会议中,民盟代表团与中共代表团达成一项谅解,即双方在提出重大政治主张之前,事先彼此协商。这一谅解开创了中共与民盟政治合作的先例。旧政协的五项决议公布之后,受到全国人民的拥护,然而不久就被国民党反动派背信弃义地撕毁了。张澜同志毅然决然地领导民盟同共产党合作,坚定地与人民共命运,经受了严峻的历史考验。

坚决拒绝参加伪国大

1946年10月,蒋介石利用国共和谈的这段时间,完成了内战的军事部署,他先是侵占张家口,第二天又宣布召开伪国民代表大会,毫不顾忌地撕毁和共产党协定的政协决议,关闭了和谈之门,妄图给独裁统治政权披上合法外衣,更肆无忌惮地把全国人民推入内战火海。

正当国民党反动派对所谓第三方面加以威胁诱惑,迫使其限期交出参加国大的代表名单的紧急关头,民盟内部的民社党叛变革命,不经民盟总部同意就交出了他们的代表名单。

当时还居留在重庆的张澜,从重庆"特园"与南京民盟总部通长途电话,他非常气愤地说道:"我们民盟必须在政协决议程序全部完成后,才能参加国大,否则就失去了民盟的政治立场。希望大家万分慎重,决不可稍有变动。"当天下午和晚上他多次打电话给民盟总部,叮嘱他们千万不可提交名单。

张澜在这重大历史关头,以高度的责任感和使命感,保证了民盟高层的意见统一。直到他从报纸上看到民盟总部发表"决不参加"的声明之后,他才高兴地笑道:"我可以睡得着觉了。"

民盟紧随中国共产党之后拒绝参加国民党的大会,是民盟历史上的一件大事。在中国人民同反动派斗争的重要事件,民盟和共产党站在了一边,揭露了国民党反动派的反动本质。对于此次事件的重大意义,陈毅在张澜的追悼会上说:"就党派关系上说,是保持了民盟和共产党的紧密团结;就阶级关系上说,是保持了小资产阶级、民族资产阶级和工人阶级的联系;都是保证和加强了统一战线的巩固。"

1947年,反动派肆意逮捕、屠杀各地民盟盟员,查封盟办报刊,并于11月宣布民盟为"非法团体",民盟总部被迫解散;张澜同志不为横暴所屈,在被迫解散的次日毅然以个人名义向上海报界发表声明,严正表示"本人对于中国和平、统一、民主前途之信念,本人为此目标之努力,并未稍更。本人诚恳希望盟友在爱国公民之立场上,在法律之限度内,继续为我国之和平、统一、民主而努力"。不久,沈钧儒等同志在香港召开民盟三中全会,恢复民盟总部。张澜同志在国民党反动派监视下未能赴港与会,除去信对三中全会决议表示同意外,还不时地接济民盟在港活动经费,资助去港同志路费。1949年春,他和罗隆基同被反动派监禁于上海疗养院,直到上海解放前夕,幸由中共地下组织营救脱险。

1949年9月,张澜出席中国人民政治协商会议第一届全体会议,当选为中华人民共和国中央人民政府副主席。新中国成立后,他以高度的政治热情参加国家大政方针的决策,为国家政治稳定、经济发展作出了突出贡献。1954年当选为第一届全国人大常委会副委员长、第二届全国政协副主席。

张澜是一位热诚的民主主义者、爱国主义者。从旧民主主义革命到新民主主义革命,他经受了严峻的考验和锻炼,而成为坚强的民主战士。

陈嘉庚

爱国侨商的救亡之路

——教育是千秋万代的事业,任何时候都需要。

姓　　名	陈嘉庚,原名陈甲庚
籍　　贯	福建省同安县集美社
出生日期	1874年10月21日~1961年8月12日
历史评价	著名的爱国华侨领袖、企业家、教育家、慈善家、社会活动家。陈先生生前曾被毛泽东赞为"华侨旗帜、民族光辉"。厦门大学、集美大学都尊其为校主。

他是成功商人,是教育家,更是爱国者。在风雨飘摇的年代里,他用自己对于国家的一片赤诚之心,点燃了中国教育之希望。他虽坐拥百万家财,却艰苦朴素,将自己所有的金钱都用于教育。他就是陈嘉庚。

"一诺万金"下南洋

陈嘉庚出生在一个华侨世家,他的父亲陈杞柏在新加坡经营着一家名叫"顺安"的米店。

陈嘉庚17岁时,开始和父亲一道做米店生意,一做就是13年。

陈杞柏晚年,生意受挫,不仅没有能力再经营米店,还欠下了别人20余万元。

陈杞柏死后,由陈嘉庚接手已经江河日下的家业。陈嘉庚很快就表现出了自己在经商方面的天赋,他不仅继承了父亲的米店生意,还新开了一家叫做谦益的米店。在1904年,他又一手创建菠萝罐头厂,号称"新利川黄梨厂";同时还承接一家菠萝罐头厂。同一年,陈嘉庚的弟弟陈敬贤也来到了新加坡,帮助管理谦益米店财务。

经过几年努力,陈嘉庚和弟弟逐渐成为了商业界的成功人士。

根据当时新加坡的法律规定:"父债子免还",也就是说,陈嘉庚父亲当年所欠下的债务和陈嘉庚本人没有一点关系,陈嘉庚没有义务帮父亲还清生前所欠下的债。但是陈嘉庚却执意要"父债子偿"。很多人都不明白他为什么这样做,有些人还说他太傻,但陈嘉庚却说:"中国人取信于世界,绝不能把脸丢在外国人面前!""我们中国人一向言必信,行必果。"

由于许多当年的债主在这段时间里已经没有了音讯,陈嘉庚只得花费精力去一一寻找,从1905年到1907年为止,陈嘉庚终于连本带利还清了父亲所欠的债务。

陈嘉庚代父还债的行为迅速传遍了东南亚商业界,他一诺千金的义举也广为流传。从那以后,许多商人都主动找上门来与他做生意。因此,陈嘉庚在之后的十年时间里,迅速积累了大量财富。

1925年,陈嘉庚已经成为华侨中最大橡胶垦殖者之一,被称为新加坡马来西亚的"橡胶王"。同时,他还经营米厂、木材厂、冰糖厂、饼干厂、皮鞋厂等,他拥有的厂房多达30多处,职工达3万余人,资产达1200万元(约合黄金百万两)。营业范围遍及世界。

投身教育事业

陈嘉庚说:"民智不开,民心不齐,启迪民智,有助于革命,有助于救国,其理甚明。教育是千秋万代的事业,是提高国民文化水平的根本措施,不管什么时候都需要。"

早在1894年的时候,陈嘉庚就曾经捐献2000银元,在家乡创办惕斋学塾。此后,他又相继创办女子小学、师范、中学、幼稚园、水产、商科、农林、国学专科、幼稚师范等。在陈嘉庚的努力下,他的故乡集美——这个昔日偏僻的渔村成为了著名的"集美学村"。

1918年,陈嘉庚发表了"致集美学校诸生书",书中说:"教育不振则实业不兴,国民之生计日绌,……言念及此,良可悲已。吾国今处列强肘腋之下,成败存亡千钧一发,自非急起力追难逃天演之淘汰。鄙人所以奔走海外,茹苦含辛数十年,身家性命之利害得失,举不足撄吾念虑,独于兴学一事,不惜牺牲金钱竭殚心力而为之,唯日孜孜无敢逸豫者,正为此耳。诸生青年志学,大都爱国男儿,尚其慎体鄙人兴学之意,志同道合,声应气求,上以谋国家之福利,下以造桑梓之麻祯,懿欤休哉,有厚望焉。"这体现了他对教育事业的热情关注。

在陈嘉庚获得商业上的巨大成功之后,想到的第一件事也是兴学报国。他说:"国家之富强,全在于国民,国民之发展,全在于教育,教育是立国之本。1921年,陈嘉庚筹措100万元,创办了厦门大学。这是当时全国唯一一座由民间独资建成的大学。

后来,由于世界经济不景气,陈嘉庚的经商活动也因此受到负面影响,但即便如此,他还是不遗余力地投资办学,陈嘉庚说:"宁可变卖大厦,也要支持厦大。"这句话不是一句空话,他果然将自己的三座大厦卖了,作为维持厦大的经费。

在陈嘉庚的带领下,许多华侨纷纷投资办学,对中国大学的发展作出了不可磨灭的贡献。

除了在国内办学之后,陈嘉庚对海外华侨子女的教育也非常关注,1919年,他创办了规模宏大的"新加坡南洋华侨中学",是当时海外华侨深造的最高学府。陈嘉庚之所以在国外办学,是想通过这种方法传承中华文化。当时有教会请求陈嘉庚捐款10万元,创办一所大学,陈嘉庚非常痛快地答应了,但他同时提出一个要求——这所大学一定要教授中文课程。由此可见陈嘉庚传播中国文化之决心。

在教育领域,陈嘉庚不仅是一个投资者,更是一个亲身参与教育事业第一线的教育家。在长期办学的实践中,陈嘉庚逐渐确立了自己的教育原则:第一,反对重男轻女,他当时兴办了许多女子学校,为的就是能让女性也获得受教育的机会。在当时,这可以说是开创了教育界的先河。第二,陈嘉庚先生认为办学应优待贫寒子弟,奖励师范生。在陈嘉庚先生眼里,无论贫富,都有受教育的权利,因此,许多来自寒门的学子受到了他的资助。同时,陈嘉庚先生非常注意师范生的培养,他认为只有教书的素质高了,才能教育出高素质的学生,因此,他对师范类院校的投入非常大。第三,注重学生的全面发展。陈嘉庚是"德、智、体三育并重"教育法的创始人,他认为只有全面的教育体系,才能培养出全面的人才。

换言之,陈嘉庚在教育事业上的投资可谓是不遗余力,据统计,他用在兴办学校上的钱超过了一亿美元。虽然陈嘉庚在办学上非常舍得花钱,但是在自己的生活中,他却是一个简朴的人。

陈嘉庚为集美和厦门大学盖起了数十栋高楼,但是自己却住在一个旧式的二层小楼里,不仅房间小,而且光线不足。虽然条件艰苦,但是依然十分满足。

陈嘉庚所用的床、写字台、沙发、蚊帐等都是用了很多年的。外衣、裤子、鞋子、袜子上面打满了补丁。虽然坐拥数亿家财,但是为自己规定的伙食标准却仅仅只有每天五角,经常吃番薯粥、花生米、豆干、腐乳加上一种鱼。陈嘉庚在自己的自传里写道:"我之个人家庭,年不过数千元,逐月薪水足以抵过。在集美建一住宅,不上一万元,他无所有。"

在陈嘉庚事业达至顶峰时,拥有资产一二千万元左右,在当时的华人企业家中,比他更有钱的比比皆是,但为国家和民族兴学育才始终慷慨输捐,而自己过着俭朴生活的,只有陈嘉庚一人。因此,黄炎培曾评价说:"发了财的人,而肯全拿出来的,只有陈先生。"他办学的时间之长、规模之大、毅力之坚,为中国及世界所罕见。

爱国者

除了是一名成功的商业家之外,陈嘉庚还有另外一个重要的身份——革命家。

1906年,陈嘉庚结识了正在筹划革命的孙中山先生。受孙中山革命思想的影响,陈嘉庚加入了"爱国同盟会"。

1928年,日本人制造举世闻名的"济南惨案",得知这一消息后,陈嘉庚义无反顾地领导爱国华侨展开了轰轰烈烈的抗日救亡运动。他联络南洋英、美、法、荷等各属殖民地华侨代表,成立了"南洋华侨筹赈祖国难民总会"(简称"南侨总会"),并担任主席。

在抗战期间,陈嘉庚带头捐款购债献物,在短短三年时间里,南侨总会就为祖国筹得约合4亿余元国币的款项。除此之外,陈嘉庚还组织捐献了许多抗战亟须的战备物资。

陈嘉庚坚持抗日,针对当时汪精卫的卖国行径,陈嘉庚在国民参政会第二次大会上提出"敌未出国土前,言和即汉奸"的著名提案。

这个提案成为了全国人民抗击外来侵略的强心剂,也让许多卖国分子寝食难安。在汪精卫等人的授意下,陈嘉庚的提案屡遭修改,最终只剩下19字:"在日寇未退出我国土之前,公务员不得言和案",尽管被修改之后的提案原意歪曲,锋芒尽失。但依旧成为了抗日救国的响亮口号,极大地振奋了中国人民的抗日决心。

1940年3月,陈嘉庚率领"南洋华侨回国慰劳考察团"回到祖国,去慰劳抗日前线的将士,此次回国是他人生中的一次重大转折。因为在此行之前,陈嘉庚还认为中国的希望在蒋介石身上,在国民党身上。但是在陈嘉庚来到延安之后,他的认识发生了转变。他意识到,这支由共产党领导的军队,才是民族国家之未来,才是抗日救国之关键。

在访问延安这段时间里,陈嘉庚与毛泽东、朱德等中共领导人进行了深入交谈。毛泽东给陈嘉庚描述了自己心中的理想国度:"一没贪官污吏;二没土豪劣绅;三没赌博;四没娼妓;五没小老婆;六没叫花子;七没结党营私之徒;八没委靡不振之气;九没人吃摩擦饭;十没人发国难财。"陈嘉庚大受鼓舞。此后,他更是亲眼看到边区军民一致、上下一心,共同抗日的情景。陈嘉庚认为,这才是"克敌制胜之本"。而反观国民党方面,则是官员腐败,坐待外援,民间疾苦无人过问,军事上又是节节失利。因此种种,陈嘉庚先生才将抗日救国的希望寄托在了共产党身上。

1946年,日寇投降。而此时,以蒋介石为首的国民党又将中华民族拖入到了内战之中。内战爆发后,陈嘉庚公开指责蒋介石:"一夫独裁,遂不惜媚外卖国以巩固地位,消灭异己,较之石敬瑭、秦桧、吴三桂、汪精卫诸贼,有过而无不及。"

回到祖国，投身教育

1949年，内战结束，共产党建立了一个崭新的国家。

此时已经当选中国国家主席的毛主席给陈嘉庚发去电函，邀请他回国出席全国政协，参加开国大典。

身处异乡的陈嘉庚也因新中国的成立而感到万分激动，他看到伟大祖国终于摆脱了外来入侵和军阀统治，所以决心定居祖国，为建设国家服务。

回到祖国之后，陈嘉庚历任中央人民政府委员、归国华侨联合会主席、当选全国人民代表大会常务委员、全国政协副主席。

此时，陈嘉庚已经年过古稀，但是仍然驰驱在祖国南北大地，不辞劳苦地为祖国社会主义事业贡献力量。

1961年8月12日，陈嘉庚于北京因病逝世，享年87岁。后安葬于福建集美鳌园。

周恩来总理担任了"陈嘉庚先生治丧委员会"主任委员，葬礼极为隆重。周恩来总理、朱德委员长亲自执绋，廖承志在葬礼上致追悼词。陈毅在陈嘉庚的葬礼上也激动地说："陈嘉庚先生是一个有骨气的中国人。作为华侨领袖来说，他是一个杰出的爱国主义者，追随革命，善始善终，值得后人学习。"

秋瑾

勇为天下先的革命女侠

——当不甘为人之奴隶也。

姓　　名	秋瑾
籍　　贯	福建闽县
生卒时间	1875年11月8日~1907年7月15日
历史评价	近代民主革命志士,中国妇女解放运动的先驱者,人称"鉴湖女侠"。

在中国历史上,以女儿身能够名留青史的人并不太多,而秋瑾,则是一位众人皆知的历史人物。她的传奇故事,广为流传,人们称之为"秋瑾女侠"。

弃家留学

秋瑾出生在福建省一个官宦世家,从曾祖那一代起,秋家就是世代为官。他的父亲秋寿南,是湖南省郴州的直隶知州。

秋瑾从小就在兄长的教导下读书,她十分喜欢研究历史,而且精于诗词歌赋,在15岁的时候,她又和表兄开始学习骑马击剑,算得上是文武双全。

20岁的时候,秋瑾奉父母之命,嫁到了湖南的一个富豪之家。她的丈夫王廷钧虽然是翩翩佳公子，却也是地道的纨绔子弟，所以秋瑾的家庭生活可以用"琴瑟异趣，伉俪不甚相得"来形容。秋瑾经常对别人说：女子是"沉沦在十八层地狱"，逐渐变成了"一世的囚徒，半生的牛马"。如果秋瑾是一个受"三从四德"影响的传统女性，那么在面对自己悲剧的人生时，由于被伦常约束，可能会郁郁而终。但是对于秋瑾而言，她认为自己有权利追求自己想要的生活。秋瑾的丈夫经常出去吃"花酒"，这时秋瑾便女扮男装，带上仆人出去看京戏。在遭到丈夫的暴力对待之后，终至夫妻反目。到1903年，秋瑾和丈夫的感情已经完全破裂。

1903年10月5日，正是中秋节，秋瑾在北京离家出走。那时的她已经是两个孩子的母亲，但是为了追求自由和解放，秋瑾说："处文明之世，吸文明之空气，当不甘为人之奴隶也。"她决定只身一人前往日本留学。

在秋瑾离家出走的时候，已经是20世纪初年。那时的中国已经开始走出封建传统的约束，"新思想"开始影响一批人。在北京的时候，秋瑾和书法家吴芝瑛相识。吴芝瑛当时发起了"上层妇女谈话会"和"妇人不缠足会"，这两位杰出女性在一起自然很有共同语言，正是在吴的影响下，秋瑾走上了反封建的道路。

在刚刚离开家的时候，秋瑾便住到了吴家，在那段时间里，她阅读了许多进步书籍。秋瑾的弟弟秋宗章在《六六私乘》里回忆说："秋瑾当时看过那些进步作品，再亲眼目睹了国家危亡之后，决定走上改革的道路。"

赴死·拷问

1907年1月，秋瑾在上海创办了《中国女报》，秋瑾担任总务、印刷、发行、编辑、撰稿等职务。《中国女报》在北京、杭州、绍兴等地设立了特约代销处，每一份报纸两角钱。虽然这份报纸前前后后只有两期，但是却体现了秋瑾非凡的志向,在发刊词里,秋瑾把《中国女报》比喻为"脱身黑暗世界,放大光明"的"一盏神灯"。

当时秋瑾和吴芝瑛说:"女子当有学问,求自立,不当事事仰给男子。今新少年动曰'革命,革命',吾谓革命当自家庭始,所谓男女平权事也。"

由于当时许多革命者试图通过暴力手段来推翻旧社会,所以秋瑾也加入了暴力革命的浪潮中。她和表兄徐锡麟都是光复会的成员,并且着手领导浙江起义。

当时秋瑾为了筹划起义大事,经常在杭州和上海之间来回穿梭,目的就是"运动军学两界,复以军学界之名义,歆动会党"。

1907年7月6日,秋瑾的表兄徐锡麟前去刺杀时任的安徽巡抚,但最终功败垂成,献出了自己的生命。一个礼拜之后,官府派兵丁包围了大通学堂,并且抓住了秋瑾,当时清政府对秋瑾严刑拷问,但是毫无结果。两天以后,秋瑾被处决。

秋瑾的死给当地民众留下了不可磨灭的印象。很多年之后,有个种菜的老人回忆说:"当年我才十二三岁,秋瑾的行刑队伍就从我家门前经过,我亲眼见到了临刑前的秋瑾,她神态自若;那个时候,所有人都觉得革命党人很神秘,再加上秋瑾是个女性,所以人们大多非常好奇,可是当看到秋瑾的英雄气概之后,所有的人都很感动。"

由于当时秋瑾没有提供任何的口供,而按照大清律法,官员不能杀没有口供的人;再加上轩亭口一贯是杀强盗的地方,秋瑾并非强盗,所以不能到那里去杀。因此,当时很多人对清政府的所作所为都非常不满。

为了平息社会上的责难之声,浙江巡抚张曾扬和绍兴知府贵福开始四处寻找证据,来证明秋瑾确实是一个革命党,"是罪有应得"。他们找到了许多秋瑾的革命诗文,还说秋瑾有组建军队造反的意图,即便如此,当时人们都认为,官府并没有依照法律办案。

杀害秋瑾所带来的负面效应远远超出了当地官员事先的料想，他们开始觉得不过是杀了一个乱党，没什么大不了的，但是最后才逐渐发现，自己的这种行为可能让自己身败名裂，甚至影响自己的仕途！

在外界的压力面前，谋害秋瑾的元凶张曾扬只好"请假"避祸。后来，他又被调补江苏巡抚。而江苏的有志之士则共同行动，由写《孽海花》的曾朴带领，写信给都察院，说江苏人民拒绝接受这位民愤极大的"父母官"。在众人的压力面前，清朝政府不得不做出让步，调补张曾扬为山西巡抚，次年月初即以病免职。

绍兴知府贵福，也因为谋害秋瑾而给自己招致祸害。他和张曾扬一样，在调到安徽时，被当地士民拒绝。在秋瑾事件之后，他的人生就成了一场悲剧，民国之后，这个人不得不改了名字，苟活于世。

秋瑾案的执行人、山阴县令李钟岳，在案件结束之后便受到了良心上的巨大谴责。据秋宗章在《六六私乘》里回忆，李钟岳对秋瑾的家人非常照顾，在清政府要求抄秋瑾的家时，他前去监督，为的就是保证不给秋家带来过分的损失，而且还多次安慰秋家人。对秋瑾一案，他消极办案，多方维护，但是最终还是不得不服从上司的命令，把秋瑾送上断头台。之后，由于在秋瑾案中和上司产生了冲突，被撤职。10月29日，由于内心的不安和道义的谴责，李钟岳第三次自杀成功，命丧于这一案件中。

借着为秋瑾鸣冤、平反的契机，江浙地区的民间力量快速增长，他们联合行动，形成了一股巨大的政治力量。30年后，秋宗章回首当日，慨叹"民权之膨胀，亦有以肇其端矣"。

说到底，一个女子被斩首这个事实，才真正激发了人们的义愤。而秋瑾的慷慨赴死，又增加了悲壮的底子。她的死，成为革命正当性的思想来源和激进女性们参与革命绵延不断的动力源泉。

赢得生前身后名

秋瑾牺牲的时候年仅31岁，正是一个人最好的年纪，却不幸失去了生命。但是，作为一个以身殉国的女性榜样，却以自己的生命扬起了革命的气质。秋瑾的生前好友吴芝瑛和徐自华，不顾个人的得失，顶着极大的压力为好友下葬。慷慨悲壮，舍生取义，无不可为，此种肝胆相照的侠风激扬，遂成就一部留名青史的传奇。

秋瑾处决当日，官府就通知秋家收尸。当时秋家的人已经开始避难，听说了秋瑾被杀之后，他们害怕受连累，所以都不敢去领尸，遗骸便由善堂施棺，暂时存放在卧龙山上。两个月后，风声渐缓，方由秋瑾之兄雇人移梓在严家潭。

秋瑾死后半月，便有一位叫做"慕秋"的女士给吴芝瑛写信，他认为秋瑾的死，"此可为吾女界第一最惨之纪念也"，吴芝瑛义肠侠骨，应开会追悼秋瑾。11月10日，徐自华写信给吴芝瑛，约吴联名登报，以葬秋瑾。吴芝瑛见多识广，认为如登报，可能会引起政府的干涉，反而于事无补。两人相约分任购买墓地和安葬之事。

《时报》刊登了吴芝瑛将赴山阴为秋瑾安葬的消息，在社会上引发极大的震撼。在上海的绍兴人越凡投书《时报》，赞赏吴芝瑛"义肠侠骨"，愿共成义举。浙江象山的一位林放卿先生也来信说，"浙中之须眉男子汗颜无地"，愿助一臂之力。

后来，在这些有志之士的努力下，秋瑾的遗体才得以安葬，烈士的英魂才得以安息。

陈叔通

才华横溢的爱国人士

——附凤攀龙徒取辱,何如大泽一羊裘。

姓　　名	陈叔通
籍　　贯	浙江杭州
生卒时间	1876年~1966年2月
历史评价	中国政治活动家、爱国民主人士。

陈叔通一生经历了戊戌政变、辛亥革命、袁氏称帝、军阀混战、日寇入侵、国民党统治等重要历史年代。他忧国忧民,苦心探索,终于在晚年接受了马克思主义,成为了中国共产党坚定的同盟军,为新民主主义革命、社会主义革命和社会主义建设事业作出了巨大的贡献。

辛亥革命,民国成立

陈叔通出身于书香门第,家学深厚。对诗词古文均有很深造诣。26岁的时候,陈书通中了举人,第二年中进士,并朝考中试,授翰林院编修。他热心社会活动,提倡妇女解放,是杭州女学校和著名的私立安定中学的发起人之一,又是杭州《白话报》的创始人,曾编写出版《政治学》和《法学通论》两书。

辛亥革命之后,"中华民国"成立,陈叔通被推举为第一届国会议员,同时还兼任《北京日报》的经理,希望对国家能作出自己的贡献。

但是,随着袁世凯窃取了革命的果实,解散国会,并且酝酿复辟称帝。陈叔通参加了由梁启超、蔡锷等人发起的反袁运动,同时辞去了《北京日报》经理的工作。

1915年8月,张菊生邀请陈叔通离京南下,进商务印书馆工作,陈叔通应邀到上海去参加工作,并且还在那里建立了反袁组织。

同年,蔡锷在云南发动起义,梁启超赶赴广东策划反袁。一开始,西南各省的军阀们大多数都持观望态度,护国军发展得并不顺利。当时,江苏军阀冯国漳是一个非常重要的人物,他的秘书长胡嗣瑷与陈叔通是多年好友。陈叔通通过胡嗣瑷的关系促使冯国璋通电西南各省,共同发起反袁大业。各省军阀得到电报之后,纷纷响应护国军,宣告独立。从此,护国运动在全国各地开始蓬勃发展。袁世凯已经到了众叛亲离的地步,无奈之下,只好在1916年3月宣布取消帝制,三个月之后,袁世凯忧虑而死。

陈叔通所在的商务印书馆,是中国当时最大出版机构,设有编辑、印刷、发行三个部门,在全国重要城市,以及香港、新加坡等地都设有分社,形成了规模巨大的推销网。陈叔通进馆之后发现,各个部门各自为政,没有统一的协调管理,因此建议在各部门之上设立一个总务处,作为商务印书馆的最高行政决策机构,以便统一领导。

印书馆的董事会采纳了陈叔通的建议,并请他担任处长。他在担任这个重要职务期内,慢慢建立和完善了一套科学化的管理制度,商务印书馆出书的速度、质量以及推销服务等方面都有了很大的提高,成为国内最大的出版机构,为我国文化教育事业的发展作出了重大贡献。

之后,陈叔通应浙江兴业银行董事长叶揆初的邀请,又去兴业银行担任常务董事。

由于陈叔通工作认真,办事严谨,所以在业内享有盛誉。

陈叔通从1915年开始从事工商金融事业,他发誓不和那些贪官污吏打交道,北洋军阀和国民党政府曾经多次邀请他出山为政府服务,但是陈叔通都拒绝了。他在游严子陵钓台时曾经赋诗明志:"附凤攀龙徒取辱,何如大泽一羊裘。"正是因为不想"附凤攀龙",他把自己的家命名为"有所不为斋"。

虽然不参与政治,但陈叔通却无时无刻不在记挂着国家的安危,人民的疾苦。在军阀战乱、遍地战火的年代,陈叔通非常着急,经常思考救国匡时的办法。

陈叔通非常喜爱梅花,曾经赞美梅花是"品格最高,能耐寒,有骨气"。他搜罗了名人画梅真迹一百多幅,把自己的书斋命名为"百梅书屋",这其实也是在向旁人表明自己的节操。

"九·一八"事变

"九·一八"事变之后,日本侵略者占领了东北三省。淞沪抗战也随后爆发,陈叔通积极参加抗日募捐活动。1937年,"七·七"事变爆发,日本人终于发动了全面的侵华战争,这时陈叔通已经61岁了。他在自己的诗中写道:"弥天兵气今方始,危涕沾襟万骨尘。"

迟暮之年,陈叔通遭受国家破亡之痛,内心非常悲苦。他非常希望国共合作,共同打击日本侵略者。但是当时国民党主要当权者不肯和共产党合作,反而将所有精力用在打击共产党之上,致使抗日良机一再贻误。

陈叔通对国民党的做法非常不满,在《卢沟桥行》一诗中,陈叔通愤怒地谴责国民党:"一误再误唯尔辜,尔辜尔辜万夫指。"当时,上海的环境已经非常危险了,陈叔通闭门谢客,虽然日本人多次邀请他出山,在伪政府担任要职,可是都遭到了陈叔通的拒绝。他在给朋友写的诗中说:自己要"相期珍重到晚节"。

1945年,日本侵略者无条件投降,陈叔通高兴万分,以至于通宵难寐。但他此时已经对国民党政府的腐败无能和独裁统治深恶痛绝,在狂喜之余也对国家的前途怀有深深的忧虑。当时国民党有人邀请他去政府做官,他回答说:"弟于党治之下,誓不出而任事。"

后来,经过长期的观察,陈叔通认为只有中国共产党才是真正能够振兴中华民族的希望。就在国民党当局不顾全中国人民希望和平早日到来的意愿,蓄意挑起国共内战的严峻时刻,不甘"忍视神州随劫尽"的陈叔通,终于挺身而出,响应中国共产党的号召,投入到"反内战、争和平,反独裁、争民主"的运动中,而此时的陈叔通,已经七十多岁了。

陈叔通当时开始筹备上海各界人民团体联合会,将自己所有的精力都投入爱国民主运动中,经常在公共场合上发表自己关于民主建国的意见,受到社会各界的重视。

反内战

1947年,上海大学生掀起了反内战的游行示威活动,而国民党上海警备司令部则不顾民意,逮捕了很多进步学生。

陈叔通马上和张菊生、唐蔚芝、李拔可、叶揆初、张国淦、胡藻青、项兰生、钱自严、陈仲恕等知名人士联合致电上海市长吴国桢,要求政府尽快释放被捕的进步学生。他们的这一行为在社会上引起了共鸣。这就是历史上著名的"十老上书"事件。

最终,国民党当局迫于社会舆论的压力,不得不将那些进步大学生释放。从此之后,反饥饿、反内战、反迫害运动在全国六十多个城市蔓延开来。

这年暑假,国民党政府强迫各个大学解雇了进步教授三十多人。陈叔通知道这个消息之后,马上请来张菊生援助,然后让商务印书馆以资助文化团体为名,拨出了一笔钱,资助这些被解雇的教授。

白色恐怖

1947年夏季,国民党政府又颁布了"戡乱总动员令",这意味着他们要对共产党人进行更猛烈的镇压。不久之后,国民党又宣布民主同盟为"非法团体"。当时在上海活动的很多民主人士因此被迫转入地下。当时与陈叔通关系非常好的马叙伦也离开了上海,前往香港。但是陈叔通则执意留在上海,和国民党继续斗争,同时他还经常把上海的反蒋斗争情况以及他对各种问题的意见和建议,写在秘密信函中,然后交给远在香港的爱国人士,并且与中国共产党保持着密切联系。

面对敌人的白色恐怖,陈叔通毫不畏惧,处置若素。蒋介石的亲信陈布雷曾经悄悄地告诉他:"我已两次把你的名字从共党嫌疑分子名单上抹去了,今后你要是再继续搞这种活动,我就无能为力了!"对此,陈叔通一笑置之,并且对陈布雷说:"我也劝你早日洗手,弃暗投明。"

随着经济崩溃和军事上的巨大失败,国民党当局为了赢得苟延残喘的机会,在1948年夏发动和谈攻势,鼓动上海的一些无良文人,策划"千人通电",企图让共产党和他们进行和谈。当时有人请陈叔通在"千人通电"上签名,他毫不犹豫地拒绝了。在给朋友的信中,陈叔通说:"当年不顾一切挑战战争的是国民党,现在想要和谈的又是他们,可是我敢断言,他们并不是真正地想和平,而是想拖延时间,好积攒继续战争的力量。""我们要与友方(指共产党)配合","无友方,即无今日之我们,亦无他日之我们",这都表达了陈叔通坚定不移的信念。由于社会各界民主力量的共同抵制,所谓"千人通电"运动宣告破产。

陈叔通拥护中共中央在1948年提出的召开新政协会议的"五一"号

召,积极提出了许多具有真知灼见的建议。在中共的安排下,他于1949年1月潜离上海,经香港,于3月到达北平,受到中共领导人的热烈欢迎和亲切会见。

1949年5月,上海解放以后,陈叔通同上海其他民主人士一起从北平回到上海,宣传党的方针政策,发起成立工商界劳军分会,慰劳解放军。

1949年6月,他在北平参加新政治协商会议筹备会,被推为副主任。9月,他参加中国人民政治协商会议第一届全体会议,接着出席了开国大典。古稀老人,欣逢盛世,他以无比喜悦的心情高歌言志:"七十三前不计年,我犹未冠志腾骞。溯从解放更生日,始见辉煌革命天。"

新中国成立以后,陈叔通历任中央人民政府委员会委员,全国人民代表大会常务委员会副委员长,中国人民政治协商会议全国委员会副主席等职,他还曾担任中国人民保卫世界和平委员会副主席,远涉重洋,出席世界和平大会和世界和平理事会。

受中国共产党的委托,从1951年10月开始,陈叔通主持工商界全国性组织的筹建工作。1953年10月,中华全国工商业联合会正式成立,陈叔通被推选为主任委员。他紧紧依靠共产党的领导,团结广大工商界人士,听毛主席话,跟共产党走,推动全国私营工商业逐步走上社会主义道路。

在中国共产党的领导下,我国以和平方式胜利地完成对资本主义工商业的社会主义改造,原工商业者成为社会主义的劳动者,这是一个伟大的创举。陈叔通躬于此事,殚精竭虑,投入晚年的全部精力,作出了突出贡献,得到中共领导同志的称赞,也受到工商界同志的尊敬和深切怀念。

何香凝

大脚革命家

——苟利于国,则吾举家以殉,亦所不惜。

姓　　名	何香凝
籍　　贯	广东南海县花棣棉村乡
生卒时间	1878年6月27日~1972年9月1日
历史评价	伟大的革命家,著名画家,将毕生精力都奉献给了革命事业。

她是同盟会中第一个女性会员,她是闻名中外的画家,她是著名革命者廖仲恺的妻子,她将毕生精力都奉献给了革命事业,她就是传奇女性何香凝。

天赋异秉,自小不坠青云志

1878年6月27日,何香凝生于香港,她是何家的第九个孩子。

何香凝的祖籍是广东南海县花棣棉村乡,他的父亲何炳桓当年到澳门开办商业,后来又去香港去做生意,在有了一定的资本之后,又开设了"祥安"茶行,是中国第一批经营茶叶出口的茶商。

在何香凝出生的时候,何家已经成为了远近闻名的"富户",而她的父亲何炳桓则"纵情逸乐",娶了好几房姨太太。

何香凝对纸醉金迷的豪门生活没有丝毫的兴趣,每当她的姐姐或哥嫂们叫她打牌的时候,何香凝总是找借口躲避,有时候实在是躲不了,她就叫来女佣,吩咐对方说:"赢了算是你的,输了算是我的",然后让女佣帮他去打牌。何香凝自幼喜欢读书,很多次都吵着要求父亲让她进学馆念书。父亲经不起她的软磨硬泡,只好把她送进了学堂。但是读了几个月之后,何香凝一不小心被开水烫伤了脚,无法再去读书了,只好在家自学。等到稍微长大之后,她就帮助父亲管账。

何香凝成年之后所处的时代,可谓是风云变幻,时局动荡。帝国主义列强都对中国怀有不轨之意,而清政府则腐败无能,新兴的资产阶级开始兴起……

当时许多中国人认为,要救国,就必须向外国人学习。一时间,变法自强的日本成为许多中国留学生汇集的地方。

何香凝变卖了陪嫁的珠宝首饰,与自己的丈夫一同赴日本留学。在日本,他们结识了大名鼎鼎的孙中山。从那以后,他们开始追随孙中山、进行民主革命斗争。

当时,孙中山正在筹划同盟会筹备会议。为了保证同盟会成员的安全,从未下过厨房的何香凝辞掉了女佣,将自己的家变成了同盟会的会场,她亲自给前来开会的同盟会员们下厨做饭。除此之外,何香凝还把他父亲给他汇来的钱,绝大多数都用在革命斗争方面,还在海外华侨亲友中,广泛筹集起义经费。

由于一心救国,在孙中山和黎仲实的介绍下,何香凝成为了同盟会的一员,她是这个组织中第一位女性会员。

同盟会想要绘制"在国内组织武装起义的军旗和安民布告、告示的花样,军用票的图案"等图画,但是当时同盟会中却无一人是美术专业出身的,所以何香凝决定去学习美术。1907年,她进入东京本乡美术专科学校,跟老师端管子川学绘山水、花卉,跟日本帝室画师田中赖章学画老虎、狮子等。直到后来广州黄花岗起义的前夕,何香凝才和丈夫廖仲恺一道返回香港。

胆识超群,冒死虎口大营救

孙中山所领导的辛亥革命虽然获得了胜利,但是胜利果实却被袁世凯所窃。失望之下,何香凝离开了广东,再次回到了日本。

当时革命陷入了低潮,被迫逃亡日本的国民党人大多数都陷入悲观失望之中。何香凝和丈夫廖仲恺却充满了乐观的革命心态,她们始终矢志不移地追随孙中山,并且多次往返奔波于日本、上海和广东等地,帮助孙中山东山再起。

1922年6月14日,何香凝的丈夫廖仲恺被反对北伐、心怀叛意的陈炯明拘禁。陈炯明当时非常得意,他说:"这一次就把孙中山的荷包给锁住了。"第二天早上,陈炯明命令手下叶举、洪兆麟发动叛变,炮击观音山总统府。孙中山与夫人宋庆龄在卫兵的护送下撤离,登上永丰舰,指挥海陆军警进行平叛战斗。

在一片混乱之中,何香凝做的第一件事就是乘车在枪林弹雨中横冲直撞,四处打听孙中山和宋庆龄的下落。在找到了宋庆龄后,她又到永丰舰上去见了孙中山,为孙中山送衣物、通消息和传递信函,然后才开始营救自己的丈夫。

在此期间,何香凝染上了红白痢疾,但是她依然带病奔波不休,一个多月之内几乎就没怎么休息。可是她丈夫却始终没有音信,何香凝无奈之下想到了自杀。在一艘气垫船上,她心中暗自想:抽完这支烟就投江自杀。但是由于火柴被雨水浸潮,再加上江风呼啸,一连点了十几根火柴都未能点燃香烟。在剩下最后的一根火柴时,何香凝在心里暗自祈祷:如果这根火柴能燃,那么一切都会有转机。结果,这根火柴竟然点着了。何香凝因此放弃了自杀的想法。

后来,何香凝得知陈炯明将要在白云山和自己的部下开会。于是在当天何香凝突然闯进了白云山陈炯明的军事会场,这让所有的人都大吃一惊。已经惊慌失措的陈炯明见何香凝浑身透湿,就为她倒了一杯酒,假惺惺地说:"天气寒冷,你还是先换一件衣服吧。"何香凝愤怒地说:"雨湿又有什么关系,我这次来还打算血湿呢!"接着,她义正词严地斥责陈炯明。

陈炯明非常尴尬,借口扣押廖仲恺是自己的部下未经自己允许所犯下的错误,一面又写条子,说是马上就把廖仲恺带到白云山。何香凝把条子扔给他,对他说:"我今天来就没打算活着回去,我一定要你们今天给我一个决断的答复:放他或者杀他,要放他就叫他和我一同回家……押上白云山就是明放暗杀。"慑于何香凝的慷慨正义,陈炯明最终无奈地释放了廖仲恺。

当天回到家之后,廖仲恺还在考虑如何应对眼前的局势。而何香凝则一针见血地说:"陈炯明是个反复无常的小人,他随时都会反悔。我们赶紧离开这里。"凌晨3点的时候,何香凝夫妇离开家中,回到了香港。果然不出何香凝的意料,在第二天上午,陈炯明又派士兵去抓廖仲恺,结果扑了个空。

北伐战争开始之后,她组织慰劳队、救护队,支援前线。国民政府迁往武汉后,她立即北上,在武汉和宋庆龄一起领导华中一带的妇女运动。

革命胜利之后,何香凝在国民党担任了重要职务。但是在1929年,何香凝却辞去国民党一切职务,离开了中国,去世界各地游历。

"九·一八"事变发生之后,何香凝非常悲愤,马上就回到了祖国,要和国家共存亡。她发起组织"救济国难书画展览会",将自己收藏的名家字画统统变价出售。共卖得了17750元,全部交给了政府。

在蒋介石、汪精卫相继发动反革命政变后,何香凝极为愤慨,毅然辞去国民党方面的一切职务,与国民党反动派决裂。

总而言之，何香凝作为一个女中豪杰，为中国革命以及对抗外来入侵，立下了汗马功劳。

巧合天成，天足走出非常路

何香凝的一生，除了在事业上非常有成就之外，最为传奇的就是他的婚姻。

关于何香凝的婚姻故事，要从她的大脚说起。因为她那段富有传奇色彩的婚姻，和她那双"天足"有着密不可分的关系。

在何香凝生活的时代，社会习俗都是以小脚为美，所有的妇女都必须要缠小脚，才会被认为是行动斯文、端庄高贵的表现，那些大脚的姑娘，是很难嫁出去的。但是出身富贵之家的何香凝，却没有裹小脚。何香凝之所以不用裹脚，是因为她和家人进行了艰苦卓绝的"斗争"，可谓是来之不易。

由于没有裹脚，所以何香凝才能够"到处飞奔，上山爬树，非常快活"，她的性格也非常开朗。

等到何香凝长大，父亲何炳桓为女儿脚大难找婆家而忧心忡忡之时，廖仲恺恰巧从美国旧金山回国。廖仲恺的父亲对儿子的终身大事有两个要求：一是一定要娶个中国姑娘，二是女方一定不能裹脚。在19世纪末的中国，廖仲恺想找一个大脚姑娘非常不容易，而不缠足的名门之后更是打着灯笼也难寻。但是廖承志非常幸运，因为他遇到了何香凝。二人很快坠入爱河。

正因为何香凝的"大脚"，才成就了一段和谐美满的婚姻。

武昌起义后，廖仲恺担任新成立的广东军政府财政司副司长，在整理财政和税收方面做了大量富有成效的工作，为广东财政迅速走上正轨作出了突出贡献，稳定了新生的革命政权。袁世凯暗杀宋教仁后，廖仲恺夫妇跟着孙中山发起了反袁的"二次革命"，最终宣告失败。

由于革命失败，何香凝夫妇二人只好离开广州，到日本流亡。1914年5

月,何香凝夫妇二人又在东京一起加入中华革命党,廖仲恺被选任为财政部副部长,负责募集经费、提供武器。袁世凯死后,北洋军阀继续毁弃约法,还解散了国会。孙中山又领导了"护法"斗争。廖仲恺和何香凝随孙中山到达广州,廖仲恺担任了护法军政府的财政次长,为筹措经费日夜操劳,四处奔波。

1925年,廖仲恺被帝国主义者和国民党右派所收买的凶手暗杀。廖仲恺的牺牲是革命路上的巨大损失,周恩来夸赞廖仲恺是"工农运动和反帝国主义的积极领袖",高度评价他"一生苦斗,革命为党,牺牲为国"的崇高革命精神和卓越的革命功勋。

廖仲恺逝世之后,何香凝继承了廖仲恺的事业,她曾经这样说:"苟利于国,则吾举家以殉,亦所不惜。"对于孙忠三提出的"三大政策",何香凝是全力维护的,她决心同国民党右派斗争到底。在国民党二大上,何香凝又成为了中央执行委员,担任妇女部长。

1972年,何香凝不幸与世长辞,根据生前与廖仲恺"生则同食,死则同穴"遗愿,灵柩运往南京与廖仲恺合茔。

冯玉祥

治军严谨的"模范军阀"

——争取把中国变成地球上最大的强国。

姓　　名	冯玉祥
籍　　贯	安徽巢县
生卒时间	1882年11月6日~1948年9月1日
历史评价	民国时期著名军阀、军事家、爱国将领、著名民主人士。

在中国历史上,冯玉祥注定要名留青史。他是蒋介石的义兄,但是最终却反目成仇。他一生都在为民主共和积极奔走,但是却在国家即将实现共和的时刻不幸去世。

在那个年代,没有一个民国时代的军阀像冯玉祥的名头这么多:基督将军,布衣将军,"模范军阀",这些繁杂的称号后面,是冯玉祥对于救国之路的探索,和对中华民族深沉的爱。

建立自己的军队

冯玉祥从小在河北保定的一个贫苦家庭长大,1896年参军。武昌起义爆发之后,他参与发动了滦州起义,失败之后被清政府解除军职,回到了保定。

到了光绪二十八年,袁世凯在保定大量招募士兵。当时的保定,是全国的陆军训练中心。兵营林立,军旅阵阵,口号声、脚步声、军号声响彻云天。在这样的大背景下,冯玉祥再次参军,投身到了袁世凯麾下。

冯玉祥平时读书非常用功。他当士兵时,一闲下来就读书,有时竟通宵达旦。晚上读书,为了不影响战友们睡觉,就找来一个很大的木头箱子,上面开个口子,然后把头伸进去,在木头箱子里借着微弱的灯光看书。冯玉祥当上旅长之后,驻军湖南常德,他给自己规定,每天早上要读英语2个小时。学习时,冯玉祥就关上大门,在大门外挂一个木头牌子,上面写着"冯玉祥死了",以此来拒绝别人打扰他。等到学习完了之后,门上字牌就换成"冯玉祥活了"。

冯玉祥是一个有才干而且勤奋进取的年轻人,因此他在军队中接连晋升。光绪三十年,冯玉祥的上司陆建章看出这个年轻人一定会大有前途,就把自己的内侄女许配与他,着力栽培他为自己的亲信。

革命胜利之后,袁世凯窃取了胜利果实,自己当上了"中华民国"大总统。陆建章此时则命令冯玉祥去招募和训练新兵,这是冯玉祥创建属于自己军队的开端。

1914年,袁世凯复辟,冯玉祥手下的部队被改编为第十六混成旅。在这七年时间里,冯玉祥培养出一支对于自己绝对效忠的骨干力量。段祺瑞见冯玉祥的"翅膀"越来越硬,怕到最后控制不住他,就想免去冯玉祥旅长的职位,冯玉祥手下官兵得知这一消息之后,都非常不满,几乎引起了士兵的哗变。段祺瑞无奈之下只好请出陆建章来收拾僵局,不久,冯玉祥重新获得对他部队的指挥权。

民国初年的政治纷乱,冯玉祥也因此带领军队南征北战,一次一次地经受考验,最终成为了一名出色的军事将领。在北洋系大大小小的军阀中,冯玉祥的名字开始变得响亮起来。

从"北洋军阀"到"革命军人"

1922年,冯玉祥被北洋政府免职,命令他回北京担任陆军检阅使这一虚职。当时冯玉祥把自己的部队全部带到北京郊外,总共有两万之众。

此时的冯玉祥已经是一个闻名全国的人物了。由于他的军队奉行"真爱民、不扰民"的政策,所以在华北地区享有极高的声誉。在英国《每周评论》杂志所评选出的"12名在世的最伟大的中国人"中,冯玉祥排名第二,当时排名第一的是孙中山。

其实,把冯玉祥调入北京是吴佩孚的主意。冯玉祥和吴佩孚一直都不和,一是因为冯玉祥曾经枪杀了吴佩孚手下的心腹鲍德全;二是因为他在河南当督军时没收了吴佩孚亲人的财产,全部充公,吴佩孚找他要钱,冯玉祥说:"我是按照法律办的,不会再还给你。"从那之后吴佩孚便处处找冯玉祥的麻烦,想要除掉这个眼中钉、肉中刺。

也就是从那时起,冯玉祥意识到,地方军阀势力永远是一帮只为自己利益着想的乌合之众,指望他们救国救民都是妄想。所以后来冯玉祥和胡景翼、孙岳等人组成了"国民系"。并且邀请孙中山北上,主持大局,冯玉祥给孙中山写信说:"先生党国伟人,革命先进,务希即日北上,指导一切。"

冯玉祥的革命热情让孙中山非常欣慰,他经常给冯玉祥写信,和他交流思想。后来,孙中山决定亲自北上。

冯玉祥曾经对人说:"我非常欢迎孙中山北来,做我们的导师,组织新的政府,实行孙中山在《建国大纲》里所提到的那些纲领,将来中山先生做了总统,我们这些人都唯命是从。争取把中国变成地球上最大的强国。"

但是最终迫于各方压力,冯玉祥迎接孙中山北上的这一愿望并没有能够实现。

1925年3月,孙中山在北京逝世。孙中山死后,他生前所提倡的三民主义成为了国民党人谋求政治资本的一个幌子。从那之后,所有有权力欲望的国民党人,都声称自己孙中山思想的信奉者与继承者,但是在国民党人中,却很少有人真正去实践三民主义。

而此时的冯玉祥,则开始注意一个人——蒋介石。蒋介石曾经致电邀请冯玉祥南下,共商大计。冯玉祥则回信说:"我已经毅然加入国民党,与诸同志联合战线奋斗。"

1926年8月,国民军在直奉晋军阀的联合攻打下宣告失败。当时远在国外的冯玉祥闻讯后立即起程,赶到了绥远五原县,接任国民军联军总司令。当时,冯玉祥在公开场合慷慨激昂地发表著名的《五原宣言》,在演讲中,冯玉祥说自己"过去没有明白革命的旗帜","这次要赤裸裸地说出来,使国人知道,我做的忽是革命,忽而不是革命,其缘故是怎么回事"。这是他第一次公开提及自己已经加入国民党。这意味着,这位北洋军阀集团的重要人物,已经成为了"革命阵营的一员"。

"把兄弟"间的恩恩怨怨

1927年,蒋介石和冯玉祥第一次会面。蒋介石对冯玉祥说:"从此我们携手为三民主义奋斗"。

就是这一年,蒋介石与宋美龄在上海成婚。冯玉祥派自己的妻子李德全和秘书长何其巩赶往上海,参加蒋介石的婚礼庆典。

第二年,冯玉祥打败了张宗昌,蒋介石专门到河南去和冯玉祥相会。见面之后,二人决定结义金兰。蒋介石送冯玉祥的帖子上写着"安危共仗,甘苦同尝,海枯石烂,生死不渝";冯玉祥则回赠"结盟真意,是为主义,碎尸万段,在所不计"。

从此，蒋介石给冯玉祥写信必然会称他为"焕章大哥"，冯去电必称"介石我弟"，非常亲密。两人还进一步商定了北伐大计，由冯玉祥、阎锡山、李宗仁分别担任第二、第三、第四集团军总司令，挥师北上。

为了笼络冯玉祥，蒋介石还承诺：如果攻克北京和天津，就让冯玉祥的亲信鹿钟麟担任平津卫戍总司令、让韩复榘当河北省政府主席。听了蒋介石的这番话，冯玉祥非常高兴，立刻派兵前去攻打河北，但是他遭遇了直系悍将孙传芳的部队，苦战之后才获得成功。

蒋介石虽然许诺冯玉祥要把河北地区交给他，但是私下里蒋介石却和阎锡山秘密会面。同样许诺，将来会将北京城交给阎锡山管理。

由于当年冯玉祥在北京曾向地主富户摊派捐款。所以北京的绅商们听说冯玉祥将来可能接管北京城，都非常害怕。他们组织了治安维持会，公开反对冯玉祥入主北京城。这正好给了蒋介石一个不信守诺言的借口，他对冯玉祥说："我本想将北京交由你管理，奈何民意如此，我也毫无办法。"最终，蒋介石还是把平津卫戍总司令的位置交给了阎锡山。如果按照收复北京的功劳来讲，自然是冯玉祥最大，阎锡山不过是从旁协助而已，到头来却让阎锡山坐享其成，这让冯玉祥非常恼火，之后他称病不出。

国民党害怕冯玉祥从此不为他们出力，所以派李宗仁去劝说冯玉祥。李宗仁对冯玉祥说："希望你顾全大局、忍辱负重。"冯玉祥这才动身北上。蒋介石也知道得罪了冯玉祥，为了安抚他的情绪，任命冯玉祥的亲信孙良诚为山东省主席、何其巩为北平特别市市长。

编遣会议

由于国民党内部四分五裂，军阀又各自为战，所以蒋介石提出要召开"编遣会议"，将各个派系的军队整编到一起。

当时冯玉祥主张"强壮者编,老弱者遣,有枪者编,无枪者遣",希望把各集团军部队混合起来,军权都归到中央,而原来的军阀头目都调到中央任职。所以他把自己的实力和盘托出,连部队有多少门炮、机关枪都明明白白地说了出来。但是他的这个提议却遭到了各路军阀的反对,因而未能实施。

最终,编遣会议不欢而散,各路军阀还因此结仇,大打出手。

在军阀大战中,蒋介石不顾"兄弟情义",从冯玉祥的手中硬生生地抢了山东的地盘。冯玉祥非常生气,"把兄弟"也因此公开决裂。

冯玉祥于是组织"护党救国西北路军",公开讨伐蒋介石。而蒋介石一边则宣布开除冯玉祥的党籍和一切官职,并且发布了通缉令,要拿办冯玉祥。

正当冯玉祥兴兵讨蒋的时候,他的心腹韩复榘叛变,带着将近三分之一的军队归降了蒋介石。听到这个消息之后,冯玉祥备受打击,他顿时脸色苍白,精神颓然。

由于亲信的叛变,冯玉祥已经失去了讨蒋的信心,所以此事也就不了了之了。

"蒋是敌人,阎是仇人"

在讨蒋失败之后,阎锡山邀请冯玉祥到山西,说是想要和冯玉祥共同对抗蒋介石,冯玉祥便赶到山西。

在山西,阎锡山一面盛情款待冯玉祥,经常带着夫人和儿子去拜访冯玉祥,商谈反蒋策略。另一面则经常到北京去"看病",实际上是和蒋介石秘密会谈,讨价还价。

几个月之后,冯玉祥突然被阎锡山软禁起来。阎锡山在冯玉祥的住所旁边安排了大量的军队,村子外面还布置了铁丝网。而阎锡山则以背叛冯玉祥为代价,给自己换了一个"中华民国"海陆空军副总司令的职位。

虽然阎锡山获得了军队中第二高的职位,但是很快他就意识到:"蒋介石在逐步削减各方军阀的兵力,就算自己当上了大官,也无济于事。因此,阎锡山决定再次拉拢冯玉祥和自己一起反蒋。"

被软禁8个月之后,阎锡山终于放了冯玉祥。并且希望冯玉祥能够和自己一起对付蒋介石。

当时冯玉祥的许多部下都反对和阎锡山合作,认为这个人阴险狡诈,反复无常,不能相信他。冯玉祥的心腹鹿钟麟对冯玉祥说:"蒋介石是敌人,阎老西(阎锡山)是仇人;敌,可化为友,仇则不共戴天。"

其实冯玉祥对阎锡山也非常敌视,但他认为必须要先联阎反蒋,等将来再收拾阎锡山。

1930年4月,阎锡山、冯玉祥、李宗仁三人联合起来向蒋介石宣战,中原大战就此展开。

战事打响后,双方都损失惨重,僵持不下。到后来,原本保持中立的张学良突然带20万大军入关,支援蒋介石。局势的平衡因此被打破,讨蒋联军迅速溃败。

阎锡山见势不妙,马上通电下野,在张学良的军队还没有来之前就退兵山西。而当时困在平汉、陇海战场上的冯玉祥军队再一次陷入绝境,已经无路可退。最终,冯玉祥的军队被蒋介石全部收编,中原大战就此结束。

这场战役历时7个月,双方共调遣了110多万军队,战场涉及20个省,共伤亡30余万人,是民国以来最惨重的一次内战。

大人物

后来,抗日战争爆发了。抗战期间,虽然手中没有兵,但作为国民党中的大人物冯玉祥在重庆市郊的歌乐山一带居住。当地有很多为高级军政长官修建住宅，普通老百姓不敢当这里的保长，冯玉祥就毛遂自荐当了保长。他热心服务，深受居民们的好评。有一天，某部队一个连的士兵进驻该地，连长就找保长来办官差，借用民房，借桌椅用具，当时冯玉祥身穿蓝粗布裤褂，头上缠一块白布，这是四川农民的最为普通的装扮，连长不知道眼前这个人是集团军的司令，还嫌冯玉祥办事不力而大大发火。

冯玉祥见连长发火，便弯腰深深一鞠躬，说："大人，您辛苦了！这个地方住了许多高官，这差事确实是不好办啊。临时驻防，您就将就一些好了。"连长一听更生气了，对冯玉祥说："要你来教训我！你这个保长胆子可真大！"

冯玉祥微笑着回答说："不敢，我之前也当过兵，但是从来不愿意打扰老百姓。"

连长问："你还干过什么？"

"排长、连长也干过，营长、团长也干过。"

那位连长站起身来，态度有些好转，接着问："你还干过什么？"

冯玉祥不慌不忙，仍然微笑说："师长、军长也干过，还干过几天总司令。"

连长再仔细看了看这个大块头，突然发现原来此人就是冯玉祥，双脚一并，说："你是冯副委员长？部下该死，请副委员长处分！"

冯玉祥则依旧鞠躬回答说："大人请坐！在军委会我是副委员长，在这里我是保长，理应侍候大人。"几句话说得这位连长诚惶诚恐无地自容，匆匆退出。

冯玉祥之死

1946年，蒋介石发动了内战，而冯玉祥则坚决反对内战，并且和共产党有所来往。蒋介石见状，就借"考察水利"之名，派冯玉祥到美国。到美国后，冯玉祥看到国内战乱愈演愈烈，就在美国发表了《告同胞书》，痛斥蒋介石的独裁统治,并且呼吁美国政府停止对蒋介石的援助。

蒋介石恨透了冯玉祥,就开除了他的党籍,还吊销了冯玉祥一家的护照,使得冯玉祥不得不流亡海外。新中国成立之前,共产党邀请冯玉祥回国,参加建国工作,冯玉祥立即决定回国。为了人身安全,冯玉祥当时乘坐的是苏联在二战中缴获德国的轮船"胜利号",这也是共产党为迎接他而专门向苏联租借的。7月31日,冯玉祥一家人秘密离开纽约,8月中旬抵达埃及亚历山大港。

这时,冯玉祥发现这里还停靠着一艘国民党军舰,所以非常警惕。9月1日,当冯玉祥的轮船在黑海上航行时,突然发生了火灾,浓烟冲进冯玉祥的特等舱。这时,船上的工作人员才发现医务室被提前破坏,冯玉祥就这样被大火烧死,他的小女儿冯晓达也不幸遇难。

蔡锷

护国讨袁运动的领导者

——涣发明誓,拥护共和。

姓　　名	蔡锷
籍　　贯	湖南宝庆
生卒时间	1882年12月18日~1916年11月8日
历史评价	"中华民国"陆军上将。1911年云南重九起义的主要领导者,总指挥。1915年云南护国起义的主要组织者和领导者,"中华民国"开国元勋。我国近代著名的革命家、军事家、政治家、爱国将领。

作为"中华民国"历史上第一位享受国葬殊荣的革命元勋,他顺应历史潮流,投身革命运动;在军事理论和战争实践方面都作出了较突出的贡献。特别是在护国战争中,他抱病参战,指挥劣势军队顶住了优势敌人的进攻,逼迫敌军停战议和,表现了他坚定不移、临危不惧的精神和为国为民战斗到底的英雄气概。

神童蔡锷

1882年12月18日蔡锷出生在湖南宝庆(今邵阳),他的父亲蔡正陵是一个地地道道的农民,所以说蔡锷出身寒微一点也不为过。

蔡锷从小聪明过人。6岁开始读书,7年之后在他13岁时,就考中秀才,这在当地一时间引起了轰动。15岁的时候,蔡锷在2000名青年才俊中脱颖而出,进入了设立在省会长沙的时务学堂,当时这个学堂只招40个人。在这里,他认识了一个对他影响颇深的人——梁启超。

湖南虽然是内陆省份,但是因为出了个曾国藩,成为了全国皆知的地方。

后来,时务学堂遭到停办。蔡锷先后到武汉、上海、日本等地区求学。

1900年,他回到了祖国,参加有唐才常在武汉组织的自立军反清起义。但是由于奸细出卖,未能成事,许多人都因此被清朝政府杀害,蔡锷躲过了这一劫。

虽然起兵失败,但是蔡锷下定决心投笔从戎。第二年,他再次前往日本,去学习军事技能。

1904年10月,蔡锷以优异成绩从日本士官学校毕业。当时,与蔡锷一起在日本求学的还有蒋方震、张孝准,他们三人并称为"中国士官三杰"。

1904年冬天,蔡锷再次回国。当时许多军阀都知道这个年轻人是一个杰出的军事人才,所以纷纷来拉拢蔡锷。

从那之后,蔡锷曾经在江西、湖南、广西、云南等地方担任军职,受到了上司的器重。

1906年,清朝政府在河南举行新军秋操演习中,作为一个军界的青年才俊,蔡锷奉令观操,并出任中央评判官。就在这次演习中,蔡锷第一次见到了袁世凯。

1911年夏天,蔡锷在云南编撰了著名的军事著作《曾胡治兵语录》。同年10月10日,辛亥武昌起义爆发。一心向往革命的蔡锷,加入了起义的队伍中。

逃出北京城

1912年元旦,"中华民国"正式成立。次年10月,蔡锷被调到北京,在中央政府出任重要职位。

当时,蔡锷对袁世凯还颇有好感,他希望能帮助袁世凯建立一个强有力的中央政府,统一国家,建设国家,对于孙中山动不动就起兵的作为,蔡锷当时是不太支持的。他主张军人不应该加入到党派之中。

1915年的后半年,袁世凯利令智昏,他想要当皇帝的野心逐渐被蔡锷察觉。此时的蔡锷,才发现这个袁世凯不是一个革命者,而是一个野心家。所以他对袁氏一方面密加防范,另一方面则千方百计地阻挠袁世凯恢复帝制。

蔡锷曾经对自己手下的亲信说:"袁世凯为人精悍,比黄兴等人要厉害,即使是宋教仁或亦非所能匹。"

虽然蔡锷已经看破了袁世凯的伎俩,但他是一个智深勇沉、劲气内敛的人,他知道袁世凯的羽翼已经逐渐丰满,而且自己又在他的势力范围之内,如果正面对抗已经不能扳倒这个一心想要做皇帝的家伙了,所以蔡锷此时以不变应万变,等待着一个最好的机会。

此后,蔡锷积极地准备,还把自己假扮成一个不务正业的浪荡之徒,他每天和人打麻将、吃花酒、逛妓院,还和一个叫小凤仙的妓女整日厮混。

当时蔡锷住在棉花胡同,他的妻子、母亲和他一起住,棉花胡同在北京的中心地带,对他逃出北京十分不利。所以蔡锷可以利用和小凤仙的关系,制造家庭不和睦的假象,甚至专门请袁世凯手下的亲信为自己找房子,对他们说自己要"金屋藏娇"。同时,蔡锷开始和妻子公开吵架,而蔡锷的妻子,最终也因为"不堪忍受",带着蔡锷的母亲一起回到了湖南老家。这些情况袁世凯当然都知道,他认为蔡锷堕落成性,风流无度,不是什么了不起的人物,还戏称他为"风流将军"。

蔡锷等的就是这样一个机会。他开始酝酿着逃离北京城。

1915年11月11日,袁世凯惊奇地发现,蔡锷突然从北京城消失了!

关于蔡锷如何逃出北京,历来众说纷纭,基本有以下三种说法。

第一种说法是,蔡锷在日本留学时认识的一个叫做曾鲲化的人策划了蔡锷潜逃的方案。11月11日,蔡锷和小凤仙一起到中山公园游玩,当时跟踪他的那些探子也装成游客,就坐在离他不远的茶桌上。不一会儿,蔡锷假装要上厕所,那些探子看见他的衣物全留在原地,认为他不久会回来。这时,蔡锷其实已经跑到了曾鲲化家中,经过易容之后,由曾家的厨师和马夫用轿子抬到崇文门火车站,送上了前往天津的火车。

第二种说法是,11月10日那天,蔡锷的朋友哈汉章在家中大摆筵席,蔡锷也应邀前去。当天晚上,他与人通宵达旦地打麻将,那些监视他的探子们都熬不住了。清晨7时,蔡锷从哈家出来直接来到了新华门总统办事处,趁人不备逃走了。

第三种说法是,小凤仙借掌班过生日那天人多杂乱的机会,先是有意把窗帘挑起,让外面可以看见屋里的情况。蔡锷装作去厕所,衣服、怀表都没拿,使监视的人以为他不会走远。此时小凤仙让人把卷帘放下,外面无法判断蔡锷是否还在屋里。蔡锷就此从容逃走。

不管过程如何,蔡锷确实是在1915年11月11日这一天逃出了北京城。当袁世凯知道这个消息之后,无奈地说:"我一生骗人,不料竟被蔡松坡(蔡锷字松坡)骗过了。"

推翻帝制

12月12日,袁世凯无耻地登上了皇帝的宝座。而此时的蔡锷已经历尽千辛万苦,摆脱了袁世凯的控制。他来到了昆明,与云南督军唐继尧等人举起了反袁的旗帜。

蔡锷先通电袁世凯,规劝他放弃帝制,再图共和。但袁世凯此时已经利令智昏,根本就不听从劝告。25日,蔡锷、唐继尧等宣布云南独立,并且组织了军队,武装讨伐袁世凯。护国战争由此爆发。

1916年1月,蔡锷率部队攻打四川,与袁世凯军队进行战斗。当时袁世凯已经是众叛亲离,内外交困,在蔡锷的打击下,他只做了88天皇帝,就在1916年的6月6日命归黄泉。第二天,黎元洪担任中华民国大总统。"中华民国"得以延续。护国战争胜利,中央政府任命蔡锷为四川督军兼省长。

此时的蔡锷,已经患上了喉结核,这在当时是一门绝症。再加上戎马倥偬,尽瘁国事,蔡锷已经是油尽灯枯。

不久之后,他就向中央政府请假治病,前往日本就医。

1916年11月8日,蔡锷在日本医治无效逝世,时年34岁!

临终前,蔡锷口授遗电,由好友蒋方震、石陶钧记录代呈中央政府:

1.愿我人民、政府协力一心,采有希望之积极政策;

2.意见多由于争权力。愿为民望者以道德爱国;

3.在川阵亡将士及出力人员,恳饬罗、戴两君(指在四川分别代理其职务的罗佩金、戴戡二人)核实呈请恤奖,以昭激励。

一代英才,就此将星陨落!!

蔡锷的一生是短暂的,但是他的功业却是无穷的。对于他而言,最为壮伟的功业,无疑是以下两端:首先是领导了昆明辛亥重九起义,光复云南;其次是拒绝一切诱惑,克服无数困难,冒死护国。

李济深

国民党爱国元老

——我与人民宏愿在,及身要见九州同。

姓　　名	李济深
籍　　贯	广西苍梧
生卒时间	1885年11月6日~1959年10月9日
历史评价	军事家、政治家、革命家,一生都在为国家贡献自己的力量。

李济深是国民党历史上的"老资格",作为一个爱国人士,他的一生都在为国家贡献自己的力量。在他的心中,没有党派之争,只有经世济国的真理永存。

直接参与辛亥革命

李济深出生在广西苍梧的一个半耕半读的家庭,自小就饱受中国传统文化的熏陶。

李济深曾经在保定军校读书,当得知辛亥革命武昌起义爆发之后,他就与他的朋友何贯中一起前去投奔革命。

武昌起义爆发之后,李济深带领自己的同学炸毁了保定附近的浏河铁桥，为的就是防止北方的清朝士兵南下去镇压起义。

后来，当他获知广东军政府组织北伐军讨伐清政府后，便与朋友何贯中来到了上海，找到了同盟会会员、北伐军总司令姚雨平，并且要求加入革命的队伍。

这时候的姚雨平正在为缺乏军事人才而备感焦急，李济深的到来就如同雪中送炭，他马上就被姚雨平委任为北伐军司令部的作战参谋。

姚雨平所带领的广东北伐军是各省北伐军的主力，奉孙中山的命令，沿着津浦铁路一路攻向北方。在战斗中，李济深不仅参与制订作战计划，更是身先士卒到第一线去冲锋打仗，为北伐军立下了汗马功劳。

北伐结束之后，李济深辞去了军队中的重要职务，回到学校继续攻读军事。这时候的保定军校已经搬到了北京，并且改名为陆军大学。李济深学成毕业后，又留校任教，为中国军界培养了一大批杰出的人才，当时有人称赞他是"全国陆军皆后学，粤中名将尽门生"。

由于北京陆军大学当时被北洋军阀所控制，而李济深则对北洋军阀的保守、落后与腐败深恶痛绝，因此他感到非常压抑。后来，李济深干脆辞去陆军大学的职务，去往广州，到"中华民国"（广州）政府中担任粤军第一师副官长。

1921年6月，孙中山派粤军第一师去和北洋军阀支持下的桂系部队作战，邓铿和李济深带领的部队在初出茅庐的第一战就一举消灭了桂系沈鸿英部一万余人的部队，为保护孙中山的广州革命政权立下了赫赫战功。

过了没有多久，第一师师长邓铿被敌人暗杀，陈炯明则趁机叛乱，窃取了第一军的指挥权，李济深当时非常绝望，想要离开第一师。但是孙中山则认为，第一师可能还会有所作为，便让陈可钰前往广州劝说李济深不要离开第一师。李济深听从了孙中山的指示，继续在第一师担任副师长。

1922年10月，李济深命令自己的手下邓演达秘密赶赴上海，向孙中山汇报第一师的情况，孙中山密令他等待时机，准备打倒陈炯明。

在1922年12月,李济深联合粤滇桂联军打垮了陈炯明的部队,孙中山则任命李济深为第一师师长。

执掌第一师之后,李济深随孙中山出生入死,帮助国民党建立了稳固的政权。

1925年3月,孙中山不幸逝世。这时,滇桂军阀杨希闵、刘震寰趁机发动叛乱,率兵攻打广州,意图推翻广州政府。李济深则率部队和敌人展开激战,不久之后便平定了杨刘叛乱。

三次被开除党籍

孙中山死后,蒋介石成为了国名党的党魁。作为国名党的元老之一,李济深和蒋介石的关系并不好。他曾经三次被蒋介石开除国民党党籍。

李济深曾经出任国民革命军总参谋长,他极力想化解蒋桂军阀之间的矛盾。但因为蒋桂关系逐步恶化,所以蒋介石给李济深与李宗仁、白崇禧等人冠以"分头发难,谋反党国"的罪名,将李济深软禁于南京汤山,将李济深的兵权全部收回,并且"永远开除党籍"。

九·一八事变之后,迫于社会上的舆论压力,蒋介石终于释放了李济深,并且批准李济深重新加入国民党。

1932年"一·二八"事变爆发,当时在国民政府中担任军事委员会办公厅主任的李济深,强烈建议国民政府把关外的东北义勇军调往淞沪前线与当地军民一同抗战,当时军事委员会都通过李济深的建议,可蒋介石死活不批准。还说什么要"诱敌深入,以空间换取时间"。

后来,李济深又被国民党政府任命为鄂豫皖"剿匪"副总司令,在蚌埠驻扎,他派黄埔学员刘广、秦湘溥、曾致祖3人作为随军参谋,并派他们到各地去考察,蒋介石认为李济深此举是想要"造反",于是便将三人秘密逮捕并杀害。

李济深得知这一消息之后,写了一封公开信痛骂蒋介石,并宣布与蒋介石绝交,辞去了剿匪副总司令的职位。

在和蒋介石翻脸之后,李济深到了香港,走上了公开反蒋的道路。李济深的举动让蒋介石大为震怒,于是他再一次将李济深"永远开除党籍"。

1933年11月20日,李济深、陈铭枢、蔡廷锴、蒋光鼐等人共同领导了"中华共和国人民革命政府",当时李济深就是这个政府的主席。

成立了新的政府之后,李济深、陈铭枢等人通过蔡廷锴和共产党取得了联系,双方共同商议合作起来反蒋抗日。但"左"倾路线执行者王明则把李济深视作是"军阀",因而李济深和共产党未能实现合作。蒋介石则趁机派重兵对李济深的人民政府进行镇压。

不计前嫌拥蒋抗日

虽然第一次组建政府宣告失败,但是李济深仍没有放弃建立民主政府的愿望,之后他又与陈铭枢、蒋光鼐、蔡廷锴等原十九路军将领,在香港组建了"中华民族革命同盟",李济深依然担任主席。

西安事变爆发之后,李济深公开表示反对内战,并给宋庆龄、何香凝、张群和吴稚晖写信,协助西安事变和平解决。

李济深对于共产党推行的"逼蒋抗日"政策表示拥护,在西安事变结束之后,他主动上庐山,与冯玉祥将军一起找蒋介石谈话,并且对蒋介石说:"如果你不抗日,我们就以政治家的身份与你对峙,如你选择抗战,那么我们就以军人的身份供你驱策。"蒋介石最终同意抗日。

卢沟桥事变之后,蒋介石任命李济深为国民政府军事委员会常委。新四军组建之后,李济深试图将"中华民族革命同盟"属下的武装力量,编入新四军的队伍之中,一同抗战。李济深派手下李任夫与叶挺商谈具体事宜,叶挺马上表示支持这一决定,但是最终此事蒋介石还是不同意,李济深未能如愿。

随着抗战形势越来越严重,李济深等人非常焦急,他发表宣言,号召所有国民拥护政府,抗战到底。虽然蒋介石曾经对李济深有过软禁和通缉,但是李济深不计较个人恩怨,一心只为抗战,依旧非常支持蒋介石的抗日工作。

特务暗杀

蒋介石对于李济深的戒心一直很重,他在李济深身边安插了特务,对他的行动进行监控。

李济深最后到了桂林,作为当地的最高长官。虽然李济深当时并没有加实权,但是他德高望重,又是国民党和国民革命军的元老,所以在当地也颇有影响力。正因如此,李济深觉得在桂林发展抗日救国运动比在重庆要更加得心应手。当时,李济深利用他的号召力,在各个方面支持进步力量和抗日活动,而且还营救了许多共产党人,其中就有之后的越南国家主席胡志明。

李济深的种种行动引起了蒋介石的不满。1943年年底,蒋介石取消了桂林办公厅,并将李济深派到了重庆,让他去担任军事参议院院长,但是李济深拒绝担任这一职位。

打败日本帝国主义之后,蒋介石多次邀请李济深到庐山上去会谈,李济深和蒋介石见面之后,批评蒋介石背离了孙中山的政策,并且规劝蒋介石为国家多想一想。可是,蒋介石对此却没有正面给出答案。对蒋介石已经完全绝望的李济深留下一封万言信,劝阻蒋介石不要把中国拖入内战。

之后,李济深以送儿子出国的名义来到了上海,其间他秘密会见了宋庆龄和董必武,和他们一起探讨如何组建国民党民主派组织。得到二人同意之后,李济深决定到香港组建民革。不久之后,李济深就秘密离开上海,来到香港。到香港之后,他发表了《对时局的意见》,号召国民党内"每一个对国家负有责任感的人"都应该主动站出来"改正党内反动派的错误政策"。李济深的这一系列举动,再次引起了蒋介石的不满,过了没多久,蒋介石就以"背叛党国"的罪名,第3次将李济深"永远开除党籍"。

在香港,李济深给国民党许多实权派人物,如傅作义、阎锡山、李宗仁、白崇禧、程潜等人写信,劝说他们离开蒋介石阵营。紧接着,李济深又派王葆真为军事特派员秘密前往上海,去策反国民党中将刘昌义。此外,四川的陈明仁、云南的卢汉等,都被李济深成功策反。

终于,蒋介石对李济深的仇恨越来越深了,他曾经多次派人暗杀李济深。据李济深自己说:"1952年,有特务提着汽油来放火烧房子,我就住在房子里。当时警卫和公安都来了,遗憾的是,特务没有被抓住。"

李济深一生都在为国为民,直到弥留之际,他还写下了"我与人民宏愿在,及身要见九州同"的诗句。

1958年10月9日,李济深因病与世长辞。

李大钊

中国共产党的创始人之一

——人生最高之理想,在求达于真理。

姓　　名	李大钊
籍　　贯	河北乐亭
生卒时间	1889年10月29日~1927年4月
历史评价	著名学者,我国共产主义的先驱者,中国共产党的创始人之一,为民族解放和人民革命作出了巨大的贡献。

"铁肩担道义,妙手著文章"是李大钊的一首诗,也是他一生革命生涯的写照。李大钊在从事革命工作之余,相当重视对儿女们的教育,取得了很好的成果。他的长子李葆华16岁参加革命,曾任安徽省委第一书记、南京军区政委、中国人民银行行长等职;女儿李星华,于1932年加入中国共产党,在新中国成立以后,从事教育和民间文艺的研究工作,是优秀的共产党员。

李大钊教育子女

1889年10月29日,李大钊生于河北乐亭。

1907年,李大钊考上了天津北洋法政专门学校。之后,在1913年,他又前往日本求学,进入了东京早稻田大学政治本科学习。

李大钊的一生可以说是非常艰苦的。在他还没有来到人间的时候,他的父亲李任荣就患上肺病逝世了;刚刚1岁的时候,李大钊的母亲周氏又因为极度怀念父亲而逝世了。因此,李大钊说自己是:"在襁褓中即失怙恃,既无兄弟,又鲜姊妹,为一垂老之祖父教养成人。"李大钊的祖父李如珍,平时对他的管教非常严格,不许他去看家人赌博,不许他打架、骂人,如果李大钊犯了错误,祖父就会拿起家里的竹板毫不留情地打他。

等到李大钊自己做了父亲之后,对自己的子女同样非常严格,但是他教育的方式比较"先进"。

李大钊曾经在北京大学担任教授和图书馆主任的职务,而且参与了《新青年》杂志的编辑工作,是当时著名学者。但他生活非常朴素,"冬天絮衣,夏天布衫",一张大饼,一根大葱就是他的便饭。当时有人去他家里拜访他,看见他的小女儿李炎华,身穿着红粗布做的小棉袄,外套是一件蓝粗布的小褂,简朴得就像个乡下孩子,完全和其他北大教授的家眷们不同。就感到很不理解,他李大钊为什么给孩子穿得像个庄稼人,李大钊淡淡一笑回答说:庄稼人还有一亩地种,你北大教授又有什么?"人们对他的这种态度常常感到难以理解。

李大钊作为一位高等学府的教授,不仅在学校里向学生讲授知识,而且宣传革命真理,为革命事业创造有利条件。在家里,他也对子女严格要求,鼓励他们做革命事业的接班人。

一年冬天,北京下起了大雪,大地银装素裹。李大钊就对他的子女们说:"下雪了,你们到院子里去扫雪吧!要是有兴致的话,还可以堆个大雪人,借雪吟诗,这是一种很好的锻炼啊!"

孩子们听了,都十分高兴,马上拿扫帚要出门。但是孩子的姥姥和母亲怕孩子们冻坏了,就说:"外面很冷,孩子们冻坏了怎么办?"李大钊对她们说:"小孩子就要从小养成敢于吃苦的品质,要不长大就会一事无成。更何况人只有经常参加劳动,身体才会更强壮。如果光是待在家里不劳动,才更禁不起风寒呢!"听了这番话,孩子的姥姥也觉得很有道理,就不再反对了。

古时有句话说:"乐则生矣。学至于乐,则自不已,故进也。"李大钊也很注意教育孩子的方法,他从每个孩子的优点出发,循循善诱,生动活泼地给孩子讲解一些知识和道理,从来不打骂孩子,所以使他对孩子们的教育起到了很好的效果。

李大钊家里挂着一张很美的画,画中有位姑娘在怀抱着琵琶演奏,美妙的乐曲吸引了很多飞禽走兽都来听。李大钊很喜欢这幅画,他常常对孩子们说:"你们看,音乐是一种力量!这个弹琵琶的姑娘,只要弹奏出美妙的音乐,就能将美丽的孔雀、高傲的仙鹤、凶猛的狮子、老虎,都陶醉在音乐里了,人也是如此。而且音乐不但能陶冶人,还能鼓舞人们的斗志。"

因为李大钊认为音乐是一种很好的艺术形式,所以他经常教一些歌曲来演唱。有次,他教孩子们唱一首教堂里的赞美诗,其中有这样的歌词:禾捆收回家,禾捆收回家,我们就要欢喜禾捆收回家。他就教育孩子们说:"你们看,农民辛辛苦苦地耕耘,到了秋收的时候心情多么高兴!我们的革命事业也一样,如果将来胜利了,我们一定也会欢欣鼓舞的!"

为了教好孩子们唱歌,他还去拍卖行买回了一架旧的风琴。有了这架琴以后,常常是他弹琴伴奏,孩子们合唱。有一次孩子们唱了一首校歌,唱完后,李大钊说:"北沿河本来是一条又脏又臭的河,但是在你们校歌里怎么它是一个美丽的王国呢?这个歌词太不真实了,这不是教孩子们胡说八道吗?"

他经常教孩子唱《国际歌》《少年先锋队歌》等歌曲。这种通过音乐实行家教的形式,在孩子们的心里播撒下了革命的情怀。

薪火相传

1917年11月7日,俄国爆发了著名的十月革命。这是全世界无产阶级运动的新篇章,同样也给远在中国的爱国者们带来了希望。

也正是在此之后,中国共产党的创始人——李大钊开始认识到:只有走马克思主义道路,才能拯救已经病入膏肓的旧中国。

李大钊怀着拯救国家和民族的远大志向,认真地学习和研究了俄国十月革命的精神和深远的意义。那段时间,他曾经多次在报纸上发表宣传马克思主义的文章。包括《俄罗斯文学与革命》、《法俄革命之比较观》、《庶民的胜利》、《布尔什维主义的胜利》等,可以说,李大钊是中国第一个认识到马克思主义先进性与正确性的人。

在世界无产阶级革命的浪潮中,李大钊为中国人民指出了一条新的革命道路。在他的带领下,全国很多报纸都开始发表关于马克思主义的文章,并且出现了杨安、李达、李汉俊、张闻天等一大批我国早期的马克思主义宣传者,自此以后,马克思主义在华夏大地上快速地传播开来。

1918年冬天,李大钊参与主编了进步杂志——《新青年》,同时还和陈独秀等人一起创办了《每周评论》,他利用这些报纸杂志,广泛地宣传马克思主义。

1920年3月,共产国际派远东局局长维金斯基一行人来到中国,他们首先就找到了李大钊。然后,李大钊又带着维金斯基到上海去见陈独秀,从此翻开了"南陈北李,相约建党"的新篇章。

李大钊演讲

1903年4月底的一天,共产党人李大钊回到了他的故乡安庆。自从他回家之后,他家里就门庭若市,常常有人登门拜访,他也很享受这种生活,于是每日都在和一些新朋旧友在一起讨论时事,并且宣传共产主义的思想,他的家成了安庆进步青年的一个聚集点。

有一天,安庆当地的进步青年卫国桢、潘晋华等来找李大钊闲谈。借着这个机会,李大钊对他们说:"现如今我们民众的爱国情绪相当高涨,我也萌生了一个想法,就是咱们一起写一个通知,然后我们在藏书楼开一个爱国宣传的演讲会。你们意下如何?"卫国桢、潘晋华等都十分赞同这个想法。

1903年5月17日的中午,天下起了小雨,但是李大钊还是冒雨赶到了藏书楼。因为早就听说李大钊要演讲,所以在他赶到的时候,藏书楼里楼外已挤满了很多爱国的进步青年和学生。大家虽然都穿着被淋湿的衣服,但是热情却一点都没有被雨水浇灭,都在焦急地等待李大钊的演讲。

在大家一片期盼的目光中,李大钊登台演讲。首先,他叙述了在东北亲眼目睹的俄国士兵猖狂欺压当地中国民众的种种暴行,同学们听了之后,已经是义愤填膺。然后他接着说:"我们中国人与俄国人本无冤无仇,但是俄国人在我们的土地上如此嚣张地欺凌我中华儿女,此等奇耻大辱不可不报,我国之人如若不与俄拼死一战,那么我中国之七尺男儿皆非丈夫!……但是现在我们国家积贫积弱,所以我们每一个中国人都不能闭塞耳目,袖手旁观;一定要有爱国思想;要有强壮的体魄,重新振作我中华民族之志气,如此为之,中国才有希望……"听完李大钊的这番演讲,当时的藏书楼掌声雷动,大家都被他忧国忧民的高尚情操所打动。紧接着,卫国桢、潘晋华、潘旋华、葛光庭等人也相继发表了精彩的演讲。大家无不欢欣鼓舞。演讲完毕之后,许多爱国人士当场签名,表示要参加"安徽爱国会",人数多达126人。

李大钊的这次演讲,极大地鼓舞了人们的爱国热情,这种热情迅速转化为实际行动。

在演讲结束的第二天,许多学堂的总办、提督、总教都收到了学生不上课的请假条。有些爱国学生甚至公开号召学生们停止上课,要求政府专门训练学生,组织学生军赶到东北与俄国军队作战。

但是当时的政府对于这种爱国热情非但不支持,反而进行了残酷的镇压。作为当地的最高长官——两江总督,竟然密令安徽巡抚追查"挑起事端"的带头人,并且准备将这些爱国学生都缉拿归案。他在电报中说:为首者"名为拒俄,实则革命"。安庆知府接到这封电报以后,立刻将藏书楼查封,并要求学堂的总办、提督们"将闹事的为首分子开除学籍"。十几个请假"闹事"的学生被开除,一场轰轰烈烈的爱国运动就此被黑暗的封建统治者所镇压。

从容赴死

1926年4月,在直、奉系军阀的联合进攻下,冯玉祥将军所带领的国民党军退出了北京城,而张作霖则占领了北京。张作霖占领北京后不久,就用"宣传共产赤化"的罪名杀害了多名共产党员。

1927年4月6日清晨,李大钊以及夫人赵纫兰和他们的两个女儿被张作霖逮捕。

张作霖把李大钊关在狱中长达22天。终于在4月28日这一天,李大钊和其他二十位革命者在北京西交民巷京师看守所内被张作霖秘密绞杀。

在执行死刑的当天,看守所马路断绝交通,警戒极严。所谓的军法会审派东北宪兵营长高继武作为监刑官。第一个登上绞刑架的就是李大钊,凶残卑鄙的敌人为了让李大钊受更多的痛苦,竟绞了他三次,前后长达28分钟。

从始至终,李大钊神色未变,从容赴死。

李大钊就义前留下了一张照片,照片中的李大钊,目光和悦,泰然自若,宛如平日。

李大钊就义时只有39岁。在他被杀害的当晚,他的夫人赵纫兰和两个子女被释放回家。当时李大钊的家人还不知道李大钊已经遇害。

第二天早上,李大钊的舅舅周玉春在街上的报刊亭看到了李大钊遇害的消息,当时他大哭着到李大钊的家把这个消息告诉了赵纫兰。闻此噩耗,"李妻闻耗,悲痛号泣,气绝复苏者数次,病乃愈加剧,以致卧床不走。小儿女绕榻环立,其孤苦伶仃之惨状,见者莫不泪下。"

李大钊死后,他的灵柩停放在浙寺整整六年。直到1933年4月初,北洋军阀被赶出了北京城,他的家人才接回了李大钊的遗体。

此时,李大钊的夫人赵纫兰已经身患重病,而家中儿女还都是儿童,没有钱也没有能力安葬李大钊。赵纫兰带着儿女,登门拜见李大钊昔日同事沈尹默、周作人、胡适、蒋梦麟等,请求北京大学代办安葬。

4月23日,在北平共产党地下组织的安排下,为李大钊安排了盛大的出殡仪式,这也是一场政治示威。送葬队伍最前面是用白纸黑字写的一副巨大挽联,上联是"为革命而奋斗,为革命而牺牲,死固无恨",下联是"在压迫下生活,在压迫下呻吟,生者何堪",横批是"李大钊先烈精神不死"!

李大钊后来安葬在北京的万安公墓,那是蒋梦麟校长出面购置的墓地(并为烈士的夫人预购了穴地),墓碑则是刘半农撰写的。就这样,李大钊这位一生都在求索真理的革命者终于得到了安息。

张治中

一生为国的黄埔将军

——洋洋万言书，拳拳爱国意。

姓　　名	张治中
籍　　贯	安徽省巢湖市
出生日期	1890年10月27日~1969年4月6日
历史评价	著名爱国将领，原国民党陆军二级上将，中国国民党革命委员会领导人之一。

现代中国历史上，在国民党的元老级人物中，有很多人与中国共产党保持着良好的关系，张治中就是其中的一个。全国政协原主席邓颖超曾经就说过："文白（即张治中）先生是与共产党有长期历史关系的好朋友。从1924年开始，他在黄埔军校与周恩来、恽代英、熊雄等同志时相过从，曾为维护国共两党团结而努力。"

真诚友谊黄埔奠定

1911年，当时的中国，大革命正进行得如火如荼。而当时才21岁的张治中对于社会上所酝酿的急剧变革似乎一无所知。张治中刚刚从警察学校毕业,当了一名正式的警察。有了工作之后,张治中非常高兴,他给家人写了封信,把这个好消息告诉了父母。

当上警察后不久,张治中就发现这个工作并不是自己想象中的那样。张治中当时在警察分局住宿,但是连个睡觉的地方都没有,他就在巡警局厨房的一个茅草堆上睡觉。警察晚上要站岗。那时正是冬季,晚上起来很冷,而张治中却连一件像样的棉服都没有。冻得他直打哆嗦,但他也只能咬紧牙关,孤独地站立在寒夜的街头。

在凄凉暗淡的夜晚,张治中百感交集,他心想:我绝对不能这样过完一辈子。

张治中对所有有字的东西都非常感兴趣。一天,他在巡逻的时候发现街道拐角处贴着一则广告,上面写着:英语专修科夜班招生。张治中从来就没有学过英语,所以决定去登记处报名。从那以后,张治中除了要站岗,还要抽出时间去学习英文。他的同事们都不理解,不明白他为什么这么喜欢折腾自己。

由于执勤警察的空闲时间很多,别的同事在闲暇时间不是逛街就是打牌,但是张治中则埋头看书。张治中有个毛病,就是"捡字纸",只要地上有一张带字的纸片,被他发现了肯定会捡起来看完。和张治中一起当警察的那些人,对张治中的这个毛病非常好奇。每天,巡警局里都会有大量的纸片被作为垃圾扔掉,这时候,张治中就拿着一个篮子,把那些纸片都捡起来。

许多人都把张治中的这个毛病当做是"不正常",还有人经常借此恶作剧,他们故意把字纸扔在那里等他去捡。巡警局里的伙夫也打趣张治中说:"字纸有很多。你还不去捡吗?"其实,张治中之所以这么干,是因为他始终牢记私塾先生的一句话:"敬惜字纸。"

在那段时间里,张治中生活的全部就是:站岗、学英文、看报纸、读杂书、捡字纸……

终于,轰轰烈烈的革命让张治中的生活不再平淡。在某一个晚上,扬州燃起了革命的火焰。许多人都上街游行,宣告自己支持革命、推翻旧社会的心声,张治中也非常兴奋,他参加了热烈的游行。

张治中喜欢捡字纸的习惯在关键时刻让他的命运发生了扭转。因为他捡到这样一个纸条,上面写着:上海已经发动了革命,革命军已经武装起来,准备推翻旧社会。

当时,在扬州的大街小巷上,人们都在谈论光复,一时间"人心思汉",革命军受到了人们广泛的支持。张治中觉得自己留在扬州站岗是在浪费大好的青春,在看到那张纸条之后,他决定前往上海。

张治中在来到上海之后,看见成群结对的学生军抬头挺胸、英姿勃发地走过去,感觉非常羡慕。所谓的学生军,指的是全都是由学生组成的军队,与一般三教九流参差不齐的军队当然有很大的不同。张治中也觉得,如果能够成为这样军队中的一员,肯定是一件非常自豪的事情,所以他便报名参加学生军。

经过筛选,张治中终于成为了学生军的一员。

差点被开除

1912年,"中华民国"正式成立。当时南京临时政府命令上海学生军调往南京,并且对他们进行了改编。国民政府将从各地来到南京的学生军混合编为陆军部入伍生团,张治中被编进了这个军的一营。有一次,张治中和一些战友在操场上踢足球,不慎被一个战友用钉鞋踢破了腿,几天之后引发了感染,伤口出血、化脓,不能上课也不能出操,张治中心中非常焦急。

这样一个学生拖了整个连队的后退,连部曾经有人提议:鉴于张治中很久都没有出操,建议将此人开除。幸亏张治中平时的表现非常好,有几个排长不同意开除他,这才化解了这次危机。

直到晚年的时候,张治中的腿还是经常会有毛病,张治中感慨地说:"这一条烂腿,险些误了我的前途。"

过了快半年之后,张治中的腿才完全好了。这时,南京临时政府也被取消了,张治中所在部队准备并入陆军军官学校,调到保定去。当这批学生从南京来到保定后,入伍生团并入保定陆军军官学校一事遭到了抵制,合并搁浅。

1912年12月,张治中所在部队被命令开往武昌南湖。

政治风暴时代

后来,张治中又被调往黄埔军校任军事教官。而此时黄埔军校的政治部主任正是周恩来,在共事的过程中,周、张两人相识相知,并且保持着良好的关系。周恩来对张治中完全拥护孙中山联俄联共扶助农工的三大革命政策,并身先士卒的行为十分赞赏。张治中则被周恩来渊博的学识和谈吐、气质、风度所倾倒。相近的政治观点与共同的理想,让周张两人成为了莫逆之交。

黄埔军校是国民党和共产党联合创办的,但它从创办之初就存在着派系之间的激烈斗争。张治中与周恩来、恽代英、邓演达等共产党人比较亲密,并且受到了马克思主义的影响,因此思想"左"倾,经常站在共产党人一边说话,国民党人则以此为借口多次批评他:立场不坚定。但张治中认为自己是孙中山革命思想的拥护者,自己的一言一行都无可厚非。

在黄埔军校的这段时间里,张治中曾经向周恩来提出参加共产党的请求。周恩来当然非常高兴,但还是不无忧虑地说:"共产党当然欢迎你入党,不过你现在已经是国民党内的重要人物了,而国共两党则有共同的规定:共产党不吸收国民党高级干部入党,但我可以保证以后我会全力支持你,让你在工作中得心应手。"

在那之后,蒋介石发动了"四·一二"反革命政变,屠杀了全国各地许多共产党员和爱国人士。共产党人则组建了自己的军队,用暴力手段对抗蒋介石的反动行径,从此国民党和共产党更是水火不容了。作为一名国民党高级将领,张治中也被国共斗争推到了艰难的境地中。在这非常时刻,张治中只能把精力转移到国民党军校,继续从事军事教育工作,因为只有这样,他才能避免在两党正面厮杀的战场上与共产党人兵锋相见。

在国民党和共产党针锋相对的时候,日本侵略者趁机对中国进行大肆侵略,中国军民在极其艰难的情况下抵抗外敌的入侵。张治中主动请战,率领部队到淞沪抗战前线,与十九路军一起抗击日本侵略者,重创了来犯之敌。

西安事变爆发之后。由于共产党和平解决的正确方针,而且派周恩来前去调停,终于使西安事变和平解决。张治中认为中国共产党在这个事件中所处的立场是完全正确的,所以大力支持。

机场冷遇

到了1949年,国民党在内战中节节失利,企图和共产党讲和,给自己的反攻争取时间。当时,张治中被南京政府任命为首席谈判代表,来到了北京。

在谈判失败后,张治中并没有回到南京,而选择留在了北平。新中国成立后,张治中被任命为西北军政委员会副主席、国防委员会副主席,并当选为第一届全国人大常委会副委员长。

关于张治中为什么会留在北京,其实与周恩来副主席有着很大的关系。

当时,南京代表团20多人来到北京,按照以往的惯例,周恩来副主席作为共产党一方的首席代表,应该到机场去迎接,但这一次周恩来没有去,其他共产党的谈判代表也没有去,去的是北平市副市长徐冰和东北野战军参谋长刘亚楼等人。张治中认为这是周恩来在冷遇自己,所以非常不高兴,也不理解。

到了晚上6点,周恩来和中共代表团其他成员赶往到六国饭店去看望张治中,并设宴招待,这时张治中心中的不快才烟消云散。

在吃过饭之后,周恩来问张治中:"你是南京政府的代表,还是蒋介石个人的代表?"张治中说:"我当然代表南京政府来的。"周恩来又问:"你既是南京政府的代表,为什么离开南京前还要到溪口去见蒋介石?"要知道当时蒋介石已经"下野",退居溪口,按道理张治中在临行前根本不必去和他见面。张治中回答说:"蒋介石虽然表面上下野了,可是依然掌握着军政大权,和谈如果得不到蒋的同意,即便是和谈达成协议也没有用。"

听完张治中的这番话,周恩来当即指出:"张先生,不知你有没有想过,你这样做,等于无形中加强了蒋介石的地位,让别人认为蒋介石有能力控制南京代表团,控制和谈。"周恩来叹了一口气,接着说:"这种由蒋介石导演的和谈,恐怕我们不能接受,已经饱受战乱之苦的人民也不能接受。"

其实,张治中也对蒋介石有诸多不满。在和蒋相处的25年中,张治中以敢言被称道。最值得一说的,是张治中三次上蒋介石万言书。

第一次是1941年,张治中就"皖南事变"向蒋上万言书,痛陈对中共问题处理的失当,力主国共合作,共同抗日。

第二次是1945年11月,张治中上万言书,主张用政治方式解决问题,反对重新挑起内战。

第三次是1948年夏天,张治中三上万言书,痛批国民党政策失当,并将之归咎于"领袖"独断专行,甚至称蒋"为世界各国领袖中脾气最坏之一人"。

由于对蒋介石不满,再加上周恩来又对张治中温言相劝,对他阐明了当前的局势,规劝他不要在回南京为蒋介石服务了。张治中深受启发,遂决定留在北京。从那之后,张治中再没有离开过北京城,1969年,在北京病逝。

尹锐志姐妹

忠义姐妹花
——女流之辈亦可为革命赴死！

姓　　名	尹锐志	尹维峻
籍　　贯	湖南嵊县	湖南嵊县
生卒时间	1891~1948 年	1894~1956 年
历史评价	在孙中山众多保镖中,"姐妹花"尹锐志和尹维峻身负武当派绝技,格斗以一当十。她们十余次助孙中山死里逃生,被尊称为"革命女侠",与秋瑾一起被时人共称为"中国近代史中女界三杰"。	

在革命年代,有许多传奇故事,而关于伊锐志姐妹保护孙中山的革命故事,则成为了永久的传奇。

姐妹花出山

武昌起义后,革命党人推举孙中山为"中华民国"第一届总统,并将在 1912 年元旦于南京举行总统就职仪式。

这个消息很快就传遍了全国,闻听此事后,大部分国民为推翻帝制、实现共和而欢欣鼓舞,但是也有些人闻之丧胆、惶惶不可终日。而旧军首领张勋,则秘密策划杀害孙中山。革命党一边,也清楚孙中山此行必是危险重重。

沪军都督陈其美为保证孙中山的安全,在出发前一天特地派蒋介石作为护卫队长,带领数名卫士,负责孙中山的安全工作。

虽然安排了专人负责孙先生的安全,但是陈其美还是不甚放心,为了保证万无一失,他又找到了尹锐志、尹维峻两姐妹。

为什么陈其美在关键时刻想起了尹氏姐妹呢?原来,这两姐妹是广东人,祖上世代习武。少女时代,父亲便将她俩送至挚友——李德源——处学艺。李德源是山西太原府武艺总教习,绰号"李老五",他擅长五毒瘂手绝技。清末在川陕鲁豫一带,"北腿圣手李老五"的名头叫得极响,令"圈内"行家们惊叹佩服至极。尹氏姐妹跟李德元学艺数年,已是一身功夫,在武林里也闯下了不小的名头。如果她们能够出面,那么孙中山的安全必定是万无一失。

想到此,陈其美马上赶到尹氏姐妹在南京的住所,共商大事。见到二姐妹后,陈其美双手抱拳,说道:"今日来打搅二位女侠,是因在下有一事相求。"

尹维峻一贯活泼开朗,见陈其美文绉绉的说话,咯咯笑道:"陈先生什么时候也当起了秀才来啦,这可不像是上海滩的杨梅都督啊!"

关于陈其美这个杨梅总督的称号,还有一些典故:陈其美本人性格豪爽,喜欢冒险,以四捷(口齿捷、主意捷、手段捷、行动捷)著称,在上海滩混得很开。年轻时经常出入戏院、茶馆、澡堂、酒楼、妓院,所以当时有革命同志批评他是"杨梅都督"。尹维峻一贯直爽,所以才在陈其美当面把这"杨梅都督"的称号直呼而出。

姐姐尹锐志见小妹口不择言,瞪了尹维峻一眼,说:"不许对陈先生无礼。"尹维峻也知自己此话不妥,立马羞红了脸,低下头来。

陈其美见状,哈哈大笑道:"昔日为秘密结社之故,偶借花间为私议之场,边幅不修,我自己也从不自讳,令妹心直口快,也是无妨。"

尹锐志也呵呵笑道:"我这个妹妹啊,我真拿她没办法。陈先生能自省自警,亦是大丈夫行径,不知陈先生此来有何见教?"

陈其美见尹锐志引入了正题，正色道："孙文先生被革命同志推举为中华民国大总统一事，想必二位也已知晓。他明日就要去南京赴任，我想清廷走狗得知此事，必会图谋不轨，所以恳请二位相助，保护孙先生周全。"

尹锐志道："孙先生能以国家民族之安危系于一身，我们甚是钦佩，至于孙先生安危之事，我们自是竭尽所能、义不容辞。"

尹维峻也笑嘻嘻地说："能给大总统当保镖，还能去南京玩，我们求之不得呢。"

尹锐志假嗔道："就知道玩。"

陈其美见二人满口答应，心下欢喜，但是又不无担忧地说："此去必然艰难重重，希望二位有心理准备。"

尹维峻听了这话，收起笑容说道："你们在战场上连死都不怕，为了打倒清狗连命都不要了，我们还怕什么。"

尹锐志也点头道："我们虽为女流之辈，但能为革命尽绵薄之力，再多的艰险也无所畏惧。"

陈其美闻言动容，深鞠一躬道："二位深明大义，称得上是巾帼英雄，在下在此谢过了。既然事定，我也不打扰了。"

说罢与二女告别，转身离开了。

保护孙中山

1912年1月1日上午，孙中山先生准时到达南京，身为沪军团长的蒋介石戎装配枪，抢上一步打开了汽车门。孙中山先生向大家招手致意，身边跟着一个文静的女秘书（尹锐志），女秘书身后跟着一名侍女装束的小姑娘（尹维峻）。入席后陈其美紧靠着孙中山就座，腰间的勃朗宁手枪上着顶膛火，显得有些紧张。尹锐志雍容淡雅，恬静而安详；尹维峻侍立在中山先生身后，一双好奇的大眼睛频频四顾环望,并对周围的人微笑,颇带几分稚气。

晚10时,激动人心的中华民国临时大总统就职典礼仪式开始。总统府的礼堂里灯火辉煌,主席台正中贴着"中华民国临时大总统就职典礼"13个金光闪闪的大字。黄兴、蔡元培、胡汉民、徐绍桢等分列两边,以迎候首位民选大总统的莅临,来自山西的代表景耀月负责就职仪式的主持。各省代表,各方军政要人,以及荷马里等美国友人,全都齐聚在堂,还有不少新闻记者前来采访。

当风尘仆仆的孙中山健步走进大堂时,全场一齐高呼"共和万岁"的口号。孙中山登上平台,以双手鼓掌致谢。孙中山就位后,参加典礼者先行三鞠躬,复鸣礼炮二十一响,然后奏起了雄浑的军乐。代表景耀月报告选举经过后,请临时大总统孙中山宣誓就职。孙中山离座起立,面向墙上的五色国旗,举起右手起誓:"颠覆清朝专制政府,巩固中华民国,图谋民生幸福,此国民之公意,文实遵之,以忠于国,为众服务。至专制政府既倒,国内无变乱,民国卓立于世界,为列邦公认,斯时文当解临时大总统之职。谨以此誓于国民。"孙中山的誓言,随着他那抑扬顿挫的广东官话传遍会场,博得了全场的热烈掌声。

在孙中山宣布就职的同时,看似漫不经心的尹氏姐妹却是非常紧张,因为他们害怕有人此时偷袭总统,所以不敢有一刻放松。索性就职典礼太平无事,尹氏姐妹这才松了一口气。

智斗歹徒

就职仪式顺利结束了,尹锐志、尹维峻姐妹终于松了口气。第二天,尹维峻看孙中山在总统府休息,非常安全,就磨着姐姐尹锐志说要去南京市面上看一下,伊锐志拗不过她只得应允。

两姐妹上街后在秦淮河畔浏览南京市容。由于"中华民国"政府在当天成立,南京城的老百姓也很激动,所以当天晚上大街上人潮涌动。尹锐志、尹维峻在街头信步游玩。由于尹氏姐妹是洋装女士,又正值芳龄,在南京的街市上很是显眼。

没过多久,妹妹尹维峻就发现自己被人盯上了。于是悄悄地对姐姐说:"有人跟梢。"

尹锐志也低声说:"我也知道,咱们别声张。"

尹维峻会意,二人神态自若地接着逛街。

跟在两姐妹身后的三个人本是军队中的无赖之徒,见眼前跟踪的这两个姑娘明秀绝伦,顿起色心。他们虽然不怀好意,可是不敢放肆行事。只是远远跟在后面。

这三个人中官阶最高的是个哨官(连长),身上藏有一支左轮手枪;二把手是个老棚长(排长),为了自身的安全早把大枪扔了,但擅使状元梅花笔,有点武术根基;年纪最轻的是个"骁勇",平日狂嫖乱赌,是个亡命徒,也会点儿武艺,绑腿中总插着匕首。

三人一直远远地跟着尹氏姐妹,就像跟屁虫一样甩都甩不掉,搞得姐妹二人顿时没了逛街的兴致。尹维峻非常生气,悄悄地对姐姐说:"姐姐,你等着,我去捉弄他们一下。"还没等尹锐志反应过来,尹维峻就已经反身朝那三人走去了。

三人见自己盯梢的目标反倒向自己走了过来,一时间慌了手脚,这时尹维峻已经走到他们跟前,看似漫不经心地一伸腿,将那个骁勇当街绊了个跟头。

教训过骁勇之后,尹维峻回头便走,三个跟梢的家伙此时被她搞得莫名其妙,愣在当地不知如何是好。

尹维峻回到姐姐伊锐志身边之后,悄悄地对尹锐志说:"姐姐,这三人恐怕不是一般的歹人。"

尹锐志问:"你如何知道?"

"你看",说着尹维峻从袖子里拿出一把手枪,对姐姐说:"这是我刚才绊倒他时,从他身上顺便拿出来的。"

伊锐志见状大惊,悄悄地对尹维峻说:"这三人恐怕来头不小,咱们见机行事。"

正在此时,突然见街头人流涌向夫子庙,姐妹俩迷惑不解。找了个路人一打听,路人说:"孙大总统正在街头演讲,我们要去看看这位大总统!"

在伊氏姐妹得知孙中山在街头演讲这个消息的同时,那三个跟在伊氏姐妹身后的家伙也知道了。这三人听此消息,马上从"色狼"变成了"官迷",认为若是能刺杀孙中山,清廷一定会论功行赏,而此时更是一个良机。机不可失,时不再来,他们打算说干就干。

这三个人是广东人,自认为用广东方言在南京街头交谈无人听得懂,没想到尹氏姐妹也是在广东长大的,把三个人的龌龊勾当听得明明白白。当时,两个年老的正力劝年轻的那个"骁勇"下手,理由是他正值盛年,事成之后,前途不可限量。

这个亡命徒在红顶子、黄马褂的吸引下决定铤而走险,用手指天发誓说:"谁要是黑心,阴曹相见。"说罢,混入人流之中向夫子庙奔去。哨官又对棚长说:"这小子功夫比你差远了,你的状元梅花笔……"棚长嘿嘿冷笑道:"你这阴招只能骗傻小子,我去了后,如果行刺成功,你用两颗子弹把我二人送走,独自去向朝廷讨封;如果行刺不成,你也把我二人送走,向孙中山去领功受赏,你这两颗子弹的用处太大了……"

那一边尹氏姐妹一听说这三人要有行动。尹维峻怒声道:"就凭他们这点把戏,也敢打这鬼主意,看今天姑奶奶饶不了他们。"

而尹锐志却大叫不好,对妹妹说:"那个刺杀孙先生的人已经出发了,你先看着这两个人,我去找他!"说罢分开人流,直奔夫子庙而去。

尹锐志尾随"骁勇"而去,尹维峻绕了个圈迎着哨官和棚长走来,两人正在行刺的问题上谈不拢,突见尾随多时的洋装美人迎面走来,不由得又被迷得晕头转向。就在这一刹那,洋美人突然双手齐出,猛地下了哨官的"六响炮"和棚长的"状元梅花笔"。这两个家伙一看这个洋美人竟然是武术高手顿时吓破了胆,一个夺路而逃,一个跪地求饶。

尹锐志到达夫子庙后,见孙中山先生演说已经结束,正在回答群众的问题,问答之间显得很融洽。这时"骁勇"突然蹿出人群,准备向孙中山开枪射击,但是一摸腰间,大吃一惊,手枪竟然已经不翼而飞了!"骁勇"知道肯定是遇上了高人,慌忙夺路而逃。

尹维峻不动声色跟了下来,这名"骁勇"也是个有勇无谋之辈,竟然直接跑回自己的藏匿处——江源货栈。原来,这江源货栈正是这三个人的栖身之所。

"骁勇"跑回江源货栈后,见哨官和棚长没有回来,惊魂初定后,回想起自己曾被绊了一跤,一定是摔倒在地时被高手下了"家伙",而这位高手又是个老谋深算的行家,一直盯着自己的"梢",目的是找"窝",而自己直接跑回了"窝"……

想到这里,这"骁勇"头上冷汗淋漓。三十六计,走为上策,他决定不动声色不辞而别。因为一张扬出去,大家一轰四散,恐怕谁也走不脱。这个"骁勇"悟出这番"道理"后,略加收拾,溜出了江源货栈,直奔江边码头。

此时,尹氏姐妹早已布置妥当了一切,"骁勇"一出货栈就被侦缉处的便衣队盯上,登船时被擒拿归案。在夫子庙集市上逃掉的哨官在外"飘"了两天,打听到江源货栈平安无事,也回到了货栈,听众人说"骁勇"收拾了行囊不辞而别,以为这小子是个脓包,说了大话,但下手时却怕了,所以无颜与他俩相见,来了个一走了之。

哨官没想到的是,他一回到江源货栈尹氏姐妹就已经知道了。所以没过多久,这最后一名刺客就也被英勇机智的尹氏姐妹捉住了。

在那之后伊锐志姐妹还曾经十余次助孙中山死里逃生,被尊称为"革命女侠",与秋瑾一起被时人共称为"中国近代史中女界三杰"。

杨明轩

共产党政府中的第一个民主人士
——只有在共产党的带领下才可能建立一个新社会。

姓　　名	杨明轩
籍　　贯	西安
生卒时间	1891年6月13日~1967年8月22日
历史评价	爱国民主人士,新中国成立后,历任西北军政委员会委员兼文教委员会主任、西北行政委员会副主席等职,为新中国的发展作出了巨大贡献。

杨明轩是共产党政府中的第一个民主人士,他的一生都在为解放事业作贡献,他的功勋永世不朽。

革命者

杨明轩原名叫做杨金骏。他7岁的时候上私塾,后来又考入了西安府中学堂。成年之后留学日本,接受了民主共和的新思想。

五四运动爆发之后,杨明轩与匡互生、张耀斗等人一起参加了痛打章宗祥、火烧赵家楼的革命暴动,也因此被北京政府先后两次逮捕。

五四运动结束之后,他回到了山西从事教育工作,在三原渭北中学、西安省立二中担任教务主任,后来又到省立第一师范学校当校长。杨明轩将自己所有的精力都用在教育事业上。当时杨明轩对陕西教育进行了重大改革。由于杨明轩在学校积极传播革命思想,结果被当时的陕西政府视为"异端分子",没过多久就被免去了职务。

被免职之后,杨明轩又去了上海大学,在那里担任附中部主任。当时有许多共产党人瞿秋白、邓中夏、恽代英等都在上海大学任教,在他们的影响和帮助下,杨明轩开始对共产主义有了认识。

1925年,杨明轩与魏野畴等人组织陕西国民党党员俱乐部,之后国民党又在山西成立了党支部,杨明轩担任党支部的负责人,积极领导当地群众开展国民革命运动。

随着对共产党认识的加深,杨明轩逐渐认识到,只有共产党才能救中国,所以他加入了中国共产党。

国民革命军在占领陕西之后,任命杨明轩为教育厅厅长,还担任中国国民党西北临时政治委员会常务委员、陕西省党部执行委员会常务委员。

1927年,蒋介石发动了反革命政变,大肆屠杀共产党人。杨明轩闻讯之后非常气愤,就和刘含初等共产党员一起,利用自己在国民政府的合法身份,公开发表了谴责蒋介石罪行的宣言。国民党因此罢免了杨明轩的一切职务,开除了他的国民党党籍,并且四处通缉他。杨明轩只好离开了西安,前往武汉。

1928年年初,杨明轩被国民党逮捕。在监狱里,他始终没有向敌人透露共产党的秘密。后来,教育界的朋友集体保释杨明轩出狱。

重获自由之后,杨明轩开始寻找共产党组织,但是始终没能和党组织取得联系。

在摆脱了国民党的监视之后,他来到了上海,在那里继续从事教育工作。

西安事变爆发之后，杨明轩主持了18个救亡团体召开了一次紧急会议，一致决议并公开表示拥护张、杨二将军的八项主张。

之后，他又主持了西安市民大会，并且组织声势浩大的市民游行，用实际行动来支持张学良的爱国行为。1937年1月，杨明轩又组织了西北教育界抗日救国大同盟，并且担任"教盟"执委会主席。

后来，陕西省政府又任命杨明轩为教育专员，派他到欧洲各路去进行考察，并出席在巴黎召开的世界学生联合会代表大会。

杨明轩利用出国开会的机会，在欧洲各个国家和许多中国留学生积极接触，向他们描述了西安事变的真相，同时宣传中国共产党的抗日民族统一战线。

回国后不久，杨明轩又接到中共中央的指示，以学者和民主人士的身份，继续留在西安开展救国运动。

秘赴延安

1937年2月，杨明轩秘密赶到了延安，当时毛泽东等中共中央领导人对他的到来十分欢迎。这是杨明轩第一次见到毛泽东。

1942年，杨明轩加入了中国民主政团同盟。后来，西安的政治局势逐渐变得紧张起来，西北民盟负责人的生命安全也时刻受到威胁，在毛泽东的安排下，中共中央西北局派专人护送杨明轩回到了陕甘宁边区。

他们原来打算从铜川方向进入根据地，但上了火车之后，发现有国民党特务秘密跟踪他们，于是便在中途下车，去一个朋友家里住了几天，又返回了西安。

过了几天之后，杨明轩再次乘火车离开西安，这一次终于克服重重困难，进入到了革命根据地。这也是杨明轩第三次到革命根据地。他以无比激动兴奋的心情,歌颂了党中央和边区人民。杨明轩这次离开西安,完全是因为国民党反动派的特务暗杀政策逼出来的。

在杨明轩来延安这段时间里,李敷仁、王维祺、党晴梵、苏资琛、任谦、张锋伯、杨晓初、李馥清等共产党员也纷纷穿过封锁线,来到根据地。其中,李敷仁在延安大学当校长,赵寿山则成为了西北野战军副司令员,其他如张锋伯、李馥清、苏资琛、赵铭锦等也都参加了边区的人民政权工作,一心为解放事业而奋斗。

1947年,国民党军官胡宗南带领23万大军,进攻陕北。由于敌人攻势强大,共产党决定采取迂回战术,先主动撤出延安,转战陕北。

在陕北的一年多时间里,杨明轩经常和林伯渠等人共同进退。他翻山越岭,涉水渡桥,饱经考验。在杨明轩心中,始终希望能把自己培养成一个"正规军"战斗员。

1948年3月,在根据地参议会常驻议员和边区政府委员联席会议上,杨明轩被选为边区政府副主席。他是第一个民主党派直接参与共产党政治建设的人。

之后,杨明轩诚恳地说:"我愿意给边区政府主席林伯渠当一个学生,给同志们当一个学友,给人民当一个忠诚老实的长工,同大家一起努力做好恢复边区生产、支援前线、土地改革等项重要工作。"

《群众日报》刊发了他就任后和各方记者的谈话。他号召西北国民党统治区的群众投入解放家乡的事业中,还说:"我十分相信:在伟大领袖毛主席的英明指导下,强大的人民解放军会赢得进一步的胜利,共产党民族民主统一战线的政策也是正确的,一定会团结全国人民,最终推翻蒋介石政府的独裁统治,建立和平、民主、繁荣、富强的新中国。"

根据全国解放战争发展形势的需求,共产党决定由毛泽东、周恩来、任弼时等人率中央机关进入晋察冀解放区。杨明轩在得知这一消息之后,马上发电报给周恩来,说:"听说中央要走,深有恋恋之感,自觉如婴儿之离母亲也,此次宜川大捷,在这一战场说是空前的一次胜利,大大地缩短了解放大西北的时间"。"林老说,时局开展,就全国着想,中央是不能留在这里了,更加我恋恋之感。我已担任了实际工作,跟林老学习,还有西北局、联司诸同志指导,尽我的能力,作一个人民的好勤务员,殊觉愉快。"

1948年4月29日,杨明轩在边区政府召开的准备迁回延安的各单位工作人员会议上发表讲话,要求大家在胜利中正视困难,努力学习,掌握政策,永远保持与发扬革命的优良传统,更密切地和人民打成一片。边区政府迁回延安后,在杨明轩的主持与具体指导下恢复了延安大学、延安中学、米脂中学、绥德师范等学校。他还深入一些学校指导工作,要求各地特别重视加速为解放大西北培养干部的工作。

早在宜川大捷之前,杨明轩已经担任陕甘宁边区政府副主席,他利用自己对国民党军队及国民党统治区各阶层的关系,积极展开解放运动。1948年1月7日,杨明轩给邓宝珊发了一封电报,电报中劝老朋友悬崖勒马,走到共产党的一边。

杨明轩还利用在延安的西北新华广播电台,发表了名为《消灭蒋介石、胡宗南匪帮,建设新西北》的讲话。号召西北各民族的群众紧密地团结起来,完全消灭西北的国民党部队,争取尽快解放大西北,建设一个繁荣民主的新社会。

5月,杨明轩再次在西北新华广播电台发表讲话,号召西北国民党统治区的工人和劳动人民、青年和学生、教职员、公务人员、工商界人士、民主人士、开明绅士,以及回民同胞,发挥每个人的智慧,最后努一把力,迎接大西北的解放;规劝国民党部队的官兵不要再为蒋介石卖命作无谓的牺牲,迅速放下武器,立功赎罪,走向光明。同时,杨明轩通过学校中的民盟成员,联系进步人士,发动西安高校学生进行反迁校斗争,使国民党反动派企图将西安的大专院校迁往陕南、川北的阴谋遭到破产。

1949年5月8日,民盟西北总支部在延安的部分同志,为适应这样的大好形势,迎接大西北的解放,在陕甘宁边区政府交际处举行了中国民主同盟西北解放区盟员大会,恢复民盟西北组织。这是延安时期召开的唯一一次民主党派大会。中共中央西北局负责人赵伯平、工会主任肖彩峰应邀莅会祝贺。大会推举杨明轩为主任委员,确定西北总支部的临时工作纲领,重点在整顿民盟基层组织,加强对盟员教育,务期配合中共领导,发动西北广大群众,支援解放军解放大西北,并从即日起在延安陕甘宁边区政府交际处办公。

1949年,国共内战到了最后时刻,国民党大势已去,而共产党则开始酝酿建国大业。此时,杨明轩被选为西北解放区代表,赶到北京去出席中国人民政治协商会议第一届全体会议,并被选为政协第一届中国委员会委员。见过之后,他担任了西北军政委员会委员兼文教委员会主任、西北行政委员会副主席兼文教委员会主任、光明日报社社长。1958年,杨明轩被选为民盟中央副主席。

新中国成立后,杨明轩一心为国家服务,在政府担任重要职务,直到1967年8月22日在北京病逝。杨明轩逝世之后,社会各界深表痛心,许多国家领导人发表悼词,深切怀念这位共产党的老朋友。

张自忠

中国抗战军人之魂

——宁为百夫长,胜作一书生。

姓　　名	张自忠
籍　　贯	山东临清
出生日期	1891年8月11日~1940年9月16日
历史评价	爱国军事家,中国抗战军人之魂,在整个第二次世界大战的反法西斯五十多个国家的阵亡军人中,张自忠将军是最高级别的牺牲者。

张自忠将军戎马一生,自抗战开始,他的命运就几经起落。曾被污为汉奸,受尽人们的谩骂,他又抱定"只求一死"的决心,一战于淝水,再战于临沂,三战于徐州,四战于随枣,五站于枣宜,终换得马革裹尸还,以集团军总司令之位殉国。他以一生之践行,终于换得了名字中的这个"忠"字,堪称"中国抗战军人之魂"。

忠孝仁义的火种

张自忠出生于山东临清。他出生的年代,正是中国处于内忧外患的危险时期。当时清朝政府昏庸腐败，国家积贫积弱，而帝国主义瓜分中国的狂潮则是愈演愈烈。

1894年，清朝军队在中国甲午战争中输给了日本人。四年后，试图救亡图存的戊戌维新运动也宣告失败。之后，山东人民又首先发动了"扶清灭洋"的义和团运动。张自忠的家乡临清也是义和团运动的发源地之一。

无奈的是，义和团运动虽然在一定程度上对外国侵略者造成了打击，但是由于缺乏组织，他们还是难以担负起拯救国家的重任，最终宣告失败。

张自忠的少年时代，就是在这样一个动荡不安的时局中度过的。这对他的成长造成了非常大的影响。

1907年，当时才16岁的张自忠，就由母亲做主，和一个叫李敏慧的姑娘结了婚。

1908年，张自忠考入了临清高等小学堂。他从小就接受传统中国文化的熏陶，因此，忠、孝、仁、义的道德观念在张自忠的心中埋下了种子。

投笔从戎

1911年10月，孙中山等人发动了武昌起义，辛亥革命也就此爆发。一时间，革命的星火传遍了整个中国，已经日暮西山的清王朝眼看就要被推翻。

而此时的张自忠，则刚刚考入了当时中国非常著名的法律院校——天津北洋法政学堂。从小小的临清来到繁华的天津卫，使他大开眼界。而当时学校中的进步思想和革命气氛，更是让张自忠感到兴奋不已。在这里，张自忠第一次听到了孙中山的三民主义思想，还有"驱除鞑虏，恢复中华，建立民国，平均地权"的革命纲领。这些进步思想让听厌了"之乎者也"的张自忠如同黑夜中看到了一丝曙光，对他以后选择自己的人生之路有了很大的影响。

从那时开始，张自忠就有了投笔从戎的想法。选择参军这条路，成为了张自忠的理想。事实上,张自忠具备所有军人该有的条件,他体格健壮,勇敢机智,全身上下洋溢着一股英武之气。张自忠最喜欢一首诗——"雪暗凋旗画,风多杂鼓声,宁为百夫长,胜作一书生。"这首诗也体现了他弃文从武的志愿。

在下定决心投笔从戎之后,张自忠找到了北洋将领车震。车震也是临清人,所以对张自忠这个遇挫不馁、意志坚韧的年轻人非常看好,他说:"蛟龙终非池中物,我看你在家乡是待不住的。这样吧,过几天我带你去廊坊,把你推荐给十六混成旅旅长冯玉祥,他是我的把兄弟。"

之后,张自忠便追随冯玉祥,开始了自己的从军之路。

刚到冯玉祥的部队中时,张自忠被委为中尉差遣。差遣,是军队中的一种编外职称,只要和长官"实习"一段时间,就可以当上一个下级军官。

在"实习"的这段时间里,张自忠的表现非常优异,因此被冯玉祥升任为卫队团第三营营长。仅仅过了三年,冯玉祥就任命张自忠为学兵团团长。但张自忠认为自己的才能和经验还不足以胜任这个位置,因此他恳求冯玉祥收回成命,可是冯玉祥没有同意,张自忠只好从命。

"勇于私斗,怯于公战;内战内行,外战外行。"这是当时许多军阀的通病。但是张自忠第一次与外国人交手,便体现出了他铁骨铮铮、不畏强暴的本色。1924年,张自忠带领部队来到了丰台,而这时的丰台已经被英国军队占领。张自忠到了丰台之后,英军不让他的军队进城,张自忠和对方开始辩论。他说:"丰台是中国的地方,中国军队在自己的领土之上活动,任何国家都不能阻拦。"英军见张自忠不肯屈服,就派兵包围了张自忠的部队,并且开枪射击,十分蛮横。由于张自忠之前就对自己的部下说过:"他不犯我,我不犯他,他若犯我,坚决消灭他!"所以守军根据张自忠的命令开枪还击。欺软怕硬的英军见碰上了厉害的对手,只好撤兵。就这样,被英军占领多年的丰台终于正式回到了中国的控制之内。

中原大战爆发之后,冯玉祥和蒋介石等军阀开始了大规模混战。这时,张自忠在冯玉祥部下担任第六师师长。

在战斗中,张自忠即便是面对危局也毫不畏惧,有人这样评价他:"其决心坚强,临危振奋。每当情况急迫之时,辄镇静自持,神色夷然。"

中原大战以冯玉祥的失败而告终,当时冯玉祥许多老部下都转投到了蒋介石的阵营中,但是张自忠却不肯背叛,依旧追随在冯玉祥的麾下。

民族气节

1936年5月,张自忠又兼任天津市市长。

当时的天津地区,同时驻守着中日军队,天津市内又有英、法、日、美等帝国主义的租界,情况极为复杂。

在这段期间,张自忠"迫主津政、忍辱待时","为人之听不能为",他既不意气用事,又不屈服于帝国主义的淫威,坚守民族尊严。

1936年夏,天津英租界英国巡捕毒打人力车夫激起公愤,张自忠令人通知数千车夫全部进入华界,一律不在英租界拉座。这个报复措施顿时造成英租界的交通困难。在英国领事馆向中国方面请求解决时,张自忠提出惩办行凶者,保证不再犯的要求。英领事无可奈何,只得接受了条件。

不久,又发生了英商出口羊毛拒绝纳税的事件,英国方面还搬出《辛丑条约》来进行要挟。张自忠不吃那一套,他明文批示"不纳捐税,不准开船"。最后英商不得不照章缴税。此后,外商再也不敢强词逃税了。

1937年3月,张自忠以冀察平津军政工商考察团长身份,赴日本考察。考察之初适逢名古屋展览会开幕,张自忠作为中国官员前去剪彩。展览会对面有个伪满洲国办事处,建筑物上挂着伪满国旗。张自忠认为这是对中国的侮辱,因此拒绝剪彩并向日本方面提出抗议。直到日方取下伪满国旗,张自忠才参加了剪彩。

在日本期间，日方曾提出所谓"中日联合经营华北铁路，联合开采矿山"的要求，企图逼张自忠在中日经济提携条约上签字。张自忠断然拒绝，并决定提前回国。返回中国后，同年5月英国领事馆在津举行宴会庆祝英皇加冕。在来宾席位的安排上，日本驻屯军司令田代皖一郎坚持要当"最高来宾"。张自忠对此大为愤慨，他强硬地对英国领事表示："英界为中国领土，日军驻津系不平等条约的产物。国际场合，不能喧宾夺主。若以田代为最高来宾，中国方面决不出席。"最后结果由张自忠以"最高来宾"的身份出席宴会，张自忠也因此维护了国家的尊严。

卢沟桥大捷

1937年7月7日夜，日本人发动了卢沟桥事变。

事变发生之时，张自忠正在北京治病。当时张自忠认为，日本人还不会发动全面的侵华战争，七·七事变仅仅是一次局部的冲突，很容易就能解决。因此，张自忠主张就地解决事变，他的这种态度，让许多人认为他是一个"主和派"，甚至是"投降派"。当时一家报纸上刊登了一则《要对得起民众》的短文，上面说道："张自忠在津宣言：'我姓张的决不做对不起民众的事。'我们闻其'声'，如见其人。拍着胸膛硬碰，好像不失'英雄'本色。……这样并无用处，是在做给人看。"张自忠本人也看了这篇文章，但他没有生气，只是非常严肃地说："我倒是同意他的观点，谁是民族英雄，谁是混账王八蛋，将来看事实吧！"

事实证明，张自忠当初低估了日本人的野心，在七·七事变之后，日本人对中国开始了大规模的侵略战争。这使得人们对张自忠的误会更加深了，而此时的张自忠，则困在北京城内难以脱身。

最后，张自忠通过乔装打扮才解脱了北平之困，而蒋介石则任命他为第五十九军军长。

在之后的战争中，上海、南京相继沦陷，日本侵略者又派兵攻打徐州。

徐州自古是兵家必争之地，张自忠自然不能容许日本人占领这里。所以他集结部队，在徐州设防。之后，日军调遣了8万大军，向徐州附近的台儿庄进发。当日军到了临沂、滕县时，同驻扎在那里的中国军队遭遇，双方随即展开大战。张自忠奉命带领第五十九军在24小时之内前往增援。

张自忠接到命令之后，一天之内行军180里，及时赶到了战场。当时日军在飞机大炮掩护下，配合着坦克、装甲车向中国军队的阵地发动袭击。张自忠决心与日寇血战到底，率领部队顽强抵抗敌人的进攻。经过数天的激烈战斗，日军遭到沉重打击，节节败退。中国军队相继收复蒙阴、莒县，共歼敌4000余人，保证了台儿庄大战的胜利。

在获得胜利之后，国民政府授予张自忠宝鼎勋章一枚。之后，国民政府又为张自忠加授上将军衔。此时，所有人才真正明白，张自忠不是卖国贼，而是不折不扣的抗日英雄。他用自己的实际行动洗刷了汉奸的污名，而此时的张自忠也已经从第五十九军军长升为第三十三集团军总司令兼第五战区右翼兵团司令。

将星陨落

1940年5月，日军为了控制国民党军队的补给线，控制长江流域，集结了30万大军发动枣宜会战。当时在枣宜驻守的中国军队只有两个团兵力。

张自忠闻讯后，决定亲自带兵赶往前线支援。作为一个集团军总司令，一个国民党上将，张自忠其实不用亲自率领部队出击作战，但他决心要以身作则，与日寇奋战到底。

张自忠对自己的下属说:"国家到了如此地步,除我等为其死,毫无其他办法。更相信,只要我等能本此决心,我们国家及我五千年历史之民族,决不至亡于区区三岛倭奴之手。为国家民族死之决心,海不清,石不烂,决无半点改变。"

当时张自忠带领着2000多人攻向日军,一路奋勇杀敌,将日军打散。但是,日军毕竟实力雄厚,很快集结了优势兵力,对张自忠的部队实施围攻。张自忠丝毫不退缩,指挥部队向着比自己多出一倍半的敌人猛攻10多次,给敌人造成重大杀伤。

日军见势不妙,又派两个师团再加上四个大队赶来会战。双方展开了刺刀见红的血战。

到了最后,张自忠所部士兵被将近6000名日本兵包围。日军向张自忠的阵地发动猛攻。由于敌我力量实在太过悬殊,双方的战斗异常惨烈。在抵抗了将近一天之后,张自忠所率领的部队已经所剩无几,而张自忠本人也被炮弹炸伤右腿。

次日清晨,张自忠带领部队撤退到了山区。而此时日军则在飞机大炮的掩护下,开始追击张自忠。他们在一天一夜的时间里,向张自忠的部队发动了9次冲锋。在这段时间里,张自忠一直在前线指挥战斗,虽然身负重伤也不下火线。而此时,张自忠手下只有数百名士兵了。

日军的大队人马最终攻破了张自忠的阵地,大群日兵冲了上去。日军第四队一等兵藤冈是第一个冲上阵地的人,突然见从血泊中站起来一个身材高大的军官,他那威严冷峻的目光竟然让藤冈慌了手脚,愣在了当场。就在此时另一个日本兵向那位军官开枪,子弹打中了那军官的头部,但他仍然屹立不倒!这时才清醒过来的藤冈举起刺刀,用尽所有力气向那军官刺去,对方这才倒下。这时候,日军才知道,这位军官正是国民党上将张自忠。

张自忠将军牺牲之后,日本人将张自忠的遗体用上好的棺木盛殓,并且全军对张将军的遗体敬礼。甚至在张将军的遗体运回后方之时,日军还下令暂时停止轰炸,让张将军得以顺利安葬。由此可见,张自忠将军在战斗中所体现出的英勇无畏,连敌人都为之感动。

当天深夜,日军设在汉口的广播电台播放了关于张自忠将军阵亡的消息,并称:"我皇军第三十九师团官兵在荒凉的战场上,对壮烈战死的绝代勇将,奉上了最虔诚的崇敬的默祷,并将遗骸庄重收殓入棺,拟用专机运送汉口。"

抗战军人之魂

当张自忠将军的遗体运经宜昌时,整个城市都降下了半旗,前去祭奠张将军的群众多达十万人,全城笼罩在悲壮肃穆的气氛中。当时敌人的轰炸机就在城市的上空盘旋,但是却没有一个人躲避,没有一个人逃跑。之后,张将军的遗体又运达了重庆朝天门码头,蒋介石、冯玉祥等政府军政要员臂缀黑纱,肃立码头迎灵,并登轮绕棺致哀。当时蒋介石在张将军的遗体前号啕大哭,让所有人为之动容。

在安葬遗体的时候,蒋介石亲自扶灵执绋,护送张将军的遗体穿越重庆全城。国民政府发布国葬令,颁发"荣字第一号"荣哀状。将张自忠牌位入祀忠烈祠,并列首位。

之后,蒋介石与国民党军政要员以及当地群众在储奇门为张自忠举行了盛大隆重的祭奠仪式。气氛庄严,极尽哀荣。蒋介石亲自主祭。祭奠结束之后,蒋介石又以军事委员会委员长的名义通电全军,对张将军一生的功绩进行了表彰。随后,国民政府在重庆北碚雨台山为张自忠举行下葬仪式。蒋介石题词"勋烈常昭",李宗仁题词"英风不泯",冯玉祥题词"荩忱不死"。

张自忠将军殉国时,年仅49岁,他的妻子李敏慧在得知丈夫的死讯之后,绝食七日而死,他们夫妻二人合葬于重庆梅花山麓,后建有张自忠将军陵园和张自忠将军纪念馆。

在整个第二次世界大战的反法西斯五十多个国家的阵亡军人中，张自忠将军是最高级别的牺牲者——第三十三集团军上将总司令。周恩来赞誉张自忠"其忠义之志，壮烈之气，直可以为中国抗战军人之魂"。

张自忠将军不愧为"抗战军人之魂"！

蔡廷锴

淞沪会战中的铁血将军

——为救国保家而抗日,虽牺牲至
一卒一弹,决不退缩。

姓　　名	蔡廷锴
籍　　贯	广东罗定
出生日期	1892年4月15日~1968年4月25日
历史评价	抗战时期爱国将领,民国陆军上将、十九路军军长,带领十九路军在"一·二八"事变后奋起抗击日军。

所谓时势造英雄,蔡廷锴就是一个乱世中的英雄。他在少年时曾经跟父亲学习做裁缝,曾养过鸭,做过小买卖,还在广东省宝安县大鹏镇当过警察……英雄不问出处,在那样一个国难当头的年代里,蔡廷锴这个从普通的农民家庭走出的孩子,书写了一段属于个人更属于时代的铁血传奇。

宝安县大鹏镇当警员

1892年4月15日,蔡廷锴出生在广东省罗定县城附近的一个山村。他9岁上私塾,11岁那年丧母,之后便失去了读书的机会,开始和父亲学种田。

到了 15 岁，蔡廷锴又和父亲学习做裁缝。

蔡廷锴其实一直都想参军，16 岁的时候，他瞒着父亲到罗镜圩招兵处去参军。父亲知道后，叫人把他拉了回来。

直到 1911 年，蔡廷锴的父亲过世了，在替父亲守孝了 6 个月之后，蔡廷锴才再次去当兵。就在这一年，武昌辛亥革命爆发了，广州宣布独立，而蔡廷锴则加入了革命军的队伍中。之后，由于家里实在困难，蔡廷锴无奈之后只好又从部队返乡，到家乡去养鸭，还做些小买卖。

蔡廷锴的身上始终流淌着军人的热血，在家乡待了一段时间之后，他又决心参军。经过长途跋涉，他到宝安县参加了游击队，并且当了班长。次年，蔡廷锴成为大鹏镇的一名警员，当时这里的警长是中国同盟会的一位会员。

过了没多久，警长就退休了，临走之前给蔡廷锴一套西装，还有许多关于革命的道理。

怀着对革命的热情，蔡廷锴进入了广州陆军讲武堂，在那里他开始接受正规的军事训练。1921 年 10 月，蔡廷锴以优异的成绩提前毕业，在粤军第六军第一纵队司令部任上尉副官，后调任排长，再升连长。

对于蔡廷锴来说，一开始想要当兵仅仅是因为想混口饭吃。但是来到了军队中，他才逐渐懂得了国仇家恨的意义，做到连长以后，蔡廷锴便决心要为国家民族献身。

蔡廷锴后来又转入了孙中山大本营补充团任连长。第二年，因屡立战功，升为营长。到最后，蔡廷锴成为了第二十八团的团长。二十八团是一支非常有战斗力的队伍，在武昌起义中，二十八团第一个攻入武昌城。

随着功劳越来越多，越来越大，蔡廷锴逐渐从一名普通的战士，成为了第十九路军的军长。

淞沪抗日功垂千古

日军侵华的"九·一八"事变之后,蔡廷锴义愤填膺,他带领十九路军三万多官兵,在赣州宣誓:不要内战,坚决抗日。1931年10月下旬,十九路军开始到京沪铁路去负责警卫工作。这一年的年底,蔡廷锴密令全军旅长以上军官来上海开会,决定成立"西南国民义勇军",由自己担任总指挥,赶赴到东三省去援助正在抗日的马占山、丁超、李杜。

就在蔡廷锴准备北上的时候,日本侵略者开始了对上海的军事入侵,他们派遣军舰三十多艘和陆战队数千人登陆,在上海制造事端,提出了许多无理的要求。

1932年1月22日,日本驻沪领事——村井要求十九路军撤出现有的驻地,向后移动30公里。第二天,十九路军就在龙华警备司令部召开营长以上干部会议。在会议上,傍晚7时向全军各部发出"我军以守卫国土,恪尽军人天职之目的,应严密戒备。如日本军队确实向我驻地部队攻击时,应以全力扑灭之"等密令。

在蔡廷锴准备抗日的时候,国民党政府军政部长何应钦来到上海,他指示蔡廷锴说:"你们十九路军要满足日本人的要求,向后撤30公里。"接着,杜月笙、史量才和张静江都来见蔡廷锴,蔡廷锴知道他们都是想让自己放弃抵抗的,所以先声夺人地说:"上海是中国的领土,十九路军是中国的军队,我们负责驻扎上海,至于我们的军营设在哪儿,都和日本人毫无关系。如果日军来侵犯我们中国的领土,我和我们的士兵们有义务给他们以迎头痛击。张先生也是一个中国人,相信你也一定同意我的意见,请你把我的意见转达给蒋介石总司令。"张静江听了蔡廷锴的话,顿时羞愧万分,不好再说什么了。

过了没几天,日军分兵五路,趁着夜晚,在闸北通庵路向十九路军发动了突然袭击。蒋光鼐、蔡廷锴、戴戟三人在第一时间赶往真如车站,并且在那里建立了一个临时指挥所,他们命令在后方驻扎的部队马上向上海进发。之后,蒋光鼐、蔡廷锴、戴戟三人又向全国人民发表了宣言:

"暴日占我东三省,版图变色,国族垂亡!最近更在上海杀人放火,浪人四出,极世界卑劣凶暴之举动,无所不至。而炮舰纷来,陆战队全数登岸,竟于28日夜12时在上海闸北公然侵我防线,业已接火。光鼐等分属军人,唯知正当防卫,捍患守土,是其天职,尺地寸草,不能放弃。为救国保种而抗日,虽牺牲至一卒一弹,绝不退缩,以丧失'中华民国'军人之人格。此志此心,质天日而昭世界。炎黄祖宗在天之灵,实式凭之!"

这意味着,战争已经打响。

由于十九路军的顽强抵抗,所以日军久久不能攻占上海,敌我双方展开了拉锯战。

日军见久攻不下,曾经三次增兵,还换了三个指挥官,仍旧无济于事。后来,日本人又增调了三个师兵力和飞机200架来上海增援。这时,侵略上海的日本兵力已达六七万人。而在蔡廷锴一边,由于国民党拒绝派兵支援,所以战况不容乐观。在此情况下,十九路军无奈之下只好退守到第二防线,等待援兵,蔡廷锴说"本军决本弹尽卒尽之旨,不与暴日共戴一天"。

自甲午海战中国失败之后,没有一个人曾经率领军队和日军硬碰硬,而蔡廷锴则开此先河。

1932年3月3日,国际联盟要求日本与中国停止战争。蒋介石则决定和日本人谈和。蔡廷锴则表示说:"如果不是公平的谈判,那我将不会支持蒋介石,吾人身为军人,本以服从为天职,假如有人甘心出卖国家民族利益,誓不两立。"

两个月后,国民党与日本人签订了《淞沪停战协定》。这个协定规定,上海不再设置军队,并且保证战后不抵制日货。

在整个淞沪抗战中,十九路军牺牲2390人,受伤6343人,失踪131人,但是也消灭了日军将近2000人。他们用鲜血捍卫了中国军人的尊严,维护了中华民族的尊严,但是蒋介石却认为他们"不服从军令",因此对十九路军加以整肃,并且将第十九路军调往了福建。

为抗日反蒋发动"福建事变"

到了1933年春天,日军又占领了热河,威胁到了整个华北。蔡廷锴得知这一消息后,立即在福建漳州召集十九路军的主要将领开会,最后决定抽调志愿军官兵编为两个旅六个团,粤、桂两省各编一个师,一起北上抗日。蔡廷锴当时被推举为先遣抗日军总指挥。

先遣抗日军走到湖南的时候,东北全境已经沦陷,何应钦还和日寇签订了《塘沽协定》。而蒋介石则命令先遣抗日军返回福建去。全国对蒋介石的不抵抗政策非常不满。

同一年的5月,蒋介石曾经多次命令蔡廷锴派六个团去"围剿"红军,蔡廷锴虽然不愿意卷入内战中,奈何军令如山,他也没有借口逃避,只得从命。但是他的军队却在"剿共"的过程中遭到红军彭德怀第三军团的沉重打击,几天时间就损失了两个团的兵力。这时蔡廷锴才意识到,蒋介石之所以派他去围剿红军,目的就是想借红军之手来消灭这个"不听话"的十九路军,如果自己任由蒋介石安排的话,就等于落入了一个圈套,到最后肯定万劫不复。为了十九路军的生存,蔡廷锴决定派自己的亲信到苏区和红军联系。

1933年11月20日,蔡廷锴忍无可忍,终于发动了历史上著名的"福建事变",在福州建立了"中华共和国人民革命政府"。

之后,蔡廷锴又召开了临时代表会议,这次大会上通过了《中国人民临时代表大会人民权利宣言》,并且宣布取消国民党的旗帜,十九路军全体将士一起退出了国民党。

"福建事变"后,蒋介石马上派遣十多万大军前来进攻福建。开战以后,原来十九路中的一些杂牌部队纷纷倒戈。蔡廷锴指挥着有限的部队和蒋介石军展开周旋,但最终还是失败了。

"福建事变"失败之后,蔡廷锴移居到了香港。

1946年,抗战结束,内战开始。蔡廷锴回到了南京,并且和周恩来见了面。周恩来对蔡廷锴说:"蒋介石一心想将国家拖入内战,这对于百废待兴的中国而言,将是一场灾难。"蔡廷锴也认为国家再也经不起内战的消耗了,于是,他成立了中国国民党民主促进会。目的就是反抗蒋介石的内战政策,建立民主政府。虽然他的努力没有停止内战,但是拳拳报国之心却是有目共睹的。

新中国成立后,蔡廷锴又积极地投入世界和平运动中,成为世界和平理事会理事,继续为人民服务。

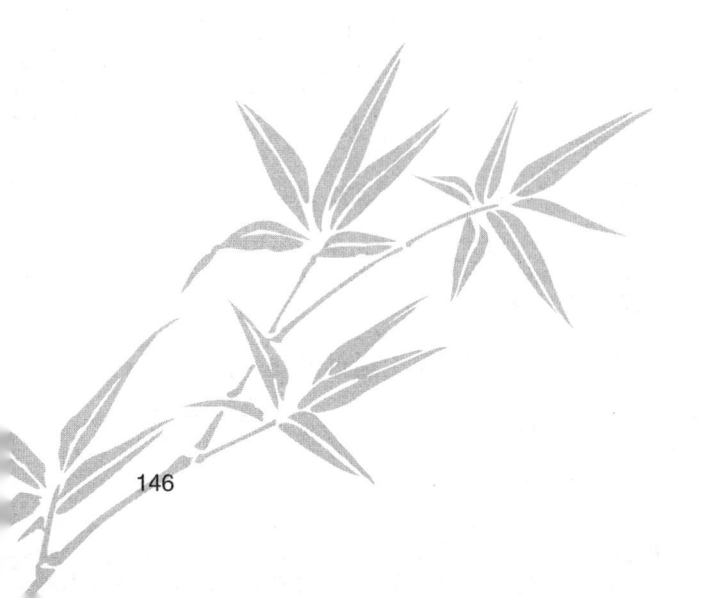

佟麟阁

抗日战争中阵亡的第一个高级将领
——我愿与北京共存亡！

姓　　名	佟麟阁
籍　　贯	河北省高阳县
生卒时间	1892年10月29日~1937年7月28日
历史评价	抗日战争中最著名的爱国将领。毛泽东同志对佟麟阁的献身精神给予很高的评价，他在1938年3月12日延安纪念孙总理逝世13周年及追悼抗敌阵亡将士大会上的演说词中说，佟麟阁将军"给了全中国人以崇高伟大的模范"。

佟麟阁作为一位国民党的高级军官，在守卫北京城的战役中，亲自冲上前线与日寇作战，最终不幸殉国，是中国抗日战场上阵亡的第一位高级军官。

少年立志

1892年10月29日，佟麟阁出生在一个农民家庭。他从小在舅父门下读书，他父母也经常教育他要刻苦学习，日后为国家兴旺而努力。

17岁那年，佟麟阁的舅父给他找了一份县官署笔帖士的职位。

后来，冯玉祥起义，并且开始招募新兵。当时佟麟阁非常仰慕冯玉祥的爱国之名，决定加入他的队伍。

由于在部队中表现突出，佟麟阁很快就当上了第十六混成旅第一团第三营第二连连长，驻扎在陕西。后来，佟麟阁在战斗中屡立战功，很快就成为了冯玉祥手下的得力干将，在军队中的职位也是步步高升。

到了1929年1月，南京国民政府重新整编军队，冯玉祥带领第二集团军被整编为第二编遣区辖十二师。而佟麟阁则担任第十一师师长。

在中原大战的时候，冯玉祥命令佟麟阁在西安建立新一军，负责招募新兵，积极训练，巩固后方。佟麟阁非常善于练兵，冯玉祥称赞他说："佟麟阁善练兵，心极细。"

佟麟阁经常给战士讲述历代民族英雄的英勇事迹，为的就是让自己手下的兵能够有爱国精神。他对士兵们说："我们当兵就是为了保护老百姓的。你想想，我们吃的、穿的、用的，哪一样不是老百姓辛辛苦苦才挣来的？我们的父母、兄弟、姐妹，也都是老百姓。所以我们要保护好老百姓，绝对不能侵扰他们。老百姓的一针一线，谁也不能强取擅用，否则就是扰民，要受到军纪的严惩。尤其在打仗的时候，我们需要老百姓的帮助。如果你们对老百姓有什么要求，一定要好好地和人家商量；买东西要给钱；借东西要打借条，用完了记得还，损坏赔偿，这是我们西北军的军纪。各位不能认为自己手中有了枪，就能横不讲理。'得民者昌，失民者亡'。我们要是没有老百姓的帮助，就难以成事。"

除了在思想上训练新兵之外，更为重要的是培养他们的军事素养。佟麟阁说，只有平日里把士兵们训练好，打仗的时候才能杀敌制胜。如果在训练时就松懈，等到了真正打仗时候，就等于把一群穿着军装的老百姓赶到战场上送死。佟麟阁经常给士兵们分析战场上的实际情况，他曾经说："一个好的射手，遇到十个敌人从两百米以外的地方向自己猛扑过来，也能够毫不畏惧。因为在战场上，跑两百米需要一分钟的时间。而一分钟时间，可以让射手打出十发子弹。这十发子弹如果全部打中的话,敌人就完全被消灭掉了,所以根本就不用害怕。"

中原大战到最后,冯玉祥败在了蒋介石手下。佟麟阁和冯玉祥一起隐居。直到1932年8月,宋哲元出任察哈尔省的主席,佟麟阁才受宋的邀请,去察哈尔省当警务处长兼领张家口公安局局长。

抗日英雄

1933年5月23日,日本关东军参谋长小矶国昭对新闻媒体叫嚣说:"为保证'满洲国'西境安全,日军军队有进军张家口的准备。"这意味日军将对张家口发动攻击。冯玉祥和佟麟阁迅速组织了抗日同盟军,准备和来犯的日军决一死战。

当时冯玉祥任命佟麟阁为抗日同盟军第一军军长,兼任察哈尔省主席。第一军共有四个师和一个独立旅,是抗日同盟军的骨干力量。

从那之后,抗日同盟军开始和日军进行战斗。但是由于蒋介石、何应钦对抗日同盟军充满戒心,非但不支持,还经常袭扰同盟军的后方,致使抗日同盟军两面受敌。冯玉祥迫不得已,解散了抗日同盟军。

抗日同盟军解散之后,佟麟阁非常激愤,但是又无可奈何,只好退居北京香山寓所,与家人团聚,奉养双亲。在此期间,国民革命军第二十九军的师长冯治安、赵登禹、张自忠、刘汝明等人联合邀请佟麟阁出山,并承诺一定会不惜代价和日军抗战到底,佟麟阁才欣然出山到第二十九军担任副军长兼军事训练团团长。

佟麟阁经常对人说:"政府如果下令抗日,我如果不身先士卒,你们可以到天安门前挖我两眼,割我两耳。"

当时佟麟阁率第二十九军驻守在北京城附近。1937年7月6日,日军全副武装,要求通过宛平县城到其他地方去演习。驻扎在宛平的中国军队不许日军通过,双方相持了十多个小时。佟麟阁闻此消息后,便马上做好了战斗准备。到了晚上,日军见中国军队执意不肯让路,便撤退了。

第二天,日本军队突然向卢沟桥的中国军队发起攻击,佟麟阁马上命令三十七师一一〇旅旅长何基沣前去支援。卢沟桥战役的打响,正式宣告八年抗战的开始。

保卫卢沟桥

面对日寇的入侵,二十九军全军将士怒不可遏,争相请求上前线去杀敌立功,但是也有个别人徘徊在和战之间犹豫不定。佟麟阁则主张团结一心,痛击日本侵略者,守卫国家疆土。他在南苑召开了一次军事会议,在会上,佟麟阁激动地说:"中国和日本之间的这场战争是非打不可的了,现在日寇侵犯我们的疆域,我们应该勇往直前,打击敌人的嚣张气焰。战死者光荣,偷生者耻辱。"最后,佟麟阁慷慨激昂地说道:"荣辱系于一人者轻,而系于国家民族者重。国家多难,军人应当马革裹尸,以死报国。"

所有到会的官兵一致拥护佟麟阁的决定,并纷纷请缨杀敌。会后,佟麟阁以二十九军军部的名义,向全体官兵发布命令:凡有日寇入侵,坚决抵抗,全军上下决心与卢沟桥共存亡,绝不后退一步。

1937年7月7日,卢沟桥战斗打响。到了第二天的中午,日军已经向卢沟桥发射炮弹一百八十余枚,卢沟桥车站也被敌人攻占。之后,敌人又沿着永定河东岸向西岸进攻,企图占领卢沟桥。

当时在卢沟桥西有一个排的兵力,他们顽强战斗,直至最后一人。宛平城西门城楼一位连长见战友全部战死,义愤填膺,马上率领一个排的战士,手持大刀前去和日军继续作战。他们和日军遭遇之后,毫不留情地举刀便劈,杀得鬼子狼狈万分。当时《北平时报》一篇文章中写:"佟麟阁副军长善于治理军队,二十九军军纪严明,作战勇猛。而且对于老百姓则秋毫不犯,这都是佟麟阁将军的功劳。"七·七"事变之后,佟麟阁带领军队在前线驻扎,每支部队前面,都放一桶水,用来止渴。群众非常感动,给部队拿来了西瓜,但是佟麟阁坚持不受。对老百姓恭而有礼,杀敌则勇猛无比,堪称模范军人。"

在得知佟麟阁在北京坚决抗日的英勇事迹之后,共产党著名的音乐家麦新被他们所感动,便提笔写下了歌颂二十九军大刀队的战歌——《大刀进行曲》,这首歌在抗战时期鼓舞着中国人的斗志,直到今天,还是很多中国人耳熟能详的一首战歌。其原词为:"大刀向鬼子们的头上砍去,二十九军的弟兄们!抗战的一天来到了!抗战的一天来到了!前面有东北的义勇军。后面有全国的老百姓。咱们二十九军不是孤军。看准那敌人,把它消灭!冲啊!大刀向鬼子们的头上砍去。杀!"

随着战事的不断升级,日本政府派遣香月清司去接任华北驻屯军司令。至此,中日之间的战事愈演愈烈。

此时,许多人妄图和日本人和谈,他们竟然想命令军队打开封闭的城门,把防御用的沙包撤掉。佟麟阁却坚决不同意,他对自己的上司说:"军长苟有不便,请回保定,以安人心。平津责之麟阁。如敌来犯,我决以死赴之,不敢负托。"

壮烈殉国

1937年7月27日,负责北京防务的宋哲元电告佟麟阁:"日本人欺我太甚,不可再忍,拒绝日方一切无理要求,为国家民族生存而战。"与此同时,宋哲元为了保证佟麟阁的安全,建议当时设在南苑的二十九军军部迁入北平城内。在极度危险的时刻,佟麟阁执意留在第一线,决心与南苑官兵和军事训练团的学员、大学生军训班的学生等一同坚守南苑。他命令自己的副参谋长张克侠带领军部的其他人员进城。

就在同一天,日军由廊坊进攻团河,同时还由通县、丰台调集了大量部队在次日进攻南苑。当时,驻守在南苑的中国军队有二十九军卫队旅、骑兵第九师留守的一部、军事训练团、平津大学生军训班,一共大约五千人。佟麟阁决定与阵地共存亡,他说:"既然敌人找上来,就要和他死拼,这是军人的天职,没有什么可说的。"

当日中午,日寇开始攻击中国军队的阵地,先是用步炮射击,接着又用飞机狂轰滥炸,战斗非常激烈。当时佟麟阁的军队虽然武器装备不如日军先进,但士气却异常高昂,和日本军队展开了激战,双方伤亡都非常惨重。

战斗中,佟麟阁的部下报告说:在大红门地区又发现敌人。佟麟阁怕敌人截断自己北路的供给,便带领部队前去迎敌。但是因为寡不敌众,佟麟阁的部队被敌人四面包围,只能凭借有利地形,和敌人周旋。最后,佟麟阁在指挥右翼部队向敌人发动攻击时,被敌人打中了右腿。

当时,佟麟阁的下属都劝他稍退养伤,可他却回答说:"情况紧急,抗敌事大,个人安危事小……"他坚决不肯离开阵地,还亲自带领部下冲锋陷阵。所有官兵见长官不顾自身安慰拼命地冲杀,都非常感动,士气顿时高涨,击退了日军的疯狂进攻。

日军见久攻不下,便派飞机前来助战,在敌机的狂轰滥炸中,带伤作战的佟麟阁不幸被弹片所伤,终于壮烈殉国,时年45岁。

傅作义

保全北京城的历史功臣

——人民的钱,一分都不能动!

姓　　名	傅作义
籍　　贯	山西省荣河县
生卒时间	1895年6月27日~1974年4月19日
历史评价	抗日名将、追求进步的国民党员,为北京城的和平解放作出了重大贡献。

在历史上,北京是数朝古都,是几百年来中国的政治文化中心。直到今天,我们依然可以在北京看到故宫、天坛等一系列名胜古迹,而这一切,在很大程度上要归功于傅作义。

治事勤勉,从政廉洁

傅作义,字宜生,毕业于保定军校,曾被国民党授予陆军二级上将军衔。作为一名杰出的军事人才,傅作义堪称是身经百战的名将。在北伐战争中,他坚守涿州,敌人难进一步,从而声名大振。在抗日战争中,他坚持与共产党军队合作,与日寇展开了艰苦卓绝的斗争。在百灵庙战役中,傅作义率领国民党军旗开得胜,战胜了气焰嚣张的日本军队,当时共产党也给他发去了贺电,赞扬他是"中国人民抗日的先声"。

抗日战争时期,傅作义主政绥远,在那里他屯垦治水,建设城乡,整顿金融,发展教育,使绥远成为了富甲一方的宝地。

曾任国民政府主席的国民党要员李宗仁先生评价说:"傅作义不单单是一个杰出的军事将领,同时也是一位很有能力的行政人才。至于他的勤政爱民,从政廉洁,也有很多值得学习的地方。"

傅作义出身农家,自幼过着贫寒的生活,直到他身居高位之后,也依然坚持着艰苦朴素的生活。在平时,傅作义常常是身穿士兵服装和一双笨山鞋,而且他不戴任何能够显示自己地方的标志性物件,所以一眼看上去,和他手下的那些普通士兵没有什么区别。

傅作义外出的时候也经常是轻装简从,他反对前呼后拥般的"大阵仗"。傅作义抗日战争期间在绥西,外出的时候就坐一辆小型的卡车,跟司机一起在驾驶室里,而他的随员、秘书、警卫则都坐在后面的车斗里。要是不准备出远门的话,他甚至经常骑自行车外出,只带一个警卫。

有一次,傅作义骑车路过一家理发店的门前,当时正是寒冬腊月,理发店的老板把水都泼在了理发店的门口,所以结了许多冰,傅作义一不小心就摔倒在马路上,把腿给摔坏了。当时,很多人都前来慰问。傅作义对自己的手下张景涛说:"你去看看那个理发店的老板,问问最近有没有咱们的人去为难人家,要是有的话你给人家道歉,然后补偿人家的损失。"张景涛去理发店向老板说明来意之后,老板回答说:"没有,没有,确实没有。"张景涛说:"没有就好,如果有人来,你就说我来过。"其实那位老板当时非常担心因为此事给自己招至祸端,听张景涛这么一说,他心头的乌云马上就散去了,非常高兴地说:"傅司令不怪罪小民,真是量大福大,量大福大。"

1934年，傅作义的同胞兄弟傅作仁在山西原籍经商，由于当时经济萧条，所以亏损了很多钱。傅作仁无奈之下去绥远找傅作义，希望傅作义能资助自己，并且一开口就提出要十万元。傅作义听了之后很恼火，对兄弟说："钱是绥远人民的，我傅作义绝对不能拿别人的钱来资助自己的兄弟。你如果没有经商的天赋，就赶紧回家歇业，不要打算在钱的方面图谋厚利。"就这样，傅作仁吃了闭门羹空手而回。

在国民党军队中，军官的克扣军饷中饱私囊的情况非常严重，但是傅作义却连自己的工资都拿去用在养兵上。他每次到军中视察，总是先到士兵中去探望。逢年过节，傅作义总是和士兵们在一起吃饭、娱乐。傅作义还提倡底层士兵直接给他写信，反映部队中的一些情况。凡是士兵来的信，他全部亲自阅读。对士兵提出的意见、要求，想尽办法去满足。有一次，他去看望官兵们时，有一个战士说冬天睡地铺太冷，他马上让军需部门赶制铺板，只用了一个星期的时间就给所有的战士做好了床。

傅作义反对打骂士兵，对那些体罚士兵的军官更是严厉地训斥；对抽吸鸦片、赌博、贪污公物和克扣军饷者，一律严惩不贷。

除了严格要求自己之外，傅作义对子女的管教也非常严格，衣饰饮食皆以一般水平为准，不能搞特殊化，平时亦不许随便外出游玩。还不准自己的手下用"少爷小姐"之类的称谓称他们，只许直呼其名。傅作义的子女们在他的严格要求下，都养成了艰苦朴素、勤奋学习的习惯，在自己的工作岗位上为国尽力。

到了抗日战争的时候，傅作义在自己的军队中提倡"生活标准化"。他说："'生活标准化'，就是要求我们的军官要和士兵们享受同样的生活待遇。这样做有几个好处。第一，可以让官员更加清廉；第二，可以拉近官兵之间的距离；第三，可以让人民更加信任我们；第四，可以减少很多不必要的浪费。"

1946年，抗日战争胜利之后，国民党官员鹿钟麟在国民党六届二中全会上说:"傅将军的生活作风非常好,甚至可以用乡土气来形容。他十分刻苦节约,在他的部队里,官兵之间一团和气,亲如手足。"

北平风云

傅作义练兵带兵和著名将军冯玉祥非常相像,重视士兵的实战能力,那些从军校分派来的所谓高才生,先要到他所设立的训练团,接受一段时间的训练之后才能进入一线部队,为的就是清除这些学生身上的"傲气"和"官气"。所以,傅作义将军麾下的部队战斗力非常强,很多时候,日军听说傅作义将军的部队来了,马上就从进攻转为了撤退。

抗战时期,傅作义曾经担任第三十五军军长,后来又升至第七集团军总司令兼任第三十五军军长。可以说是位高权重。

抗战结束之后,傅作义被调到了北平,负责北平周边的防卫工作。

解放战争开始之后,国民党迅速溃败,北方大部分地区都被人民解放军所攻克,而傅作义镇守的北平城,则成为了解放军在北方的最后一个目标。

当时,中央军委指示华北野战军先是包围了张家口和新保安,"围而不打";而东北野战军则切断了北平和天津之间的交通干道,以防止国民党其他军队前来增援北平。在完成对北平的包围之后,解放军先是攻克了新保安,并歼敌20000余人。接着又拿下了张家口。

解放军的咄咄逼近让傅作义深感压力。与此同时,共产党北平地下党城工部加紧了对傅作义的争取工作,当时傅作义的女儿也是中共地下党的一员,她给父亲剖析了当前的局势和民族大义,劝傅作义脱离国民党,走到人民一边。在多方努力下,傅作义逐渐开始动摇。

不久之后,中共中央发表声明,把傅作义列为43名重要战犯之一。共产党之所以这么做,其实是想保护傅作义,因为这样就可以提高傅作义在蒋介石方面的地位,防止蒋介石因怀疑傅作义而对其痛下毒手,但是当时傅作义并没有理解共产党此举的苦心,心生抵触情绪。

解放北平城

虽然傅作义错误地理解了中共的良苦用心,但是当时情势已经非常危急:要么就和共产党抗争到底,那时北平城势必会被战火所破坏。如果想要避免让战火蔓延到这个千年古都,那么就只能和中共合作。

最终,傅作义终于作出了决定,准备和共产党合作,走上和平起义的道路。

从北平被围后,蒋介石就要求傅作义赶紧率军撤退,但是傅作义以形势不允许为借口拒绝了这个要求。后来,蒋介石也意识到,傅作义肯定已经和共产党有所接触,所以给傅作义写了一封亲笔信,信里说:"千军易得,一将难求",表示自己对傅作义的看重,并且在此要求傅作义率领部队突围。但是傅作义以"坚守北平"为理由回绝了蒋介石。

不久之后,美国的太平洋舰队司令白吉尔也来到了北平,他对傅作义说:"如果你选择撤退,我们的海军可以在沿海地区援助你。"当时傅作义义正词严地说:"我们中国人的事情我们中国人自己能解决,就不劳外国朋友操心了。"这一切,都证明傅作义已经下定决心要和蒋介石决裂。

几天之后,傅作义又将邓宝珊接到了北平城。邓宝珊是傅作义十分信任的朋友,同时他和共产党的关系也非常好。邓宝珊到北平城后,与傅作义经常彻夜长谈。最终,傅作义正式决定起义,让邓宝珊作为自己的全权代表去和共产党谈判。

邓宝珊在通州马各庄和解放军重要领导人林彪、罗荣桓、聂荣臻等人正式会谈,表示傅作义愿意起义,和平解放北平城。共产党当然乐意接受傅作义的请求,于是双方很快就达成了一致。

蒋介石在华北地区已经回天无力，所以只能一遍遍徒劳地要求傅作义带领部队突围，但是均遭到傅作义的拒绝。

1949年1月21日，傅作义将军正式宣布起义。这一天，北平城内的20多万国民党军转移到了城外，十天后，中国人民解放军进入了北平城，北平宣告和平解放。

傅作义起义之后，受到了共产党的热烈欢迎。毛泽东、周恩来、朱德等中共重要领导人在河北平山县西柏坡接见了他。毛泽东主席评价傅作义说："和平解放北平，宜生（傅作义）功劳很大，人民永远不会忘掉你。"

1949年，中华人民共和国成立，傅作义被任命为绥远省军政委员会主席、水利部长和水利电力部部长、第一至四届国防委员会副主席、第四届全国政协副主席等职。

公私分明，清白一生

新中国成立之后，傅作义依旧保持着自己的本色，为人民为国家鞠躬尽瘁。

傅作义的"偶像"是民族英雄岳飞，岳飞有句名言"文官不爱财，武官不惜死，则天下太平矣"，傅作义始终将这句话当做自己的座右铭。

傅作义自己带头，每月从工资中拿出一部分钱，和公杂费的剩余放到一起，作为公积金，用来开办经济合作社、工厂或设立贸易公司等。这些单位的赢利，又作为集体福利或积累基金，用于部队官兵的生活补贴、开办军人子弟学校（如奋斗小学、奋斗中学等。现奋斗小学在北京复兴门内闹市口大街西侧，奋斗中学在内蒙古杭锦后旗，都是当时由傅作义将军兴办的）、阵亡将士家属的抚恤以及伤、残、病、老人的安置等项开支。收支情况由经济管理委员会按规定将向全军公布。北平和平解放新中国成立后，这笔资金还积存有

380多万元。1959年,国家经济困难,傅作义召集曾给他管理过公、私经济的部下,指示他们从存款中提取40万元来购买公债,其余全部上缴国家。并将上述情况写信向毛泽东主席作了汇报。毛主席批示:"将公款存入人民银行,仍归傅支配使用。"但后来,傅作义对这笔款项一直分文未动。直到1974年春傅作义病重时,又一次将这笔钱上缴给了国家。

在20世纪50年代中和60年代初,傅作义先后将自己在北京东城史家胡同和海淀镇的两处住宅交给国务院机关事务管理局,归公分配,并将自己在西单小酱坊胡同的住房产权交给西城区房管部门,自己则按期缴纳房租使用。跟随他几十年的老部下说,傅作义将军真是做到了"公私分明,清白一生"。

胡厥文

成功企业家的救亡之路

——听毛主席的话,跟共产党走。

姓　　名	胡厥文
籍　　贯	上海市嘉定县
生卒时间	1895年10月7日~1989年4月16日
历史评价	著名政治家,爱国人士,中国共产党的亲密朋友。

寻求知识、实业救国

1895年,当时的中国还在清朝的统治之下。这一年,胡厥文出生于上海市嘉定县的一个开明绅士之家。

1914年,胡厥文到北京去读书,所学的专业是"工业制造"。胡厥文在北京求学的这个时期,正是袁世凯称帝,张勋复辟,军阀横行的动乱年代。

当时,袁世凯为了当皇帝,不惜和日本帝国主义签订了丧权辱国的"二十一条"。在得知这一消息之后,胡厥文非常愤慨,在那之后,他立志通过创办实业来振兴自己的国家。

1918年,胡厥文大学毕业,毕业之后他去了当时国内最大的工厂汉阳铁工厂工作。虽然是一个刚刚毕业的大学生,但胡厥文还是踏踏实实地从学徒工做起，逐渐掌握了创办实业的资本。三年之后，他离开了汉阳铁工厂，成立了自己的第一家工厂——新民机器厂。

新民机器厂的主要业务是生产纱厂机器零件以及纱厂机器的维修，后来又开始生产彩色油墨机。

为了壮大自己的企业，胡厥文又先后创办了四家工厂，并且积累了机器工业和日用品制造的相关经验。

胡厥文深知，个人的力量是渺小的，所以他组织了上海机器制造业同业集会，在集会上，胡厥文又号召上海企业家共同创办了上海商民协会机器同业公会，他也被推选为同业公会主任委员。在任职期间胡厥文以公正无私的态度为同行们服务，也在进一步探索"实业救国"的道路。

追求真理、民主建国

1931年9月18日，日本帝国主义武装占领了我国东北，日寇的入侵让胡厥文"实业救国"的梦想破灭了。在那之后，他将自己的大部分精力都放到了民族解放的运动上。两年之后，日本人又发兵上海，淞沪会战因此爆发，胡厥文则号召上海工商界的同行，在很短的时间里制造出了一批批手榴弹、地雷、穿甲弹，送到十九路军的手中，给十九路军以极大的支持。

经过八年的抗战，中国人民终于打败了日本帝国主义，但是国家却没有因此而安宁下来，反倒是一步步走向了内战。胡厥文意识到："中国当时最需要的不是实业，而是一个和平的大环境。一个国家只有获得了和平，才有资本建立富强的国家。"

因此，胡厥文毅然加入到了民主运动的大潮中。在此期间，他和共产党有了很多接触，并且认识了毛泽东、周恩来、董必武、王若飞等中国共产党的重要领导人。共产党的励精图治、一心为民给胡厥文留下了非常深刻的印象。

1945年，为了争取中国早日走向和平民主，胡厥文和黄炎培等人组织了属于工商业界自己的政治力量——民主建国会，他们和广大的爱国工商业家和知识分子一道，配合中国共产党为建立和平、民主、统一、富强的新中国而斗争。

服务于国家建设

1949年，中华人民共和国正式成立。而胡厥文则怀着非常激动的心情投入到了新中国的建设事业中去。他积极地组织工商界同人学习共产党的方针、政策，宣传《共同纲领》，鼓励同业爱国守法、努力发展生产。

除此之外，胡厥文还参与了上海市工商业联合会的筹备工作，在他的领导下，上海市工商界团结一心开展了恢复生产运动，改造旧的同业公会，组织政治学习，参加三大革命斗争，并在1952年2月当选为上海市工商联副主任委员，5月被推选为上海机器工业同业公会主任委员。

被共产党委以重任之后，胡厥文提出了"听毛主席的话，跟共产党走，走社会主义道路"的发展道路，这对工商界积极配合新中国的社会主义建设起到了非常好的带头作用，也反映了爱国工商界人士的共同心愿。

党的十一届三中全会以后，全国的工作重点转移到社会主义现代化建设上来，胡厥文开始思考如何调动民建、工商联成员为社会主义建设服务的积极性，为"四化"建设服务。1979年，胡厥文和胡子昂、荣毅仁、古耕虞、周叔弢等著名企业家一道被邀到邓小平家中做客。在听取了邓小平同志关于对外开放、发挥原工商业者的作用等问题的重要讲话之后，这群压抑已久的企业家们受到了很大的鼓舞，开始在工商界中广泛宣传，动员两会成员在参政议政和经济建设的许多方面迅速开拓新的局面。他领导中国民主建国会与全国工商联密切配合，提出"坚定不移跟党走，尽心竭力为四化"的行动纲领,为四化建设和改革开放献计献策,作出了许多积极贡献。

在与中国共产党长期合作中,胡厥文认为应当肝胆相照、荣辱与共、知无不言、言无不尽。1982年和1983年,他分别对中共的统战工作提出意见和建议,受到中共中央的高度评价。1986年,针对"一国两制"方针的实施和统战工作的新情况,他与全国工商联主席胡子昂联名提出了《关于中国共产党对统一战线的领导的意见》,强调坚持和发展共产党领导的多党合作和政治协商制度、巩固和扩大爱国统一战线。党和国家也给了他很高的荣誉,胡厥文曾任上海市政协副主席、副市长,全国人大常委会副委员长,全国政协常务委员,中国民主建国会主任委员、主席,中华工商业联合会常务委员。

胡厥文一生光明磊落、作风正派,是非爱憎泾渭分明,处世注重大事大节。他待人宽、对己严,善于团结同志。他有知人之明,又有用人之量,对同志披肝沥胆、关怀备至。他又是书法家和诗人,他的书法高古、洒脱,他的诗词豪放、热情,这也是他正直、豪爽性格的体现。

吉鸿昌

抗日民族英雄

——加入革命的队伍,是我毕生最大的光荣!

姓　　名	吉鸿昌
籍　　贯	河南扶沟
生卒时间	1895年10月18日~1934年11月24日
历史评价	察绥抗日同盟军领导人,民族英雄,中国共产党的亲密朋友。

吉鸿昌在总结自己的经历时说过:"我能够毁家纾难,舍身报国,拒绝利诱,见危受命,这样来抗日救国,这正是党给我的感召。"作为中华民族的优秀儿女,吉鸿昌在国难当头的时候,挺身而出,选择了为人民而战,着实是大智大勇。

新兵吉鸿昌

1913年8月,西北军将领冯玉祥到河南鄢城招收新兵,当时,一个宽脸庞,大眼睛,体格健壮的青年,站在征兵的队伍中等待体检。他就是吉鸿昌,只有18岁。

最终,吉鸿昌如愿以偿地通过了体检,成为了冯玉祥麾下的士兵。

在部队里,吉鸿昌最能吃苦耐劳,又很有头脑,打仗的时候非常讲究策略。1915年,冯玉祥演练新军的时候,坐在司令台上问:"弟兄们,我们是谁的军队?"士兵都高声吼道:"我们是老百姓的军队!"过了几天,冯玉祥又这样问士兵。他话音刚落,就听见有人说:"我们是洋人的军队!"说这话的人,正是吉鸿昌。

吉鸿昌这句话一说出去,全场哗然。当时冯玉祥也很震惊,他命令手下的卫兵将吉鸿昌带到自己跟前,问道:"你为什么说我们是洋人的军队?"吉鸿昌回答说:"军队听洋人的话,还信洋教,这不就是洋人的军队?"冯玉祥又问:"你个毛头小伙子,敢这么说话,难道不怕洋人吗?"吉鸿昌振振有词地说:"我们都是中国人,干吗要怕洋人?"

冯玉祥当时觉得这个新兵是条汉子,非常赞赏他。第二天,就命令部队取消了神甫制,并且将吉鸿昌转到了学兵连,让他学习军事知识。

1917年,冯玉祥组建了一支"手枪队",特别任命吉鸿昌作为手枪队的连长。到了1921年,吉鸿昌又被提升为营长。这时的吉鸿昌,已经不再是之前那个新兵蛋子了,他已经成为了冯玉祥手下的一员干将。

1924年9月,奉系军阀张作霖率领15万大军,挺进山海关。当时的直系军阀吴佩孚命令第三军总司令冯玉祥率领部队迎战,第二次直奉战争就此开始。

冯玉祥知道,自己手下区区数万人,去和张作霖作战,就等于羊入虎口。而吴佩孚则是把自己当成了替死鬼。所以冯玉祥倒戈回师,在同年10月22日发动了北京政变(亦称"首都起义")。

10月23日,冯玉祥在北苑组建了"中华民国国民军",他宣布:"我退出直系军阀,响应革命的号召,服从国民政府的命令。"吉鸿昌也随冯玉祥一道加入了中华民国国民军。

1925年春,冯玉祥来到张家口,出任西北边防督办这一职务。与此同时,吉鸿昌也升任绥远都统署直辖骑兵团团长,还兼警务处长。

当时,冯玉祥在张家口国民军总部和西北边防督办公署开办了"营以上军官轮训班",主要学习三民主义。吉鸿昌也参加了这个学习班,并且在这里结识了共产党人,开始接受马克思主义。

1929年夏,吉鸿昌再度升迁出任宁夏省主席,并且率部队进入宁夏。当时蒋介石想让吉鸿昌为自己效命,就让部下用飞机给他空投了"第九路军总指挥"的委任状。

收到委任状后,吉鸿昌不喜反怒,他愤怒地撕毁委任状,说:"我为老百姓做事,和他蒋介石又有什么关系?"

吉鸿昌为了鞭策自己,在自己的照片上写下了"公正纯洁,为做事而做官,训练民众,使知四权运用,政治注重下层,工作适合一般民众需要"这句话。

为重整军威,吉鸿昌把原佟麟阁的第十一师和门致中第七军改编为第十军,亲自出任军长。

从1930年4月开始,阎锡山、冯玉祥和蒋介石在中原地区发生了战争。在中原大战中,冯玉祥最终失败,他的部队被蒋介石收编,当时吉鸿昌被任命为总指挥兼第三十军军长、第三十师师长。

年底的时候,蒋介石对鄂豫皖苏区发动了大"围剿",当时他派遣吉鸿昌去攻打光山、商城一带的红军。虽然吉鸿昌极力反对进攻红军,但是无奈军令如山,他只好服从命令,参加了对红军根据地的进攻。在和红军的交战中,吉鸿昌屡遭失败,这让吉鸿昌感到不可思议:为什么自己的装备优势和兵力优势不能给自己带来胜利?红军的强大作战能力是从哪里来的?

倒戈

为了解开心中的疑问,吉鸿昌决定亲自到红军根据地去看一看。当时,他化装成一个客商,秘密地进入红军根据地去作调查。在那里,他终于明白:红军是一支人民军队,深受民众的拥护和爱戴,因此才能有源源不绝的力量。这次暗访让吉鸿昌的思想受到了很大的启发。

从那以后,吉鸿昌再接到蒋介石关于进攻红军根据地的命令时,总是以种种借口按兵不动。为了监视吉鸿昌,蒋介石派特务到第二十二路军去担任高级参议。吉鸿昌见此情况,便采取虚张声势的方法,领着军队在红军根据地周围绕圈子,并且编造虚假的作战情报,应付蒋介石。

吉鸿昌的所作所为都被人密报给了蒋介石,蒋介石为了控制住吉鸿昌,赶忙派人率领十几个师的兵力靠近吉鸿昌所在的营地。

吉鸿昌知道,蒋介石要对自己动手了,所以决定在演马川起义。但却遭到了第三十一师师长张印湘等人的反对,起义最终失败。

1931年8月,蒋介石解除了吉鸿昌的兵权,责令他"出国考察"。在吉鸿昌将要起程时,震惊世界的"九·一八"事变爆发了。吉鸿昌向蒋介石申请前去抗敌,但是却遭到了蒋介石的拒绝。吉鸿昌无奈之下只好离开了中国。

日本帝国主义攻陷上海之后,远在海外的吉鸿昌再也不能袖手旁观了,他立刻乘船回到了中国,并且与共产党人取得了联系。之后,吉鸿昌北上天津,在那里展开了抗日工作。

为了能够更好地打击日本帝国主义,吉鸿昌试图召集旧部,再次发动起义。但是由于他的部队大多数已经被蒋介石收买或者是调到了别处,吉鸿昌只动员了一个团的兵力,带领着他们赶往红军根据地。

这个消息很快就被国民党政府知道了,于是他们派出重兵对吉鸿昌的部队围追堵截。起义再次宣告失败,吉鸿昌在乱军之中侥幸得生,只身一人前往根据地。

吉鸿昌到了抗日根据地之后,受到了共产党人的热烈欢迎。为了早日完成抗日大业,吉鸿昌不避危险,秘密回到天津,组织抗日军队。他把自己手中全部的6万元积蓄拿了出来,给红军购买武器弹药,同时还和冯玉祥、方振武等人在张家口一带组织察哈尔民众抗日同盟军。

在抗日同盟军中,吉鸿昌担任第二军军长、察哈尔省警备司令、公安局长,兼任北路前敌总指挥。在任职期间,吉鸿昌曾经率领部队从张家口大镜门出发,抵达张北县,第二天又攻克了康保县城,缴获了大量军用物资。当时,日本军队在沽源县布下重兵,以抵挡吉鸿昌的攻势。吉鸿昌则率领部队长途跋涉,最终击败了沽源县的敌人。

在作战中,吉鸿昌对日伪军晓以大义,许多日伪军士兵都被他感动,投入抗日的阵营当中。

这一边吉鸿昌带领部队积极抗日,而另一边的国民党则是想方设法地想除掉这个"叛徒"。当时,何应钦派大量军队进攻察哈尔,目的就是消灭抗日同盟军。终于,抗日同盟军在日军和国民党军的双重打击之下独力难支,部队被击散,吉鸿昌被捕。

当时国民党想把吉鸿昌押往北平审判,但是在押解的路上,吉鸿昌趁机逃跑。他再次回到天津,继续从事抗日反蒋活动。在这期间,吉鸿昌终于光荣地加入了中国共产党,完成了他多年以来的夙愿。

1934年11月9日,曾经担任抗日同盟军北路总指挥,浴血奋战收复多伦的吉鸿昌将军,在天津国民饭店遇刺身亡。

1945年,在党的"七大"上,吉鸿昌被定为全党褒扬的革命烈士。周恩来总理在1971年指出:"吉鸿昌同志由旧军人出身,后来参加共产党,牺牲时很英勇,从容就义,很有必要把他的事迹出书。"

1984年,在吉鸿昌烈士牺牲50周年前夕,扶沟人民在烈士陵园吉鸿昌烈士陈列馆前,为烈士塑了铜像。邓小平为河南人民出版社出版的《吉鸿昌将军牺牲五十周年纪念辑》题写了书名。聂荣臻亲笔题词:"民族英雄吉鸿昌烈士永垂不朽!"

章伯钧

草鞋才子报国有方

——要做一个真正的人,最起码的条件就是表里如一,并且始终如一。

姓　　名	章伯钧
籍　　贯	安徽桐城
生卒时间	1895年11月17日~1969年5月17日
历史评价	中国政治活动家,爱国民主人士,中国农工民主党创始人和领导人之一。

章伯钧是一个为真理敢说真话的人,也正因如此,他的一生似乎总是在各种争议中度过。但不管怎样,他始终是一个真正的爱国者。

锐意革新

1895年的十月初一,章伯钧在安徽桐城的一个破落地主家庭出生。

到了6岁的时候,章伯钧的父亲意外身亡,他和他的两个弟弟都是由叔叔抚养成人的。到了读书的年纪之后,章伯钧先是去读私塾,一年之后才进入家乡的育才小学。

章伯钧自幼爱好文学,每天放了学之后,他就在家里或是读书,或是写作。小学毕业之后,章伯钧报考了安徽省著名的桐城中学,但是由于他的数学成绩不太理想,差点名落孙山。最后还是因为他的文章写得好,才被桐城中学破格录取了。

桐城中学离章伯钧的家有九十多里,章伯钧不能每天回家,只好在校寄宿,他趁每个月休假的时候,从家里肩挑大米、菜油来到学校,当做下一个月的口粮。

章伯钧的叔父当时生活也非常困难,为让自己的侄儿能够安心读书,就不断变卖家产,叔叔的良苦用心更是激励着章伯钧,使他不敢有一丝的松懈。

1916年,已经20岁的章伯钧穿着草鞋来到了大都市武汉,他考上了武昌高等师范英语系。当时新文化运动正在全国广泛兴起,章伯钧很快接受了新思想。他认为中国要成为一个强大的国家,就必须用科学和民主的心态去看待历史、展望未来。章伯钧一面用功学习,一面和当时的进步青年们广泛交流,其中就有他的好友、中共早期革命活动家恽代英。

恽代英来自江苏武进,与章伯钧同岁,他在武昌办起了利群书社、互助社、共存社,而章伯钧则经常去恽代英的书社读书,久而久之两个人结成了生死之交。

在恽代英等人的影响下,章伯钧在自己的学校中也发起了读书会,继而又参与组织了学生会。"五四"运动开始之后,章伯钧被武昌高师学生推举为会代表,参加了武汉学生联合会,组织武汉的大学生参加革命救亡运动。

从武昌高等师范毕业之后,章伯钧回到了安徽,在那里当上了一名英语教师,不久之后,他又担任了安徽省立第四师范学校的校长。

受到新文化运动洗礼的章伯钧,把自己的学校办成了一个传播进步思想的阵地,他先后聘请好友恽代英、萧楚女、陈霞年(陈独秀之侄)到学校任教。当时恽代英担任教导主任兼国文教师,他的工资与章伯钧一样,都是一百大洋。

在那段时间里,章伯钧经常和学校的教师们一起商量如何革新教育方针、内容及教学计划,最后他们决定先从教材着手,进一步充实教学的内容,用进步思想去影响学生。

章伯钧认为,学校不仅要使学生学到有用的知识,更重要的是帮助学生树立正确的人生观和价值观。所以他们经常利用课堂宣传民主、科学思想,还带领着学生们走上社会,参加实践锻炼。有一次,恽代英带着学生到离学校比较远的地方去实习,出去了好几天。有些学生家长见自己的孩子多日不归,就起了疑心,他们找到章伯钧,指责他和他手下的这些教师把学生引入"歧途"。章伯钧虽再三解释,但还是无济于事,最后被学生家长告到芜湖市政当局和安徽省教育局,给章伯钧带来了不小的麻烦。

半年之后,恽代英被迫离开了学校。而章伯钧眼看教育革新在当时的那种环境中难以变成现实,也辞去了校长一职。虽然章伯钧离开了学校,但是他播下的革命火种却留在了学校,他担任校长的安徽省立第四师范学校后来成为了皖南新文化运动的中心。

加入共产党

1922年,章伯钧被安徽省选中,由政府出资供他赴德国留学。到德国之后,他在柏林大学哲学系学习黑格尔和马克思主义哲学,在那里,他有幸认识了已经开始从事革命工作的朱德。

当时章伯钧和朱德是室友,两个人的关系非常好,后来章伯钧经朱德介绍加入了中国共产党,并且担任党小组副组长。

1925年,章伯钧和著名政治家邓演达相识,两人一见如故,经常在一起谈论国家大事,探索中国未来的命运,而章伯钧从此深受邓演达的影响。

章伯钧在德国留学四年,这四年中,章伯钧系统地研究了马克思主义原著和黑格尔哲学,并且获得了博士学位。在章伯钧留德读书的同时,他的两个弟弟也先后到异国求学,并先后加入了中国共产党。二弟章伯韬在法国留学,后来因为劳累过度不幸逝世;三弟章伯仁则先是留学日本,后又转到苏联。

完成了在德国的学业之后,章伯钧回到了祖国。此时,郭沫若正在中山大学文学院担任院长,章伯钧通过朋友介绍,找到了郭沫若,希望可以随他一起工作。郭沫若也很喜欢这位有才华的年轻人,聘章伯钧当中山大学文学院哲学教授,每个月工资是280块大洋。

章伯钧将工资中的200块大洋都按月交了党费,只剩下80块大洋用作生活费。章伯钧的慷慨付出极大地缓解了当时共产党在经济上的困顿局面。

到了北伐的时候,章伯钧担任的是政治部副主任兼第九军党代表,当时第九军的军长正是朱德。孙中山领导的革命失败之后,章伯钧又参加了"八一"南昌起义,在新成立的革命委员会总政治部任副主任(主任是郭沫若),但只有很短的时间。不久之后,起义军遭到了敌人的打击,宣告失败,章伯钧则和郭沫若、茅盾等人离开了大陆,流亡到了香港。

1933年11月,章伯钧又回到了福建,和当时的国民党元老李济深、陈铭枢、黄琪翔等人一起组织了"福建事变",并且宣布和蒋介石分庭抗礼,成立了中华共和国人民革命政府,章伯钧被推举为政府委员兼土地委员会主任委员。他提出:"为完成农工民主革命及发展国家资本主义的前途着想,应实行'计口授粮'试点。"他的办公室也成为福建人民政府内最拥挤和繁忙的地方。正当章伯钧大展宏图之际,福建人民政府在蒋介石的大举进攻下失败了,章伯钧被迫第二次流亡到香港。

三次婚姻

章伯钧有过三次婚姻。

第一次婚姻是在1921年,由母亲做主,章伯钧娶了一位农家女林氏为妻,并且生有一子。

他的第二次婚姻是在1927年,当时章伯钧参加了北伐战争,并且在北伐军总政治部担任宣传科长。在此期间,他与一个叫李哲民的年轻姑娘相识。

李哲民是河北怀安县人,她的父亲也是一位早期投身新文化运动的知识分子。李哲民自幼就受到新思想的影响,由于有着共同的追求,所以她与章伯钧一见倾心,两人便结为夫妇。几年之后,李哲民不幸患上了肺结核,没过多久就去世了。章伯钧与李哲民在一起的时间虽然非常短,但是他们彼此之间有着很深厚的感情,这也是她一生唯一一次自由恋爱。

章伯钧的第三次婚姻是与李健生的结合。李健生是章伯钧前妻李哲民的妹妹。和姐姐一样,李健生也从小就受到父亲的影响及良好的教育。李哲民在逝世之前,将自己的妹妹托付给了丈夫,希望他们能够喜结连理。几年之后,章伯钧写信向李健生求婚,而李建生也答应了章伯钧的请求。自此,二人相伴直至终老。

政治舞台

当章伯钧在德国与邓演达相识之后,他就深受对方的影响,成为了邓演达的忠实信徒。

邓演达是一位非常杰出的演说家,他演讲的时候态度谦和,手势生动,非常具有感染力。邓演达从德国回到中国之后，就和章伯钧一起在上海组建了中国国民党临时行动委员会（即农工民主党的前身），这个党派是除共产党和国民党之外的第三大党，主要的领导人一部分是国民党中左派人士，如邓演达、黄琪翔，另一部分主要是由知识分子组成，如章伯钧、张申府等。

从中国国民党临时行动委员会那天起，蒋介石和国民党政府就对于这个组织没什么好感。1931年8月17日，委员会主要领导人邓演达被蒋介石逮捕并杀害。

章伯钧在得知邓演达被害的消息后，非常悲痛。他发誓说："我要像寡妇守节那样，守住邓先生的精神。"

1935年，章伯钧正式将中国国民党临时行动委员会组建为农工民主党，就在这一年，中共中央发表了著名的"八一宣言"，号召全国人民团结起来抗日。而章伯钧的抗战热情也因此高涨起来。

1941年，到了抗日战争的紧要关头，章伯钧在这一年秘密组建了中国民主同盟（简称民盟），这个组织的宗旨是："一则团结各党各派，抗拒蒋介石的打击；一则同共产党合作。"章伯钧是五人常务委员会之一，并兼任组织部长。

抗战胜利后，民盟为实现和平而四处奔走。1948年9月12日，章伯钧接受共产党的邀请赶赴东北，之后在1949年2月25日来到了北京，参加人民政协的筹组工作。6月15日到19日，新政协举行筹委会，章伯钧是21名常委之一。从此，民盟和农工民主党作为民主党派，都成为中国共产党领导的人民政协的一个组成部分。

1969年5月17日，章伯钧病逝。中央有关部门批准将章伯钧的骨灰放进了八宝山革命公墓，章伯钧在地下终于获得了最好的归宿。

叶挺

抗日救国急先锋
——人的身躯怎能从狗洞子里爬出!

姓　　名	叶挺
籍　　贯	广东惠阳县周田村
生卒时间	1896年9月10日~1946年4月8日
历史评价	是中国人民解放军的创始人和新四军的重要领导人之一,是闻名国内外的爱国人士,军事家。

作为新四军的军长,叶挺可谓是出师未捷身先死。但是作为革命者、一位爱国军人,叶挺早就用他的行动证明——中国不缺乏军事家,更不缺乏能为国家效死的军人!

"铁军"的传奇故事

1896年9月10日,叶挺出生在广东惠阳县周田村。他从小就有从军报国的志愿,所以先后考进了广东陆军小学堂、武昌陆军第二预备学校和保定陆军军官学校。

从保定陆军军官学员毕业之后,叶挺投奔闽粤军,后来在孙中山大本营担任警卫团营长。

在担任孙中山的警卫之时,叶挺率领自己的部下曾经为保卫总统府、反击陈炯明叛军英勇战斗,受到孙中山的接见和奖勉。

1924年,国民党第一次派党员到苏联留学,其中就有叶挺。在苏联的这段时间里,叶挺接触到了马克思主义思想,他认为,只有马克思主义才能救中国。所以,他毅然加入了中国共产党。

1925年,叶挺从苏联归国,并且参加国民革命军的二次东征。

1926年,叶挺率领第四军独立团先遣北伐——这是革命军中第一个以共产党员为主要力量建成的部队。

在北伐战争中,叶挺体现出了高超的军事素养。从广州北上,到武昌城破,叶挺率领独立团转战大江南北,战无不胜,攻无不克。成为了中外闻名的军事将领。当时,许多人都把叶挺率领的独立团称之为"铁军"。

但是,令人奇怪的是,虽然功勋卓著,但是叶挺却没能获得晋升,他的许多下属都成了师长甚至是军长,叶挺却始终只是个副师长。

当时,有许多同僚为叶挺受到的不公正待遇而鸣不平,但是叶挺却依旧心平气和,没有半句怨言。有人对叶挺说:"国共两党合作,共产党一方肯定会受到排挤,你升迁不利,与此有很大关系。"

叶挺则回答说:"我何必要为了自己的职务升迁而耿耿于怀,以至于放弃自己的信仰呢?更何况,兵在精而不在多。我当团长的时候,就常常感觉自己不能发挥部队的优势,如果真要去当师长军长,恐怕也不能胜任。"

这就是叶挺,一个铁骨铮铮不计个人得失的军人。

国民党的阴谋

随着北伐战争的节节胜利,蒋介石的野心也开始膨胀。他明白,共产党绝对不能容忍他的专制统治,所以他决定先下手为强,对共产党发动袭击。

1927年4月12日,也就是农历1927年3月11日,国民党反动派在上海和武汉发动了震惊全国的反革命政变。蒋介石大肆搜捕杀害共产党人,企图破坏和消灭中国共产党。刚刚从封建帝制走向共和的中国,顿时又阴云密布,风雨飘摇。

为了粉碎反动派破坏中国革命的企图,中国共产党决定以革命武装对抗反动派的反革命行为,决定发动南昌起义。而当时,叶挺领导的独立团就是南昌起义的主力军。

而国民党方面则继续残酷镇压革命群众,并且企图陷害军队中担任官职的共产党员。在武昌,他们想借庐山会议,解除叶挺、陈毅的兵权。如果他们的阴谋得逞的话,那么对于共产党所领导的武装起义将是重大的打击。

在这种情况十分危急的时候,叶挺所率领的独立团,果断打响了中国共产党武装起义的第一枪,南昌起义就此爆发。在起义开始之后,叶挺指挥独立团向反动派发起猛烈攻击,敌人被打得狼狈逃窜。最终起义军经过长达四个多小时的浴血奋战,在天亮前全歼了南昌城内守敌,宣告了起义成功。

南昌起义标志着中国共产党拥有了自己的革命武装力量,在我们国家的历史上具有标志性的意义。在新中国成立以后,这一天被定为建军节,而且在新中国的开国功臣中,有8位元帅和4位大将参加了这次起义,这就足以证明南昌起义对于我们国家和我们中国共产党的重要意义。

其实,当时南昌起义的具体时间是1927年8月1日凌晨2时,但是,在起义之前,对于这个起义的具体时间曾经有过三次变动。

在1927年的时候,国民党背叛革命,发动了反革命政变。中国共产党为了挽救革命,拯救全中国,决定实施武装夺取政权的行动。7月24日那天,中共中央在武汉秘密召开会议,决定在7月28日这一天发动南昌起义。

到了7月25日的时候,贺龙和叶挺从九江乘坐火车来到南昌,将起义的总指挥部设在了宏道中学和心远中学,7月27日,周恩来在这里召开会议,会议上大家一致认为部队行军匆忙,如果匆忙起义的话,会显得过于仓促,影响起义的成功,所以大家决定将起义的时间改在7月30日。

作出了这个决定以后,中国共产党向共产国际做了汇报。共产国际派出了代表张国焘前往南昌协助起义工作。

7月30日这天,张国焘匆匆赶到了南昌,而且他在召开的会议上极力抵制起义,遭到周恩来等人的坚决反对。由于双方没有在起义问题上达成一致,所以7月31日的上午,党中央再次开会,这次会议将南昌起义的时间定在了8月1日凌晨4时。

7月31日晚上,距离起义发动的时间只有几个小时,但是就在这个时候,起义军第二十军一名姓赵的副营长悄悄地潜入了总部,试图破坏起义,而且起义的秘密很可能已经被敌人所得知。所以前敌委员会马上决定将起义时间提前2小时举行。

幸运的是,虽然几经变动,但是中国共产党还是成功地打响了武装夺取政权的第一枪。

当时在起义的地点南昌,国民党反动派的兵力不足万人,而贺龙的第二十军有7000多战士,叶挺的第十一军第二十四师也有5500多人,再加上朱德总司令的军官教育团,共产党的队伍总共有2万多人,而且,当时南昌的交通情况很差,这也使反动派的军队不能在短时间内增援南昌,为起义的胜利奠定了基础。

南昌起义开始之后,我党将江西大旅社作为了起义的总指挥部。这个江西大旅社是1922年的时候由南昌著名的资本家包祝峰等人出资修建的。修建这个旅社总共花费了多达40万块银元,所以这里是一个相当豪华的地方,但是之所以将这里作为起义的总指挥部,可不是因为这里的气派大,而是另有原因的。

叶挺曾经说过:"将总指挥部设这里,是因为当时我们的军队里,共产党员很多,而我们只需要在旅社外头挂个国民党军队的司令部的牌子,派些战士装扮成国民党军,敌人就不敢轻易下手了。"

人们常说,最危险的地方往往是最安全的地方。谁又能想到,这样一个高官显贵们寻欢作乐的地方,竟然会是革命军的起义总指挥部?共产党人就是这样充分地发挥自己的智慧和才能,在国民党所统治的区域里,吹响了解放全中国的号角。

在起义胜利之后,叶挺公开发表了《告第二方面军同志书》,号召共产党人及一切希望得到民族解放的有志之士团结起来。这时在全国范围内,武装起义的枪声此起彼伏,可以说,武昌起义拉开了中国人民解放军登上历史舞台并创造辉煌的序幕。

英雄无用武之地

南昌起义成功之后,叶挺率部撤出南昌,在炎炎酷暑中踏上南下征程。

1927年8月底9月初,起义部队在会昌与国民党将领钱大钧和黄绍率领的两支军队遭遇,随即展开了战斗。当时敌人无论是从兵力还是地形上,都占据了上风。而叶挺则毫不畏惧,他指挥十一军两个师,集中优势兵力攻敌不备,敌人很快就被打垮。

刘伯承曾经评价叶挺说:"我见过许多军事将领,在危急关头,没一个人能像叶挺一般坚定沉着。"同样作为一名杰出将领,刘伯承对叶挺的评价似乎更能说明问题。

虽然叶挺军事才能非常杰出,但是在国民党大规模的镇压之下,起义部队最终还是因寡不敌众而损失惨重,最终起义宣告失败。

起义失败之后,叶挺护送周恩来到香港就医,而他自己则避居澳门。作为南昌起义的重要成员,叶挺也因此成为了国民党的眼中钉肉中刺。虽然叶挺选择暂避国民党的锋芒,但是他心中无时无刻不在筹划着再次起义。很快,叶挺就找到了一个再度起义的绝佳机会。

当时,国民党各路军阀为了争夺对广东的控制权,发生了"内讧",而广州城内则兵力空虚。叶挺敏锐地感觉到——这是东山再起的绝佳机会。因此,叶挺从香港潜回广州。

1927年12月11日,叶挺率领工农红军向广州发动进攻。在接连十几个小时的恶战之后,起义军占领了广州大部。但是,此时张发奎带领着他的国民党部队前来支援广州国民党军,起义军由进攻转入了防守。

叶挺认为,广州暴动已经获得了巨大的成功,为了避免进一步的伤亡,起义军应在敌人主力开到之前,迅速撤离广州城。就当时的情况而言,叶挺的这个建议无疑是正确的。但是,共产国际代表诺伊曼是个"军盲",他指责叶挺"没有战斗精神,是想去当土匪"。因此,他执意主张坚守广州城。

在错误的领导下,起义军失去了最好的撤退机会。三天后,在国民党反动派的围攻之下,广州起义失败了。

两次起义均以失败告终,这对于叶挺而言是巨大的打击。更让他无法接受的是,李立三还给叶挺强加了个"消极"的罪名,予以留党察看6个月的处分。当时,叶挺承受着难以想象的巨大压力。于是,他决定再次前往苏联,希望共产国际和中共六大能还自己一个清白。但是,共产国际东方部部长米夫及其助手王明对叶挺态度冷漠,故意刁难。叶挺报国无门,开始了十几年的漂泊生涯。

于是,叶挺来到了德国,由于他曾经是中国革命的重要将领,所以没有人愿意雇他去做工。为了生活,叶挺只好在柏林开起了小饭馆。后来,他又辗转来到了奥地利的维也纳,在那里,他生过豆芽、卖过豆腐……

民族英雄

1931年9月18日爆发了举世闻名的"九·一八"事变。日本侵略者开始明目张胆地入侵中国，民族危机空前深重。当民族处于危难之时，叶挺不顾危险，毅然回国，决心为抗击日寇贡献自己的力量。

当叶挺满怀救国热情回到祖国之后，他发现，作为当时中国的最高统治者，蒋介石对于"抗日"却似乎不太感兴趣，反而顽固推行"攘外必先安内"的卖国政策，不惜将所有的力量都用在了"围剿"工农红军上。

在这种情况下，叶挺空怀报国志向却无处施展，他认识到，要想救中国，就必须推翻国民党的黑暗统治。所以，他以客座参谋的身份参加了"反蒋抗日"的福建事变。但是最终在蒋介石的严酷镇压下，事变还是失败了。

直到1937年7月7日，震惊中外的卢沟桥事变爆发了，抗日战争正式打响！在共产党的极力引导下，在不断高涨的全国抗日救亡运动的推动下，第二次国共合作终于实现了中国抗日统一战线。

在这个时期，中共领导的陕北红军主力改编为国民革命军第八路军，与国民党军队并肩作战。同年10月，南方八省红军游击队又改编为"新四军"，叶挺则担任新四军军长。

抗日救国是叶挺一直以来的最大愿望，对于国共合作，他是完全赞同的，因为他认为这样才能壮大抗日的力量。但是叶挺再也不愿意到国民党的军队里去，现在他来到了共产党的军队，自然是非常激动的。

为了能早日将日本侵略者赶出中国，叶挺付出了极大的心血。为了补充新四军的军费，他甚至把岳父岳母的养老金都贡献了出去。新四军警卫部队、教导队和部队干部所使用的枪支和团以上干部的望远镜，都是叶挺专门去香港买回来的。

经过叶挺的一番整顿,新四军已经成为了一支装备精良、训练有素的军队,并且在敌后展开了抗日工作。

很快,叶挺就率领南方八省游击健儿打出了军威,给日本侵略者以迎头痛击,更让全国人民看到了抗日成功的希望。当时,中共中央致电叶挺军长、项英副军长,称赞他们"打击了日寇,壮大了自己,创设了游击区域"。

没过多久,叶挺的新四军就成为了日本人的心腹大患。1940年10月,日军集结了数万军队"扫荡"皖南,妄图一举消灭新四军的领导机关。面对气势汹汹的敌人,叶挺亲自来到了前线,指挥杀敌。在战前的动员会上,叶挺问全体战士:"打鬼子就要我们流血,要我们做出牺牲,你们怕不怕?"战士们齐吼:"不怕!"声浪排山倒海。

当时,叶挺的指挥部离前线非常近,但是叶挺丝毫不畏惧,沉着地指挥战斗,最终带领新四军战胜了来犯之敌。在这场战役中,新四军歼敌数百人,并且收复了泾县,打得日军大败而退。

千古奇冤,江南一叶

在抗日战争中,叶挺将军成为了中国人心目中的民族英雄,但是在反动派的眼里,叶挺是他们的心腹大患。终于,在之后震惊中外的"皖南事变"中,叶挺将军被国民党反动派非法逮捕。当时,周恩来对叶挺的入狱感到无比的气愤,写下了"千古奇冤,江南一叶"的诗句。

当时,国民党当局许以高官厚禄利诱叶挺,希望叶挺能够"回心转意"再次加入国民党。但是叶挺态度坚决,说:"我不为蒋介石当鹰犬。"

1942年,国民党把叶挺押解到了重庆。在这段时间里,蒋介石曾"召见"过一次叶挺,他当时逼迫叶挺说:"你要绝对服从我,跟我走!"叶挺则答:"请枪毙我吧!"当真是铁骨铮铮的一条好汉。

在囚牢里,叶挺写下了那首著名的《囚歌》:

为人进出的门紧锁着,

为狗爬出的洞敞开着,

一个声音高叫着:

——爬出来吧,给你自由!

我渴望着自由,但也深深地知道——

人的躯体怎能从狗洞子里爬出!

我只期待着,那一天

地下的烈火,

把这活棺材和我一齐烧掉,

我应该在烈火和热血中得到永生。

这是一个革命者的宣言,极大地鼓舞了每一个投身革命的人,郭沫若先生将这首诗称为"真正的诗"。

营救叶挺

1946年的1月30日上午,周恩来等人登上了一架国民党军用飞机,要从延安飞往重庆,到那里和国民党反动派在谈判桌上展开面对面的交锋。

当时飞机一共坐了有十三四个人,除了这次与周恩来一起去重庆开会的随行人员和一同去重庆八路军办事处工作的同志之外,还有一个刚刚11岁的小女孩。这个小女孩就是叶挺将军的女儿,她的名字叫扬眉。

小扬眉天生长着一双非常明亮的眼睛,这个女孩显得既聪明又机灵,异常招人喜爱。此时的叶挺已经被国民党囚禁了四年之久,而小扬眉这次去重庆就是为了接爸爸出狱的,她一想到马上就要同离别了很长时间的爸爸妈妈相见,心里十分高兴,小扬眉在飞机里又是唱,又是跳,激动得简直无法形容!

这时，飞机飞到秦岭山脉的上空。飞机上坐着的人们低头往下一看，那千山万壑，雪峰相连，好像波涛汹涌的大海一样壮丽景色就在自己的脚下。所有人都陶醉在这美景当中了！但是就在这个时候，飞机突然遇到了一股相当强烈的冷空气，在飞机外壳马上就包裹了一层厚厚的白色的冰甲。而且随着冰层越结越厚，飞机也越飞越吃力了。显得异常沉重的飞机正在一点一点往下降，那高耸的山峰现在离飞机的翅膀越来越近，但是众人再也没有心情欣赏它们了，因为所有人都感觉到了死亡的气息！

在这万分危急的情况下，为了尽量减轻飞机的重量，机长命令所有人打开舱门，把飞机上带的行李一件一件地往下扔，同时告诉大家马上背好降落伞包，随时准备跳伞逃生。所有人都纷纷拿起自己座位上的伞包背在身上，周恩来也从容不迫地背起降落伞之后，又去帮助其他同志。这时，机舱里突然传来了小扬眉焦急的哭声。原来，偏偏小扬眉的位置上没有降落伞包，小女孩一时不知道该怎么办，就急哭了。

周恩来看见这个情况，毫不犹豫地解下了自己的伞包，亲手替小扬眉背好，并且对她说："好孩子，别哭，你要像你的爸爸那样勇敢坚强！"小扬眉抬起头看着眼前这个慈祥的周伯伯背后没有了伞包，她的眼中充满了泪水，那双明亮的眼睛一闪一闪的似乎在问："周伯伯，您怎么办呀？"

周恩来此时非常镇定，在这生死存亡的关键时刻，周恩来把生的希望留给了小扬眉，把死亡的危险留给了自己。不过好在，飞机冲出了冷气团，并没有坠毁，所有人都松了一口气。

周恩来此行经过百般周旋，终于营救出了叶挺将军。但不幸的是，就在同年8月，叶挺将军乘坐的飞机在山西省兴县黑茶山因失事，叶挺不幸遇难。一位中国革命史上伟大的革命家就此在波澜壮阔的人生之路上画上了句点。

叶挺独立团

叶挺将军虽然牺牲了,但是他的革命精神却传承了下来,他身前担任团长的"独立团"在中华民族的解放事业中立下了卓越的功勋,直到现在这支光荣的部队依旧是人民解放军中的一支钢铁部队,在不同的历史时期都创造过辉煌的战绩。

"叶挺独立团",成立于1925年11月21日,当时全团有2100多人,团长就是共产党员叶挺,这支军队是我党创建并领导的第一支正规军队,当时被誉为"铁军"。在"八一"南昌起义的战场上,打响武装革命战争第一枪的就是这支伟大的军队。

在伟大的红军二万五千里长征中,叶挺独立团担当开路先锋。许多著名的战役如飞夺泸定桥、强渡乌江天险、攻打腊子口、夺取哈达铺等,都是这支部队的辉煌战绩。

在抗日战争中,叶挺独立团作为八路军的精锐力量,参加过著名的平型关大战,获取了中国军队对日本侵略者的首场胜利。在之后的解放战争中,独立团又参加了攻打淮安之战、四平保卫战、围歼廖耀湘兵团之战,解放天津之战,解放海南岛之战,广西剿匪战等著名战役。可以说,这支部队是一支不折不扣的常胜之师,是中国人民解放军中最英勇善战的部队。

在新中国成立后,叶挺独立团的光荣历史依旧在继续,1998年的抗洪救灾,2008年的抗震救灾都有叶挺独立团的身影,被人民群众誉为"铁军铁人铸铁堤"。

方志敏

无悔的革命者

——为共产主义流血是我最好的归宿。

姓　　名	方志敏
籍　　贯	江西省上饶市弋阳县
生卒时间	1899年8月21日~1935年8月6日
历史评价	伟大的无产阶级革命家,为革命献身的共产党员。

一个正值壮年便为革命献身的共产党人,被永远载入史册,他就是方志敏。在他短暂的一生里,为所有人诠释了共产主义的真理。

智斗大地主

1899年,方志敏生于江西省弋阳县一个农民家庭。小时候的方志敏,体弱多病,4岁才学会走路,但因他生得俊秀,同村人称其为"正宫娘娘"。

虽然看起来文弱,但是方志敏从小就非常具有"革命精神"。在私塾读书时,小方志敏对那些"子曰"、"诗云"的东西非常不喜欢,所以在上课的时候思想经常"神游"到"周公"那里。

当时私塾的老先生见小志敏不好好念书,便故意问她:"我刚才念到哪里了?"小志敏昂着头说:"不晓得!总之是一些老掉牙的旧书,我懒得学!"

见学生竟敢顶撞自己,教书老先生非常生气,拿起戒尺就朝方志敏的手心打去,边打边高声喝道:"我叫你不读圣贤书!"

打了几十下之后,方志敏的手便肿了起来,教书老先生这才罢手。

方志敏回到家里,妈妈看着儿子红肿的手,心疼得直掉泪。小志敏对妈妈说:"我不去读书了,放牛去。"

正在旁边抽烟的爸爸听方志敏说他不去读书了,磕了磕手中的烟斗,语重心长地说:"读书哪有不挨打的,若是因此便放弃,那你就如我一般,终生不识一字,真个是睁眼瞎了。"

听了爸爸的话,方志敏又乖乖去上学了。

到了1916年,16岁的方志敏已经读到了高小(高小:一般指五六年级的小学,即高年级小学)。在这段时间里,方志敏接触到了许多进步书籍,萌生了革命救国的念头。他组织了"九区青年社",专门与土豪劣绅作斗争。

当时,在方志敏的家乡,有个姓张的大地主想搞个"省议员"的头衔,就让自己的手下用钱去买选票。

老百姓对此事议论纷纷,大家都说:"让这姓张的当了议员,他就更有权势,更能为非作歹、横行乡里了,断然不能让此人得逞。"方志敏听说了这件事后,便决心阻止这姓张地主的阴谋。当晚,方志敏彻夜未眠,写了一篇名叫《张地主十大罪状》的小字报,抄写了很多份,悄悄地张贴到县城各处。

第二天,城里的人都看到了方志敏写的告示,纷纷拍手称快,说:"绝不能给这姓张的投票!"

很快,方志敏张贴告示的消息就传到了张地主耳中,他气得浑身发抖,让自己手下人去把所有的告示都撕掉,并派人各处追拿方志敏。

当时,方志敏的同学都劝方志敏赶紧找个地方躲起来,避一避风头。方志敏却说:"他虽然有权有势,但我也不怕他,不用躲。"

很快,张地主手下的几个狗腿子就找到了方志敏,他们将方志敏带到了张地主家。

张地主斜靠在太师椅上,嘴里还叼着一个烟斗,问方志敏:"你就是那个胆大包天,到处说我坏话的方志敏?"

方志敏答道:"正是!"

张地主见眼前的这个学生虽然长相文弱,但铁骨铮铮,却也不敢小觑他,便装出一副和善的样子,说:"你既然是学生,那么就一心读好圣贤之书就可以了,大人们的事儿你不要瞎掺和。我找你来,没有恶意,就是想让你写个声明,就说你这么做是被别人教唆的,而我是清白的,你看如何?"

方志敏听了张地主的这番话,轻蔑地看了他一眼,然后摇了摇头。

张地主一看眼前的这小子硬得就像一块石头,心想:"不给你来点厉害的,看来你还真是不知好歹了。"他把水烟袋往桌子上一扔,面带狰狞地说:"你去打听打听,我在弋阳城里是什么角色,实话告诉你,我要整死你,比踩死一只蚂蚁还简单!"说着,他手下的一帮打手便虎视眈眈地围了上来。

方志敏不慌不忙,不紧不慢地说:"我早给报馆和警察署写好了信,今晚我要回不去,就有人将信寄出去。你残害学生的事情全省的人都会知道。"

张地主没有想到这个十五六岁的毛孩子还这么难对付,只好一挥手,把方志敏放走了。最终,张地主参选议员的意图没能实现,而方志敏则通过这件事成为了当地最有名气的学生。

两条枪起家的革命者

1924年,方志敏加入了共产党。

他在南昌市郊创办了农民协会。1925年,方志敏来到了广东,向毛泽东、彭湃学习农民运动的经验。

1926年秋,北伐军来到了江西,他发动当地农民前去支援。

1927年夏,方志敏认识到——城市里已经不是革命者的主战场了,自己需要响应毛泽东的号召回到农村,实施以"农村包围城市"的战略计划。因此,方志敏再次回到了自己的家乡弋阳县。

重回故里的方志敏可谓是"一穷二白",手里只有从逃兵那里买来的三支枪,其中有一支还是坏的。方志敏就利用这"两条半枪",自1928年初组织起了过万人的革命队伍,并且发动了历史土著名的"弋(阳)横(峰)暴动"。

毛泽东对方志敏在自己家乡发动乡里、建根据地的方式非常推崇,将这种革命方式称之为"方志敏式"。

1930年春夏,国民党各路军阀在中原地区发生混战,史称"中原大战"。而方志敏则利用他们互相争斗的有利时机,率领自己的红军独立团占领了景德镇,并且建立了人口近百万的赣东北苏区。

在领导赣东北革命的这段时间里,方志敏体现出了一个革命者的高尚品质。他爱憎分明,经常给穷苦百姓送去粮食和衣服,但是那些对欺压百姓的土豪劣绅却从来不留情面。当时,方志敏的亲叔叔参加了"反动民团",血腥镇压革命群众,结果被群众抓住后送方志敏处理。当时方志敏的奶奶和父亲都跑来求情,希望方志敏能够放他叔叔一马,但是方志敏却说:"无论是谁,只要是反革命,就是不可原谅的。"最终,他下令将反革命者——自己的亲叔叔——处死。这种为革命大义灭亲的真实故事,在赣东北广为传扬。

方志敏从事革命工作十多年来,经手的金钱最少有数百万,但是他自己却依然过着清贫的日子。有一次,方志敏的妻子从红军在白区缴获来的物品中要了一块绒布做演出服,方志敏知道之后批评了她一顿,并让妻子马上送回去。

从1930年到1934年,方志敏先后担任过红十军政委、闽浙赣省委书记、省苏维埃主席等主要职务。他所建立的这片面积不大的根据地,在敌人数万军队的"围剿"下依然屹立不倒，成为保卫中央苏区的战略右翼。

方志敏的演讲

1933年12月，国民党纠集了50多万的优势兵力，向我中央革命根据地展开了第五次"围剿"行动。当时由于王明的错误领导，红军虽然浴血奋战，但是仍然难以抵挡敌人疯狂的进攻，革命根据地陷入了前所未有的困境当中。就在这险恶的情况之中，方志敏率领的红一师与国民党军内号称"铁军"的吴奇伟部在五都遭遇了，一场殊死决战迫在眉睫。

对于敌军的总指挥吴奇伟这个人，方志敏非常了解。因为他正是镇压广州起义的主要刽子手之一，当时许多共产党员和革命群众都惨死在他的反动屠刀之下，虽然广州起义过去了整整六年。但是对于当时吴伟奇欠下的血债，方志敏永远都不会忘。所以，方志敏决定这次一定要给这个刽子手一个教训。

虽然方志敏对于即将来临的大战充满了胜利的渴望，但是在战斗开始的时候他依然显得相当冷静。他认为，吴伟奇所率领的敌军刚刚打了一些胜仗，正是气焰嚣张的时候，而且他们装备精良，训练有素，实力不容小觑；红一师虽然对眼前的这个敌人并不畏惧，但是也不能低估对手的实力。而现在最重要的就是提升士兵的信心和士气。

那么，具体又该怎样重整部队的士气，以达到痛击吴奇伟并给死去的革命者们报仇的目的呢？在经过仔细的思考之后，方志敏决心利用在广州暴动六周年纪念日这一天举行的纪念活动，来进行一次战前动员，借此激发我军战士们的战斗情绪，击退吴奇伟部的进攻。

这一天，红一师纪念广州暴动六周年的动员大会开始了，方志敏首先登上主席台，他情绪激动地对大家说：

"大家还不知道现在这个敌军头目吴奇伟的真实面目吧？就在六年前的

今天,我们共产党发动广州武装暴动的那天,正是这个吴伟奇,手持屠刀,杀害了我们多少共产党员和革命群众。而今,这个刽子手又带着他的反动武装来进攻我们的革命根据地,'围剿'起我们红军来了!"

"不过",方志敏继续愤怒地向大家说道,"吴奇伟他打错了算盘,我们现在的红军不再是广州暴动那时的红军了。从南昌暴动,秋收暴动和广州暴动开始,我们的武装力量就在逐步地加强,而且,我们的红军队伍是在一次次重大的战役中发展壮大起来的。之前敌人已经集中了数倍于红军的兵力对我们进行了多次的'围剿',但是不仅没能将我们的队伍打垮,反而让我们不断壮大起来了!"

"同志们!"方志敏最后义正词严地说:"我们的红色战士们!举起你们的刀枪,勇敢地战斗吧,我们要以战斗的最终胜利,纪念六年前广州武装暴动中牺牲的革命烈士!让我们为保卫苏维埃政权流尽最后一滴血!让我们为中华民族的解放而战斗!"

方志敏这番话刚刚讲完,在会场上已经是群情激昂,掌声雷动,战士们高喊的革命口号响彻了整个红军的营地。

方志敏的这次讲演就像给战士们注入了神奇的力量,点燃了红军将士胸中阶级仇恨的火焰。

在战斗打响的时候,红军战士们一个个都犹如下山的猛虎,高喊着革命口号冲向敌人,把敌人打得丢盔弃甲,抱头鼠窜。这次战斗以红军的光荣胜利告终。

战后,方志敏在战斗报告上这样写道:这次战斗所消灭的敌军,是有"铁军"称号的国民党军吴奇伟部,红军在此战中歼敌数百,敌军现已万分恐慌,军心也开始动摇。

在这次意义非凡的战斗中,当然也有方志敏演讲震军心的一份功劳。

军民鱼水情

生活在旧社会的劳苦大众们,长年遭受着土豪劣绅的压迫和剥削,他们在死亡线上苦苦地挣扎。方志敏带领红军打击土豪劣绅的英明决定为贫苦农民开拓了一条新的道路,因此红军得到了人民的真诚拥护。

在岩山乡有个地主叫付升庭,这个人长了一脸麻子,而且相当专横残忍,专门欺压穷人,因为对他极度痛恨,所以群众都在背后管他叫"五老虎"。1931年的时候,付升庭准备盖一座新房子,于是找来了新化的方师傅给他家烧砖瓦。方师傅为他家辛辛苦苦地忙了一场,到最后不但没有领到一分钱工资,甚至连饭钱都要自己付。方师傅一气之下推倒了砖瓦垛子,满怀愤怒地回到新化去了。1935年,方师傅参加了红军。

有一次方志敏的红军部队正好在岩山宿营,方师傅得知付家还在这一带继续敲诈劳苦大众,又想想自己从前的遭遇,就把付家无恶不作的事实向方志敏做了汇报。

为了打击这个土豪劣绅,方志敏同意他率领三位战士去找升麻子为民除害。带着对阶级敌人满腔的怒火,他们沿着小路赶去升麻子家,而此时升麻子也知道方志敏经常为民除害,自己的滔天罪行肯定会受到方志敏的惩罚,于是准备逃跑。但是最终他还是被战士们擒获了。附近居住的群众听说红军要严惩这个作恶多端的升麻子,高兴得四处奔走相告,纷纷向方志敏揭发升麻子的种种罪恶。

方志敏知道了这些情况之后,就派出了一名战士,带领劳苦大众来到升麻子家里,将付家的粮仓打开,把堆积如山的粮食分给了贫苦群众。第二天,方志敏就命令红军战士把升麻子押到绥宁县李熙桥枪毙了,替广大的农民出了口恶气。

方志敏的红军队伍刚到岩山的时候,大街上很多商铺的门都关得紧紧的,这是因为在红军来之前国民党反动派曾经散布谣言,说红军就像土匪一样会抢东西。所以群众都跑到山里去了。

后来,方志敏让红军战士上街去喊话:"乡亲们不要害怕,我们的红军是劳苦大众的队伍,不会随便拿你们的东西,如果你们有什么食物的话就卖给我们一些,我们会按原价付钱的。"有些乡亲们从门缝中看见红军战士都是规规矩矩的,他们排队行走在大街上,虽然看起来都很饿,但是谁也不去敲店门。

于是,乡亲们就拿出热气腾腾的红薯放在门口卖,红军战士们在买东西的时候不讲价,而且在付账的时候只多交不少交。这个消息传开了之后,所有的商店都开了门,乡亲们把能吃的东西都拿出来卖给红军。

当时天寒地冻,方志敏和战士们却还都在大街上露营,有个叫林玉元的老大娘实在看不过去了,就对他们说:"天冷,你们来我家避避风吧!"大娘领着方志敏刚进了家门,他就放下背包,动手帮助大娘打扫卫生,挑水劈柴。大娘感动地说:"你们这群小伙子才是真正的人民军队啊,以前日本鬼子来了就抢,国民党来了也抢,土匪们更是闹得村子里鸡飞狗跳,只有你们跟我们群众像一家人一样。"

到了晚上,大娘看见几个小战士在灯下拿着白布比画着准备剪做包脚布,她看这些年轻战士们根本就不会做针线活,于是把正在"坐月子"的儿媳妇叫来,这婆媳两人熬了一个通宵,总共做了10双布袜子,送给了这些战士们。第二天,战士们临走的时候,一再地向林大娘道谢,还留下了两个红军圆瓷缸和一些钱作为纪念。

当时在方志敏曾经到过的石江镇,流传着这样一首民谣:"红军来了石江镇,打倒土豪和劣绅,财主心惊又肉跳,穷人个个喜开颜,军民连夜做军帽,同心协力杀敌人。"

方志敏的队伍之所以受到群众如此的拥护,正是因为广大群众切身感受到红军是自己的队伍,是自己翻身求解放的靠山,红军所走的道路就是广大人民走向解放的光辉大道。于是,老百姓纷纷送子女参加红军的队伍,很多热血青年更是积极踊跃地报名,都要求跟着红军的队伍,为普天下所有受压迫的人们谋求解放。

在革命老区李家渡,当群众们得知有很多红军战士在对反动派的战斗中光荣牺牲的时候,他们没有被这些牺牲而吓倒,反而都怀着为烈士报仇的愤怒心情和为劳苦大众求解放的热烈愿望,积极地报名参加红军。

解放后有关部门进行了统计,当年仅李家渡这个小村子,就有20多人跟着红军走上了革命的道路。他们都为革命作出了巨大贡献。

方志敏曾经说,在这些同志中,有壮志未酬而牺牲在长征路上的革命烈士,有在抗击日寇前线付出生命的民族英雄,有为了中国人民解放事业投入毕生心血的人民功臣,他们都在共产主义的指引下,长成了优秀的革命战士,为了民族的解放贡献出了自己的力量。

身陷险境

1934年末,方志敏应中央红军的要求,北上进入皖南,掩护中央红军长征。当时正处于红军历史上最为艰难的时期,由于博古等人的错误指挥,红军第五次反围剿失败,只能放弃根据地,选择北上。

在这种危急形势下,很多人悲观消沉,但是方志敏却鼓励大家一定要振奋精神。他告别了已怀有身孕的妻子缪敏和五个年幼的孩子,毅然走上了长征的道路。

方志敏带领的红十军团孤军进入皖南之后,国民党大为忌惮,赶忙派出大量军队围追堵截。

在极为不利的局面下,为了掩护中央红军向北突围,方志敏指挥部队顽强抗敌。在敌人数万大军的围追堵截之下,方志敏的部队损失惨重。

1935年初,方志敏率领部队来到了皖赣边界,在这里遭到了敌人的包围。当时,方志敏沉着地指挥部队实施突围,并且带领着800前卫部队成功地突破了敌人的封锁,但是当他得知大部队还被围困在包围圈里无法突围时,方志敏毅然率领部队杀回到主战场。

在方志敏找到大部队后,立刻重新部署突围计划。可是,由于已经错过了最佳的突围时间,方志敏的第二次突围计划失败了。

天黑后,已经一天滴水未进的方志敏在山坡上点燃了两堆大火,大声喊道:"我是方志敏,走散的同志迅速朝我集结!"就这样,许多被打散的战士重新归队,并将他们临时编成一个团。

天亮后,大队敌兵向方志敏所在的阵地涌来,刚刚集结的部队又被打散了。方志敏藏在了一个茅草堆里,但是还是不幸被两个国民党士兵发现了。

那两个国民党士兵在抓到方志敏后,简直是"如获至宝",因为他们知道,这个人是共产党的"大官",身上肯定有不少"油水"。但是他们翻遍方志敏的每一个口袋之后却大失所望,因为这个大官身上居然没有一个铜板。这两个国民党士兵气愤地说:"你们当大官的会没有钱?你把钱藏到哪儿了,快拿出来,要不然毙了你。"

面对无耻的匪兵,方志敏只是冷笑,却不说话。最后,这两个匪兵只得拿走了方志敏身上工作所用的一块怀表和一支钢笔。

入狱之后,国民党企图招降这位共产党高级将领。他们送来了许多纸笔,让方志敏写一份"自白书",方志敏则用这些纸笔写出许多宝贵的文稿。狱方最后问几百张纸的去向时,方志敏说:"都被我丢到马桶里去了"。

后来,方志敏被押到南昌。在那里,蒋介石亲自到狱中与方志敏谈话,企图软化这位共产党高级将领,方志敏却大义凛然地说:"为着共产主义献出自己的生命,为苏维埃流血牺牲,那是我最好的归宿!"

"清贫、洁白、朴素的生活,正是我们革命者能够战胜许多困难的地方。"这是方志敏在狱中写下的一句话,堪称是革命的正气歌。

董其武

抗日急先锋

——中国,不能再打仗了!

姓　　名	董其武
籍　　贯	山西河津
生卒时间	1899年11月27日~1989年3月3日
历史评价	革命家、军事家,从国民党将军到共产党上将,在大是大非问题上,他做出了正确的选择。

董其武戎马一生,在抗战中功勋卓著,在1949年起义,实现了毛泽东提出的"绥远方式"。董其武从国民党将军到共产党上将,之后又担任全国政协副主席,并终在邓小平的指引下,于古稀之年成为了一名光荣的中国共产党党员,为其传奇的人生画上了圆满的句号。

四个第一考取军校

1899年11月27日,董其武出生在山西省河津县的一个农民家庭。

当时董其武的爷爷病故后,他的奶奶向同村财主家借了白银十两的高利贷,打制了一口薄板棺材安葬祖父。后来,全家为了还清贺财主的高利贷,开始没日没夜地辛勤劳作。

董其武的姥姥家条件稍微好一些,董其武的大舅范必英是个私塾先生,董其武从6岁开始就跟着舅舅读书写字。

山西地区煤炭资源非常丰富,在旧社会,山西的穷苦人绝大多数都是靠挖煤、驮煤、卖煤为生。为了帮助家里还债,董其武从十二三岁时就开始到煤矿上打工挣钱来补贴家用。早上的时候,董其武背着几十斤煤,走几十公里的路程到集市上去卖,一天下来,只能收入几个铜板。

后来,董其武想出了一个赚钱的好办法——在背煤工们必经的山路上卖豆腐汤。他的生意非常好,每天都能赚上几十个铜板,比背煤强得多了。几年后,董其武终于帮家里还清了贺财主的债务。

虽然每天都要做重体力活,但是董其武却依旧坚持读书学习。在16岁的时候,他已经通读了《四书》、《诗经》、《易经》、《左传》、《幼学琼林》、《史鉴节要》、《三国演义》和《水浒》等古典名著。他曾经写过一副对联:"璞玉藏石,何日得逢卞和氏;干将浮土,几时得遇茂仙翁"来抒发自己心中怀才不遇的感慨。

第二年春天,董其武的舅舅家来了几个朋友,其中一位名叫李天培的老先生看到董其武的那副对联,心里非常震撼,他对董其武的舅舅说:"这孩子不是池中之物,你应该送他到县城去学习,我看将来一定会有所作为。"董其武的舅舅则回答说:"这孩子非常好学是不假,但是他家非常穷苦,我自己也没有能力供他到县城去读书。"听了这句话,李天培毫不犹豫地说:"这好说,你一个月供他30斤粮食和30个铜板就够了,其他一切的花费由我来付。"这一年,17岁的董其武来到河津县读书,终于迎来了人生的转折点。

到了19岁的时候,董其武听说山西督军阎锡山准备办一所军校,培养初级军官,便和几个同学一起去参加考试。从河津县到太原有八百多里地,而且既没有火车也没有汽车。其他同学都是坐驴车或者是轿子去考试的,而董其武当时东拼西凑才攒了10块钱作为路费,为了省钱,他一个人步行前去赶考,总共花了8天时间才走到了太原。

当时军校招生的考试科目包括国文、算术、体育和检查体格。四场考下来,董其武以四个第一的优异成绩被录取了。

读军校最大的好处就是包吃包住,而且每月有几块钱的补贴。董其武生活非常俭朴,竟然从本来就不多的补贴里,攒下了10块钱。年底放假的时候,董其武为了加紧学习,也是为了省下路费,决定留在学校过年,他委托自己同乡的同学,把自己积攒的10元钱捎回了家。

参加北伐"铁军"

1924年3月,董其武还有半年就正式毕业了。当时学校安排学生们去植树,要求董其武的班级在宿舍旁边种30棵杨树。董其武是他们班的班长,带领同学植树的事情就落到了他头上。

在董其武的同学去挑水的时候,碰到了督军府一名副官,这名副官不管三七二十一就把这位同学狠狠打了一顿。董其武见状找到副官理论,那名蛮横的副官对他也是大打出手。这下可惹恼了这些热血青年,他们一拥而上,把这个随便打人的副官教训了一顿。

不过,气虽然出了,祸却也闯得不小。督军府是山西军阀头目阎锡山的最高行政机构,在山西这里是早就横行霸道惯了的,他们的人挨了打,又岂肯就此甘休?过了没多久,督军府的人找到学校来兴师问罪,当时学校的校长荣鸿胪迫于压力,决定严办这几名学生。董其武因此被迫离开了学校。

离开学校之后,董其武决定去参军,当时他加入了号称"铁军"的国民革命军第四军。没过多久,董其武就被任命为第四军特务营的党代表,后来又升任第四军北伐先遣纵队少校营长、少校支队长。

在董其武参军的同时，国共合作背景下的北伐战争正式打响，革命的风暴迅速席卷了全国。当时，董其武所在的国民革命军第四军北伐先遣纵队是一支纪律严明、士气高涨的钢铁之师，在革命形势鼓舞下，他们开始向河南开进。

董其武率领自己的部队迅速击败了吴佩孚的军队，攻占了信阳。由于他在战争中表现出了出色的军事素养，董其武深受上级的赏识，升任中校副团长。

不过，因为董其武所在的部队不是蒋介石的嫡系部队，所以在1928年，这支在北伐中战无不胜的铁军被蒋介石强行遣散了。董其武非常气愤，但无奈之下只得和14位北伐时的校级军官一起来到上海，希望能找到更好的出路。来到上海之后，董其武听说傅作义将军在天津扩编军队，于是便投到了傅作义军中。

"九·一八"事变之后，董其武给傅作义写了一封请战书，希望傅作义能派自己带兵前去抗日，傅作义答应了他的请求。之后，董其武在北京东面的怀柔县阻击日军，和日本侵略者血战长达15个小时，一共击退了日军十多次进攻。

1936年11月，绥远抗日战争正式打响，第一战便是董其武所指挥的"红格尔图战役"。董其武以奇袭战术偷袭了日军指挥所，还打掉了敌人的一架战斗机。

毛泽东听说了这个消息之后，给董其武送去了一面锦旗表示慰问，并且说董其武所领导的绥远抗日战争是"全国抗战之先声"。

另谋出路

有一次，董其武在参加战斗时被日军的炮弹炸伤了臂部。为了不影响军心，他命令自己身边的人不要声张，只是简单地处理一下就再次上前线去指挥战斗了。

董其武与八路军的陈毅师长是好朋友，陈毅把毛泽东关于持久性和游击战的理论介绍给了他，董其武对此军事理念大为赞赏，说："听君一席言，胜读十年书。"

从那以后，董其武就在河套一带运用游击战术和日寇周旋，打赢了很多战役。直到1973年，董其武去日本访问，和当年在战场上交锋过的日本将军会面，对方还对董其武说："如果国民党所有的部队都有您所指挥的傅作义将军的部队的战斗力，我们恐怕会失败得更早。"

新中国成立之前，董其武在国民党陆军中曾经先后任第三十八师八十九团中校团副，陆军第二十八师上校团长，国民党陆军第六十八师二一八旅少将旅长，陆军第一〇一师中将师长，陆军第三十五军中将军长，晋陕绥边区总司令部副总司令，绥远省主席兼保安司令，西北军政长官公署副长官等职务。

1947年6月，蒋介石为了让董其武为自己所用，给了董其武一个上将军衔，但此时董其武对腐败无能的国民党政府早已经不抱任何希望了，他和自己的老上司傅作义经常说："国民党绝非救国救民的希望，我们应该另谋出路。"

响应共产党

1945年8月15日，日本帝国主义宣布投降。从1933年到1945年，董其武和日本人打了12年的仗，为抗击日寇入侵作出了不可磨灭的贡献，是中国抗日战争中的民族英雄，受到国内外爱国人士的敬仰。但是此时的董其武却非常纠结，因为他预感到，内战就要爆发了，而这将是一场中国人打中国人的战争。

在国民党军队中的将领中，董其武是为数不多的真心为老百姓打算的将领。早在日本投降当天，他就对老上司傅作义说："抗日战争胜利了，饱受战乱之苦的人民，也该过几年安安稳稳的日子了，中国不能再打仗了。"

但是，就在抗战后不久，蒋介石就命令八路军、新四军原地不动，只派国民党军队前去受降。董其武则私下说："和日本人打了八年仗，国民党在绥东地区没有一兵一卒，是八路军一直在这里和日本人斗争的，所以八路军有权在绥东进行受降；如今蒋委员长却命令我们去那里受降，这肯定会和共产党军队起冲突的。"

果不其然，在绥东受降的时候，国民党军和共产党军起了冲突。而董其武也在迫不得已的情况下指挥军队和共产党作战。直到新中国成立之后，董其武还后悔地说："当年我的所作所为，给解放事业带来了巨大的困难，对于我个人来讲，这也是不可洗刷的耻辱。"虽然没有人会因为当年的事而责怪董其武，因为服从命令本就是军人的天职，但是对于他自己来讲，这却始终是一块心病。

在和共产党打了几仗之后，董其武意识到：自己已经犯下了错误，切不可一错再错。所以他决定起义，投向共产党一方。

1949年9月19日，董其武正式宣告脱离国民党，投向共产党一方。在那之后，董其武手下的10万大军被收编进了人民解放军的队伍。在此之后，董其武写了一首诗来表达自己内心的感怀：为迎春风排万难，义旗终插青山巅。弃暗投明党指路，起死回生恩胜天。从今矢志勤改造，他日立功赎前愆。任务不计多艰苦，喜见万民解倒悬。

从这一刻开始，董其武才算是真正站到了人民的一边。

鲜血染红朝鲜战场

1950年，朝鲜战争打响。董其武坚决支持党中央的抗美援朝政策。在中国政府发兵朝鲜前夕，董其武部队中的广大指战员写血书、决心书、请战书，强烈要求国家派自己去朝鲜和美国人一决雌雄，为国家再立新功。

董其武本人也向毛泽东请愿，希望能够率领部队赴朝参战，他的这一请求得到了毛泽东的批准。

1951年9月1日，毛泽东命令董其武率部入朝，主要的任务是在泰川、院里、南市修建三个飞机场，还要负责后方警戒。之后，董其武所带领的第二十三兵团迅速入朝，顺利完成了毛泽东交给他们的任务。在修建飞机场的时候，董其武经常深入施工现场，和战士们一起劳动，极大地鼓舞了战士们的劳动热情。

朝鲜战争是一场全方位的战争，不管是前方、后方，每时每刻都有遭到美军飞机轰炸的可能，一个不小心就会遭到巨大的损失。董其武命令自己的部队一定要重视防空问题，他本人和高射炮兵部队时刻都保持着紧密的联系。由于他们对施工现场做了很好的伪装，所以美军虽然每天都派飞机飞临工地上空，但是一直没有对这里进行轰炸。

经过3个多月的努力，董其武终于率领部队冒着生命危险，完成了毛主席交给他们的任务。在得知这一消息之后，毛泽东非常高兴，他为中央军委起草的贺电中称:"二十三兵团入朝执行修建任务,虽在敌机连续轰炸阻挠下,还是超计划完成了任务,甚好。"

当时朝鲜最高人民会议常任委员会委员长金日成也授予董其武自由独立二级勋章,整个二十三兵团有 6000 多人受到了朝鲜政府的嘉奖,朝鲜人民发来感谢信称:"你们在抗美援朝打击侵略者的斗争中,建立了伟大的功勋。这一功勋,朝鲜人民永志不忘;全世界爱好和平的人民,也莫不表示崇高的敬意……"

抗美援朝胜利之后,第二十三兵团被改编为人民解放军陆军第六十九军,董其武担任军长。

"董其武不可不授上将军衔"

1955 年春天,人民解放军的将军授衔方案出台,董其武被授予陆军上将军衔。在军队内部讨论的时候,所有的军队干部都同意授予董其武上将军衔,但是董其武认为自己受之有愧,就给毛泽东写了一封信,信中说:"在预授上将的名单里,共有 3 名起义将领,除了我,还有新疆起义将领陶峙岳和湖南起义将领陈明仁。我在起义之前,只不过是个中将,起义之后能够保持原有军衔,我已经非常荣幸了,没有任何理由再为我晋升军衔;而且,许多一直和共产党南征北战的老将、名将,只授予中将、少将……"

毛泽东在看完这封信后,对董其武说:"你是著名的起义将领,根据功劳、贡献与资历,应该授上将军衔,不可不授上将军衔!"

1955 年 9 月底,周恩来亲自授予董其武上将军衔。

1950 年 4 月 27 日,毛泽东和董其武进行了长达 3 个多小时的谈话。毛泽东当时问董其武:"你现在还不是共产党员吧?"就是这句简单的问话,使董其武萌生了加入共产党的想法。

1950年7月，董其武提出了加入共产党的请求。他说："最近这段时间，毛主席的谈话一直响在我的耳边，但是我不知道像我这样、曾经是国民党党员的人，有没有加入共产党的资格？"当时负责党的工作的杨成武说："共产党的大门随时为你敞开着。"

六年之后，董其武向第六十九军党委提出入党请求。在入党申请书里写道："我决心为党的远大的和现今的事业而努力奋斗，直至献出自己的全部年华，乃至生命。"

1980年年初，当时已经81岁高龄的董其武再一次向党组织提出入党申请。不久，中央统战部负责人专门到董其武家里，对他说："您虽然没有正式履行入党手续，但早已是一名合格的共产党员了。"董其武非常高兴。

最终，在1982年12月13日，北京军区司令员秦基伟对董其武说："邓小平主席亲自批准你加入中国共产党！"12月23日，解放军总政治部副主任颜金生在北京军区党委会议室向董其武宣布："中共中央和中央军委决定批准董其武同志为中国共产党正式党员，党龄从1980年1月24日支部大会讨论通过之日起计算。"83岁的董其武在听到这个消息之后，感慨道："我终于有了光荣的归宿。"

马本斋

忠孝双全，大节不死

——祖国就是我的家，党就是我的母亲，为了她，我决心献出我的一切！

姓　　名	尤素夫·马本斋
籍　　贯	河北省沧州市献县
生卒时间	1901年~1944年2月7日
历史评价	抗日战争时期八路军冀中军区回民支队的创建人，抗日民族英雄。

马本斋出身寒门，仅仅上过四年学堂。17岁的时候他就出外谋生。之后他选择了从军之路，才30出头就从一名普通士兵当到了团长。虽然当时他还有很多晋升的机会，但旧军队不能实现他救国救民的夙愿，于是马本斋便弃官还乡。在自己的家乡组织了"回民抗日教导队"。

在冀中平原的抗日史上，马本斋率领的回民抗日支队被人们称作是"打不垮、拖不烂"的钢铁军队。马本斋的名字，并不单纯是一个革命者的象征，而是整整一代民族精神的生动写照。身为八路军冀中回民支队创始人，他就像是一杆大旗，永远飘扬在为创建共和国而奋斗的先驱者的队伍中。

爱国心

1901年10月,马本斋出生在河北省献县东辛庄,回族。他的父母仅有几亩薄地,可以说是家境贫寒。从小马本斋就要跟着母亲到河边的盐碱地去扫碱土熬盐。到了读书的年纪,家里送他去念学堂,但是由于经济原因,马本斋仅仅在学堂读了四年书。

17岁的时候,马本斋背井离乡步入军界。当时他所投奔的东北军属于军阀部队,并不能实现他的爱国主义理想,于是马本斋便毅然弃官归田,另找救国救民的出路。

"七·七"事变之后,中华民族正处在危急存亡之秋,马本斋眼看日寇入侵,中华大地处处烽烟四起,心急如焚,便在家乡组织了"回民抗日教导队"。

当时,马本斋手下只有不到两个连的兵力,但是他还是带着自己的部队毅然冲向了抗日战场。从此,冀中平原中有了一只专门打日本人的"回民支队"。

当时有些汉奸想引诱马本斋去替日本人卖命,对马本斋说:"像你这样的人物,如果到了日本人那里,肯定能当大官。"马本斋当即就回应对方说:"我是个中国人,绝不能当汉奸!我组织回民支队,就是为了赶跑日本人!"

随着马本斋的回民支队在冀中平原上名气越来越大,国民党军队也想收编他,当时有个六路军请马本斋去当参谋长,马本斋毫不犹豫地说:"你们的军队腐败无能,怎么能指望你们抗日救国?给我个军长我也不去!"

马本斋认为,只有共产党领导的八路军,才是真正能抗日的队伍。因此,当共产党员刘文正来找马本斋商谈联合抗日时,马本斋没有丝毫的犹豫,立刻就答应了。不久之后,他就带领着自己的队伍到了河间,与共产党军中的"回民干部教导队"合编为"回民教导总队",并且在1939年改称回民支队。

在加入八路军的同时，马本斋也加入到了中国共产党的队伍中，他说："我决心为回族解放奋斗到底，而回族的解放只有在中国共产党的帮助和领导下，才能实现。"

在之后的抗日战争中，马本斋任八路军冀鲁豫军区三分区司令兼回民支队司令。他灵活运用毛泽东所发明的游击战术，在冀中平原上和日伪军展开了激战。在马本斋的率领下，冀中回民支队几乎打遍了冀中平原上的日军，并转战于冀鲁豫边区，创造了辉煌的战绩。

1941年，中共冀中军区通报全军："要向回支看齐"，并奖给回民支队"无攻不克，无坚不摧，打不垮，拖不烂的铁军"的锦旗，中共中央革命军事委员会也颁令嘉奖了马本斋。

带路的小战士

由于冀中平原的革命形势正在急剧发展，马本斋就想到解放区根据地去和军区首长讨论抗日局势，一个叫小元的小战士是马本斋的向导。

小元那年刚刚15岁，但是已经入伍很长时间了。他自小在当地长大，对这一带的地形很熟悉，派他给马本斋做向导是最好不过的了。

当上级把这个任务派给小元的时候，这个小战士高兴地跳起来。但是同志们提醒小元，做向导可不是好玩的事，可千万不能有任何闪失。

当同志们将小元带到马本斋的面前，没等同志们介绍，马本斋就说："这个小同志是我的向导吧？"小元立刻说："是的。"他那激动的神情把同志们都逗乐了。

当天晚上，小元就随着马本斋出发了。他们一路上跋山涉水、穿山越岭，来到了桑干河边上。

当他们正打算渡河的时候，突然发现对岸好像有人影在移动，小元害怕暴露了目标，赶忙向后退。但马本斋在后面把他挡住了，拍拍他的小肩膀，示意他给对岸喊话。小元明白了，便向对岸呼喊："不好了，有人偷船！"小元的话音刚落，就听见对面竹林里有人在叫嚣道："丢那妈，揿个贼船哈？""敢？打死渠！"

小元一听对方是外地口音，心想十有八九这是守渡口的敌人，就和马本斋说："首长，对岸十有八九有敌人，我们该怎么行动？"马本斋果断地说："改渡！"于是一行人就沿着西岸的山间小路，一路跋山涉水地向前走。

他们整整走了一夜，到了第二天黎明时分，队伍刚刚走进一片树林，突然间，刚才还鸟语婉转的山林传来了一阵鸟兽逃窜的声音。小元察觉到这个情况，马上就警惕了起来，他小声对马本斋说："首长，这一带树林茂盛、地形复杂，可能有人埋伏，我们最好做好战斗的准备！"马本斋向四周看了一下，指着那些四处逃散的飞鸟走兽，笑呵呵地对小元说："没有关系的。你看，鸟兽是我们来了之后才开始逃窜的，如果有敌情，他们早就没影了？这种情况恰恰告诉我们，这里没有人，很安全！"小元听了这番话，不禁在心里暗暗佩服马本斋的战斗经验的丰富。

这个时候，东方呈现出一片片朝霞，脚下的河流也是急浪滚滚。他们已经在崇山峻岭中赶了一夜的路，应该休息一下了。于是他们就坐在树林里聊起了当地的一些事情。

经过了这么长时间的急行军，大家又饥又渴，小元正想给政委找点吃的，但马本斋却径直走下河岸，捧起河水就喝。小元紧张地对马本斋说："首长，喝生水是会得病的！"马本斋笑了笑说："没事，我既然到这里来战斗，就要学着像你们一样生活，饿了吃野果，渴了饮山泉。这红河的生水，我是喝惯了的。"小元说："我也是喝惯这生水了的。但是，首长你要保重啊！"马本斋听了小元的话哈哈大笑起来，他用手指点了点小元的鼻尖说："我是'手掌'（首长），你就是'手臂'，我们都是一样的。"

见马本斋这样随和，话语这样幽默风趣，小元也不像之前那样拘谨了，他们的行军速度也在不知不觉间加快了。当他们走到下一个渡口的时候，正好看见有个老汉在撑着一只船，小元上前一问才知道，原来这老汉是要过江去接女儿，于是小元便和这个大爷商量，大家能不能一起乘船，老汉看了看马本斋，爽快地答应了。

小船载着他们这些人平稳地驶出了岸边，渐渐地划到了水流很急的地方，这个时候木筏越来越不稳当，划到江中的时候，突然有一个大旋涡猛冲过来，眼看就要冲上小船了。小元当时立刻紧张起来，马上扶住马本斋说："不好，大家准备跳水！"

马本斋却按住了小元，用眼神示意他要保持镇静，并朝那位老大爷神态自若地点了点头，并投去了信任的目光。老汉见状，很冷静地将竹篙一撑，小木筏立刻转了一个方向，安全地冲出了旋涡，直奔向对岸。他们都平安地过了河，小元终于放心了，但他刚才已经急得是满头大汗，这时用衣袖擦去了头上的汗珠。马本斋拍着小元的肩头，意味深长地对他说："小元呀，你是机灵有余而沉着不够啊。"

母亲的遗志

马本斋带领部队横扫冀中平原，日本人对他无可奈何。当时日本军官山本妄图用"高官厚禄"来软化马本斋，声称只要马本斋愿意投降，那么就可以满足马本斋的一切条件。对此，马本斋则针锋相对地说："我们八路军的政策是不杀俘虏，只要你山本愿意投降，那我们可以放你一条生路。"

当时日本军中有个汉奸叫哈少符，这个人是马本斋的同乡，他对山本说："马本斋是我们当地非常有名的孝子，只要把他的母亲抓起来，马本斋就肯定会投降。"于是，山本便派人绑架了马本斋的母亲。

马母被日本人抓住之后，山本曾亲自出面诱劝马母："你只要写一封信，叫马本斋来河间谈判，那我们什么条件都可以谈。"马母则回应山本说："我对于我的儿子只有一个条件，那就是让他不要管我，带着回民支队好好打你们这群强盗。"由于马母坚贞不屈，宁死不写劝降书。最后马母在进行绝食斗争之后，英勇殉国了。

在得知母亲以死殉国的消息之后，马本斋非常愤怒，他挥笔写下："伟大母亲虽死犹生，儿承母志，继续斗争！""祖国就是我的家，党就是我的母亲，为了他们，我决心献出我的一切！"

1937年，日本人在北京成立了回教总会，在回民聚居的村镇成立回教分会或支会。他们企图利用回族人民的宗教信仰挑拨中国各民族之间的关系。支队里有些同志，也被日本人蛊惑，说出了像"汉人欺负我们回族人"这样的糊涂话来。听到这句话之后，马本斋对自己手下回族兄弟们说："七•七事变之后，到底是谁在烧我们的清真寺，杀害我们的阿訇？是汉奸、回奸、特务，但绝不是汉族人。相反，是谁在领导我们抗日救国？是毛主席、朱总司令。毛主席、朱总司令虽然是汉族人，但是你们要知道，汉族人民和我们回族人民是民族兄弟。我们作为革命的战士，千万不要当敌人的义务宣传员。"

在马本斋的领导下，回民支队专门请来了阿訇（我国伊斯兰教称主持清真寺教务和讲授经典的人），负责部队里屠宰牛羊和安葬阵亡战士的法事，而且允许回族战士到清真寺做礼拜，过回族的传统节日。在马本斋的努力下，越来越多的回族兄弟投奔到了革命的队伍中。

回民支队在鲁西北与敌人作战时，遭遇到了三年大旱，当地的粮食因此减产，马本斋为了给当地群众节省粮食，有时一天只吃一碗黑豆或半斤花生饼，把省出来的粮食都接济群众。

首任政委郭陆顺来到回民支队之后，马本斋非常高兴，他对郭说："政委就是党的代表，有了党组织对我们的领导，回民支队更有信心了。"马本斋的部队有个规定:伤亡再大也不许哭,但当郭政委不幸牺牲之后,马本斋却再也忍不住,为失去了一位汉族战友而失声痛哭起来。

由于鞍马劳顿、操劳过度,马本斋患上了重病。在他病情最为严重的时候,经常处于昏迷的状态,冀鲁豫军区当时派了一个连的兵力护送他去医院。途中,马本斋醒来发现部队上动用了这么多人护送自己,非常过意不去,他坚持只让留下一个班,其余的同志迅速归队。其实,当时马本斋已经知道自己将不久于人世了,但他还是坚持写他那本《战斗札记》。1944年2月7日的黎明,马本斋手握钢笔半坐在床上,腿上摊着那本《战斗札记》,悄悄地离开了这个世界,离开了他深爱着的回民支队。年仅43岁。

张学良

西安事变的发起者

——现虽寄身海外,但有三事尚不敢忘:

一曰国难,二曰家患,三曰家仇。

姓　名	张学良
籍　贯	辽宁海城
生卒时间	1901年6月3日~2001年10月14日
历史评价	民族英雄,千古功臣,民国四大美男子之一。

张学良的一生,充满了传奇性。他是见证中国百年兴衰的见证人,直到21世纪才以百岁高龄安然离世。更为重要的是,他还是很多历史事件的参与者,在西安事变中,张学良更是成为了影响这一段历史的关键人物。

你们日本人做不到的,中国人能做到

张学良是奉系军阀张作霖的儿子,生于辽宁海城。

1919年,张学良到奉天讲武堂读书,在那里他认识了战术教官郭松龄,并结成了忘年之交。

1920年后,张学良以炮兵科第一名毕业,在东北军第三混成旅第二团

当团长,当时他的主要工作是保卫张作霖的人身安全。

从各方面来说,张学良都是一个引人注目的人,他外形俊美,办事雷厉风行,虽然年纪很轻,却得到了军中绝大多数将领和士兵们的爱戴。于是,日本人开始注意到他,为了震慑张学良,让张学良成为日本奴役中国的奴才和走狗,在1921年的时候邀请他赴日本观看日本军队的演习。

日本人自以为兵强马壮,军容和各种先进的武器战术足以吓破张学良的胆,但张学良看过演习之后却对日本人说:"胜败乃兵家常事,今天的中国已不是甲午之战时之中国了。你们日本人能做到的,我们中国人也能做到,你们日本人不能做到的,我们中国人也能做到,请君等拭目以待。"

1928年6月4日,张作霖在国民革命军的攻打之下失去了关内的地盘,只能退守关外,当他乘坐火车前往辽宁,途经皇姑屯车站时,被日本人预先埋好的炸弹炸死。这次谋杀在历史上非常有名,史称"皇姑屯事件"。

父亲张作霖死后,张学良成为了奉系军阀的统领。从那之后,张学良对日本关东军的憎恨更深了。他一方面坚守中国领土,尽量摆脱日本人对自己的影响;另一方面反对内战,支持孙中山提出的三民主义。

之后,张学良宣布"易帜",不再使用北洋政府五色旗,而改用南京国民政府的青天白日满地红旗,这就是历史上著名的"东北易帜"。

张学良此举,标志着北伐战争正式落下帷幕,而蒋介石则自此完成了"中华民国"在形式上的统一。

"关键先生"

"东北易帜"让少帅张学良一时间名声大噪,成了国内极具影响力的人物。

光荣的北伐战争结束以后,蒋介石大力推行专制政策,意图削弱国民党其他派系的军事实力,可是这样一来,国民党内部的矛盾由此激化到了不可收拾的地步。1930年5月,国民党内部开始了大混战,史称中原大战。

当时,阎锡山、冯玉祥、李宗仁等联合起来对付蒋介石,双方经过几场大战,死伤都很惨重。到最后,战争进入到了僵持阶段。双方都明白:谁能够获得奉系军阀的支持,谁就能取得胜利。所以他们都在试图争取张学良支持自己。最终,张学良选择站在了蒋介石一方。1930年9月18日,张学良发出电文,宣布:反对各方的内战,并表示支持蒋介石,希望各路军阀立刻停战。

张学良的建议被各路军阀拒绝,无奈之下,张学良在两天之后率东北军几万人开进关内,与联军展开激战,并大获全胜。1930年11月4日,阎锡山、冯玉祥宣布下野。此役过后,张学良成为了全国皆知的"关键先生"。

中原大战过后,日本人开始大规模入侵中国。

1931年9月18日,日本关东军发动了震惊中外的"九·一八"事变。很快就占领了整个东北。而此时张学良所率领的部队,则全无抵抗,逃到了关内。

在此期间,张学良一心想要率兵与日本人决一死战。但是当时的蒋介石却将所有精力都放在围剿共产党上。1935年4月,蒋介石为了削弱张学良的军力,命令张学良率兵围剿红军。此时,张学良逐渐地对蒋介石的政策有了反感。

1936年4月,张学良与周恩来在延安会谈,张学良提出让共产党联蒋抗日,周恩来表示赞同。之后,张学良与红军一同发布了"停止内战、共同抗日"的声明。张学良还拿出巨额资金,赠送给红军做冬季衣食补给的费用。

而此时的蒋介石,却对联合抗日一事丝毫不感兴趣。为了中华民族的前途,在1936年12月12日,张学良与杨虎城发动兵变,拘禁了蒋介石,逼迫他答应联共抗日的要求,这就是历史上著名的"西安事变"。

最后,在共产党人的斡旋下,张学良释放了蒋介石,而蒋介石也同意与共产党一起建立统一战线,共同抗日。

可是,张学良此举却犯了作为军人的大忌。当年"东北易帜"之后,张学良就成了蒋介石的部下。对于军人来说,最大的军规就是忠诚和服从,但是作为军人的张学良却拘禁了自己的上司,无论他的初衷是什么,以下犯上违反军纪却也是铁一般的事实。于是,蒋介石以此为借口,将张学良囚禁了起来。1936年12月30日,蒋介石任命李烈钧为审判长,对张学良以下犯上违反军纪一事进行了军事审判。结果,张学良被判刑十年。

晚年的张学良

抗日战争胜利之后,国民党试图取得东三省的控制权。当时,有人对蒋介石说:"东北三省是张学良的故土,让他出面去占领东三省,会更好一些。"但蒋介石却认为这样做不好,张学良失去最后一次返回东北的机会。

不久之后,张学良就被蒋介石派人押送到了台湾,囚禁在新竹山区。张学良在那里种田、养鸡、钓鱼,闲暇时还写写诗,看上去日子过得非常悠闲。但事实上,他的内心却非常苦闷,以至于写出了像"辗转眠不得,枕上泪难干"这种英雄气短的诗句。

蒋介石曾经很多次想要杀掉张学良,但是因为他夫人宋美龄的反对,才一直没有动手。

渐渐老去的张学良,像一个活着的古人。他的一生,浓缩了20世纪的中国历史。

在蒋介石和蒋经国父子先后病逝之后,张学良终于获得了自由。当时,许多记者和学者都想采访他,想从他身上问出一些当年西安事变的内幕。不过,张学良始终没有给出他们想要的回答。

2001年10月14日,已经101岁高龄的张学良在美国病逝,再没有机会看一眼他深深热爱的东北黑土地。大江东去,淘尽了多少风流人物,但张学良的功过是非,将被历史记住。

张学良与赵四小姐

陪伴张学良将军大半生,人称"赵四小姐"的张学良夫人赵一荻 2004 年 6 月 22 日因病在美国夏威夷逝世,享年 88 岁。曾有诗称"赵四风流朱五狂"的赵一荻,是中国现代史上的一位颇具神秘色彩的女性,她与张学良将军传奇般的爱情故事脍炙人口,牵动着无数人的心魄。赵四小姐逝世的消息在美国华人中再次激起了感情的涟漪,人们情不自禁地想到了"西安事变"、国共合作及那段难以忘怀的爱情故事。

20 世纪二三十年代,北京是新文化运动的核心,张学良那时候经常去北京。每次张学良去北京,都要路过天津,就在此期间,他和天津姑娘赵一荻相识了。

张学良在父亲张作霖遇害之后,要连夜赶回到东北,赵一荻怕是永别,顾不上矜持与羞涩,勇敢地吻了张学良一下。正是这一吻,这个勇敢的姑娘将自己的命运与张学良永远地锁在了一起。

赵一荻的父亲是北洋政府交通部次长,她完全可以找到一个更平稳更安全的归宿。但是她放弃了这一切,和张学良一起来到北京西城定居,住在太平桥大街西侧的顺承郡王府。

当时张学良已经有了一个妻子,赵一荻就和"张夫人"于凤至住在了一个屋檐之下。于凤至是一个温柔聪慧、贤良大度之人。当时赵一荻投奔张学良,没名没分,对外宣称是张学良的秘书,于凤至在沈阳大帅府东侧亲自监工盖了一幢小楼,送给了赵一荻。赵一荻也知情懂事,张学良送给她的小礼物,都要先拿到于凤至那里,让张夫人挑选。在张学良夫妇身边,赵一荻过了一段相对安稳的生活。

在这个拥有三个成员的特殊家庭里,张学良称于夫人为大姐,称赵一荻为小妹。当然,才智过人、兴致广泛的赵一荻不安心只在深宅大院内做张学良的"秘书",她不仅要做张学良生活上的好伴侣,还要做他公众场合的"左右手"。赵一荻举止大方,能讲一口流利英语,还有娴熟的舞技,这都让她左右逢源。

已经跟定了张学良的赵一荻用自己一生的时间实践了自己的诺言。

张学良被蒋介石囚禁之后,赵一荻千方百计地争取到了去囚禁地陪伴张学良的机会。赵一荻与于凤至商量之后,每月一替一换,轮流来到张学良身边。于凤至由上海乘船来宁波,赵四小姐则由宁波去上海,有时她们也一同留在张学良的身边,小住几日。

抗日战争中的中国是动荡的,所以张学良的囚禁地也一变再变,但是无论张学良到哪里,赵一荻都会不离不弃地跟在他身边。这时的张学良只是一介囚徒,早已不再是当年那个意气风发使她一见倾心的东北军少帅,但是赵一荻与张学良之间的感情却反而更加牢固了,他们之间由爱情到亲情,早已不分彼此,心意相通。

后来,张学良被押往台湾新竹井上温泉。赵一荻也离开了大陆,来到了台湾。在与世隔绝的寂寞中,张学良和赵一荻的凄苦是可想而知的。他们相依为命,张学良把一切希望和欢乐都寄托在赵一荻的身上,赵一荻则尽自己全部的力量给张学良以安慰和照料。见过的人都说,赵一荻经常身着蓝衣,脚蹬布鞋,几乎洗尽铅华,终日陪伴在张学良身边,令人感动。虽然相对来说,她比张学良多些自由,每年都能获准到美国去探望儿孙,但她每次总是飞去飞回,仅住两三天,即又回到张学良身边。

在半个多世纪的幽禁生活中,赵一荻一直是张学良生活上最大的支柱。1964年,为了成全赵一荻与张学良的爱情,也为了给这个已经为自己的丈夫付出了太多太多的女人一个名分,于凤至主动与张学良解除了婚约。同年7月4日,64岁的张学良与51岁的赵一荻终于在台北市正式结为夫妻,从此赵四小姐才在两人同居36年之后获得了正式的名分。

　　张学良是一个民族主义、英雄情结兼备的人，优渥的成长环境也让他对外国文化的求知欲望甚浓，而赵一荻从小生活在繁华闹市天津，租界文化对她的影响颇深。不失民族气节，能够接受新鲜思想文明，不仅表现在他们对待历史事件的态度上，还体现在生活中的每个角落。后来，二人信奉洋教，心如止水，不闻窗外之事，尽管总是无奈，却始终洋溢着对人情的豁达和对爱情的忠贞。相伴70余载，毫无悔言。

陈毅

中华人民共和国十大元帅之一

——此去泉台招旧部，旌旗十万斩阎罗。

姓　名	陈毅
籍　贯	四川乐至复兴场张安井村
生卒时间	1901年8月26日~1972年1月6日
历史评价	中国共产党的优秀党员，久经考验的忠诚的共产主义战士，伟大的无产阶级革命家、政治家、军事家、外交家、诗人；中国人民解放军的创建者和领导者之一，中华人民共和国元帅（十大元帅之一），党和国家的卓越领导人。新中国第一任上海市长。

作为新中国的十大元帅之一，陈毅为共和国的建立立下了汗马功劳。关于他的传奇故事，每个人都有所耳闻，他也成为了共和国功勋册上不可或缺的一位伟人。

革命的烽火

1901年8月26日，陈毅出生于四川乐至县。

1919年，在"五四"运动影响之下，陈毅开始接触马克思主义。1922年，他加入中国共产主义青年团。这时的陈毅，还在重庆编辑《新蜀报》。

1922年秋天，陈毅进入北京中法大学进修。与此同时，他加入了中国共产党。在共产党的领导下，陈毅在北京积极开展学生运动、工人运动和国民革命运动，很快就成为了党内的支柱。

那时，以蒋介石为首的国民党背叛革命发动了"四·一二"惨案，疯狂地屠杀中国共产党人和革命群众。此时，共产党人在毛泽东的领导下走上了农村包围城市的道路，在井冈山建立了根据地，以保存革命的火种。陈毅也随党中央来到了井冈山，在这段时间里，他先后担任师长、红四军军委书记等职。

国民党自然不能容忍共产党人在自己的眼皮子底下发展壮大，他们很快集结兵力，对井冈山实施围剿。作为中国红军的重要领导人，陈毅带领自己的部队和敌人展开了斗争。

1928年8月，国民党反动派军队在红四军主力在湘南失利的时候，想趁机侵犯革命根据地，打击我们的革命军队。他们纠集了将近50万军队，大举进犯，并且侵占了井冈山革命根据地外围的许多平原地区。然而他们此时却再难向前一步，因为他们来到了黄洋界这个井冈山革命根据地的第一道屏障。而在此驻守的，正是陈毅所率领的红军部队。

反动派并不甘心失败，纠集起了四个团的优势兵力进攻黄洋界，妄想打开进入革命根据地的大门。

当得知敌人马上将进攻黄洋界的消息之后，驻守在黄洋界的陈毅率领两个连的兵力开到黄洋界附近一个叫小井的地方，召开了一次战斗会议，布置即将到来的战斗，并进行了战前动员。

后方医院的轻伤病员们听到了敌人来犯的消息后都十分激动，纷纷要求上前线去迎战，儿童团、少先队也在党组织的领导下，全部紧急动员起来。赤卫队、暴动队、青年妇女也都迅速组织起来，积极地准备配合红军的作战计划。

陈毅还发动当地的群众制造了竹钉阵、铁丝网、篱笆、滚石檑木、掩体工事，并且在黄洋界哨口修筑起了五道坚固的防线。整个黄洋界严阵以待，只等敌人前来送死。

到了8月30日，当弥漫在山间的云雾散尽后，由吴尚和王均两个反动派指挥的国民党军队总共四个团开始了对黄洋界的进攻。

陈毅率领部队凭借着黄洋界天险、地利用滚石檑木、竹钉和手中的武器打退了敌人一次次的疯狂进攻。战斗一直进行到下午，敌人非但没有攻下黄洋界，还在前方的阵地上留下了很多尸体。但是敌人不甘心就这样失败，又重新组织了规模更大的进攻。这个时候，陈毅命令战士们将一门缴获的迫击炮抬上了黄洋界，就放在了红军指挥阵地附近。当时，这门迫击炮只有三发炮弹，但是由于受了潮湿，前两发炮弹都没有打出去，成了哑炮，眼看着就剩下一颗炮弹了，战士们基本已经不抱什么希望地将这颗炮弹打了出去。炮弹出膛之后，只听得"轰隆"一声巨响，在敌人的中间爆炸了。

在炮弹炸响的同时，埋伏在黄洋界周围的少先队、儿童团的小队员们纷纷将放在煤油桶里的鞭炮点燃了，而且打出了许多红军的旗号。一时间，黄洋界上乒乒乓乓，红旗招展。

敌人原来认为红军主力并不在井冈山，但是这个时候，看到这种情况，他们昏了头脑，还以为我红军的主力部队已经回来了，顿时被吓得魂飞魄散，连夜逃跑了。

就这样，陈毅率领着革命军队和群众用自己的智慧和大无畏的精神打败了有备而来的敌人，保证了革命根据地的安全。

这场战役之后，红军战士们套用京剧《空城计》中诸葛亮的唱腔填上了新戏词，自己编了一段京剧："我站在——黄洋界上观山景，忽听得，山下人马纷纷。举目抬头来观望，原来是蒋贼发来的兵。这其一，农民斗争少经验，这其二，红军主力不在山中，你既得宁冈、新城已属侥幸，为何敢来侵占我黄洋界?你既来把山来进,为何在山下扎起营?你莫左思右想心计不定。我这里——内无埋伏,外无救兵。你来,来,来,请到山上来谈谈革命。"

当时毛泽东正率领红四军主力回井冈山的途中,走到黄坳,前方传来了黄洋界保卫战胜利的消息。他十分高兴,欣然提笔,挥毫写下了《西江月·井冈山》这首著名的诗篇,称赞黄洋界保卫战的胜利。

陈毅和百姓的故事

1935年12月19日中午时分,陈毅将军率领着第二军团的主力部队,从一个叫管竹的地方进入了岩石乡。

当三个身穿着灰色布军衣、身背着驳壳枪的红军战士来到一个三房院子的时候,看见一位妇女怀抱着小孩惊慌失措地走进自己家里。战士们知道这个地方的老百姓被国民党反动派的军队压迫得太久了,以为所有的军队都是一样的,所以才会畏惧这支人民的军队。

于是,这几个红军战士轻轻地敲着这家的门,还很有礼貌地喊话说:"嫂子,请你们不必惊慌,我们是红军,是咱们老百姓自己的军队,你们就先把门打开好吧,我们有事和你商量。"屋里的这个青年妇女叫欧阳香元,丈夫常年在外地做挑夫,以往他见得国民党军队都是凶神恶煞,动不动便破门而入,而今天的部队却秋毫无犯,就连喊话的声音也很平和,于是她小心翼翼地打开了房门。

战士们站在门外恭恭敬敬地对她说:"嫂子,您家里有空房没有?如果有的话,我们今天晚上可以借你这间空房搭个铺住一晚上吗?"欧阳香元见这些战士都很有礼貌,与以往的反动派军队完全不同,就笑了笑答应了。

过了没多长时间,有个小战士指引着一位身材很高大魁梧、穿着一件蓝布长衫、嘴上有一撇八字胡子的人来到了欧阳香元的家里,后面还紧跟着

30多个穿这灰布军服、身背着短枪的红军战士,他们在院子里整整齐齐地站成两排。这时候那个八字胡子的首长模样的人对战士们讲:"我们红军是广大劳苦大众的军队,我们是为人民解放而战斗的,我们有铁的纪律,战士们要千万注意,绝对不能走进年轻妇女卧室里。"

　　接着这位首长又说:"我们的队伍不管走到哪里,都要关心群众,爱护群众,老百姓家里的一针一线在未经主人同意的情况下都不能搬动,而且向百姓们借东西一定要记得还,损坏了和丢失了的东西要照原价赔偿,只有这样,我们才能获得广大人民的支持,才能团结群众去打倒国民党反动派,打倒日本帝国主义。"

　　欧阳香元听他讲的这番话,句句都是为老百姓着想的,这个农村的妇女马上就认定了红军是好人。她怀着激动的心情走到村子里去,把那个八字胡子首长讲的话告诉了其他的村民,欧阳香元直到快要天黑的时候才回家,她走到家门口见地上搭着地铺,那个八字胡子和另外两位穿着灰色军装的干部正在煤油灯下看地图,一边看还一边议论着什么。她很想知道那个首长到底是多大的官,就走到门外头悄悄地问一个正在站岗的小战士:"那个穿蓝布长衫、留着八字胡子的是你们的什么首长啊?"

　　小战士也悄悄地告诉她:"这个就是我们的军团长,苏维埃政府的陈主席,我们都管他叫陈老总。"欧阳香元听后心里很惊讶,他想不到这个很和气的人原来是个大官,难怪战士们都规规矩矩地听他讲话呢。

　　她走到自己的房内,一位女战士轻轻地敲了敲门,欧阳香元非常高兴地迎了进来请她坐下,他们就像亲姐妹一样地交谈了起来。欧阳香元问这个女战士:"你是谁的老婆啊?"女战士很爽快地对她说:"我就是那个八字胡子陈毅同志的爱人,今天晚上住在你家,给你添了不少麻烦。"欧阳香元不好意思地说:"这房子不好,没有好好地收拾一下,真是委屈你们了。"但是陈毅将军的爱人却说:"哪里哪里,我们感谢还来不及呢,等我们打完仗以后,咱们穷人就有好房子住了。"

第二天大清早，部队就要离开了，有些战士正在收拾行装，有些在打扫卫生，这时候有个战士走到欧阳香元和她嫂嫂雷青菊面前再三询问有没有损坏和丢失的东西，雷青菊说："好像只有一个木头脸盆没看到，估计是孩子们弄丢了，没事没事。"但是那个战士没过一会儿就拿来一个铜脸盆对她说："如果找不到就用这个脸盆吧，如果找到了就请留下做个纪念，我们红军的纪律都是陈主席亲自规定的，你一定要收下。"

当陈毅和战士们离开的时候，群众都含着泪水站在村口相送，战士们也不时地回头，依依惜别。

在那段往事已经过去几十年之后，欧阳香元依然没能忘记当年的"陈主席"。1956年，当她看到家人买来的中华人民共和国十大元帅的年画时，马上就认出了当年住在自己家里的陈主席，她高兴地说："大家看，陈主席又回岩山来了，又到我们家里来了！"

三年游击战

由于王明"左"倾机会主义路线的错误领导，在第五次反围剿战争中，中央红军遭受到了巨大的损失。在此情况下，中央红军迫不得已只好进行战略转移。

在战略转移的过程中，陈毅身负重伤，只好留在江西苏区指挥游击战争。

为了找到陈毅，国民党采取了搜山、烧山、移民、封坑、包围、"兜剿"等手段，简直是挖地三尺。

1936年冬季，陈毅在梅山地区被国民党士兵包围了20多天。当时，陈毅几乎面临着绝境，生命安危系于一发。但是他依然饱含着革命乐观主义精神写下了"断头今日意如何？创业艰难百战多。此去泉台招旧部，旌旗十万斩阎罗"的豪迈诗句。在这种不屈不挠的抗争精神的引领下，陈毅最终率部打败了敌人,突出了重围。

陈毅领导的赣粤边区游击斗争,保存了革命的火种,更打击了国民党反动派的嚣张气焰,牵制和消耗了敌人的有生力量,配合了其他根据地的游击斗争,支援了红军北上抗日。毛主席对陈毅所领导的游击战争十分赞许,说道:"这是我们和国民党十年血战的成果的一部分,是抗日民族革命战争在南方各省的战略支点。"

陈毅以乐观的态度对待艰苦的斗争,在南方游击战斗的间隙,他写下了许多优美的诗篇:

天将晓,队员醒来早。

露侵衣被夏犹寒,

树间唧唧鸣知了。

满身沾野草。

天将午,饥肠响如鼓,

粮食封锁已三月,

囊中存米清可数。

野菜和水煮。

日落西,集会议兵机,

交通晨出无消息,

屈指归来已误期。

立即就迁居。

夜难行,淫雨苦兼旬,

野营已自无篷帐,

大树遮身到晓明。

几番梦不成。

这就是一个革命者的情怀。

抗日烽烟起

抗日战争爆发后,全国各地的红军游击队遵照党中央的指示,临时整编为国民革命军新四军,开赴抗日前线。

虽然当时正处于国共合作的历史背景之下,但是嗅觉敏锐的陈毅还是感觉到了国民党对无产阶级军队的不轨之心,他高度警惕国民党的一举一动,同时深入各个革命根据地,传达中央的指示。

1938年1月,新四军在武汉正式成立,陈毅担任中共中央军委新四军分会副书记、第一支队司令员。不久之后,陈毅就率新四军第一支队和第二支队开往苏南地区,开辟了新的根据地。

1939年冬,国民党开始在华中地区挑衅生事,意图破坏国共合作。为了粉碎敌人的阴谋,陈毅派叶飞、陶勇等人先后率部北上,开辟了苏北根据地。

当时,盘踞在苏北的国民党江苏省政府主席、第24集团军司令韩德勤,仗着自己手下兵多将广,妄想一口吃掉苏北的新四军。

陈毅获知:苏北地区的国民党将领李明扬、李长江所率领地方杂牌军与国民党的嫡系韩德勤部队之间经常闹矛盾。因此,陈毅开始执行自己"发展进步势力、争取中间势力、反对顽固势力"的策略,对李明扬、李长江等人是又打又拉,做了大量工作,使得他们在斗争中保持中立。

1939年10月,韩德勤带领着一个军再加上一个旅总共15000人的兵力,对苏北红军根据地展开了进攻。陈毅则指挥部队利用"诱敌深入,聚而歼之"的战术,将敌人引诱至黄桥镇,进行了历史上著名的黄桥决战。

决战前夕,陈毅对部队进行动员,他说:"我们这一仗,关系到我们能不能战胜国民党顽固派,在苏北地区站稳脚跟,我们要求所有战士全力以赴,与敌人进行最后的决战!"

经过一个昼夜的激战,陈毅率部全歼韩德勤主力军10000余人。蒋介石嫡系第89军军长李守维战败逃亡,最后淹死。红军则乘胜拿下了海安、东台两地,与南下的八路军会师白驹镇,打开了华中革命的新局面。

黄桥战役是陈毅高超军事指挥艺术的一次集中体现,在这次战役中,他灵活运用战略、战术,更体现出了有魄力、有决心的品质。

皖南事变之后,新四军原军长叶挺被国民党囚禁。中共中央委任陈毅担任新四军代理军长,刘少奇同志为政治委员,在苏北盐城重建新四军军部。

在陈毅的带领下,新四军发展迅速,很快就拥有了7个师的兵力。在华中地区,陈毅率领部队展开抗日游击战争,建立抗日根据地,抗击了华中地区大部分日伪军的"清乡"、"扫荡",同时也打退了国民党顽固派的摩擦进攻。

仗义执言

1943年的春天,正是春暖花开的好季节,但是这个时候在革命队伍里却刮起了一股阴风——搞"抢救"运动。

当时有消息说国民党的总特务头子戴笠办了一个专门培训特务的机构,而且已经派出很多特务到延安革命根据地来,甚至有些人已经混进了中央政府驻扎的地方。而且在一次中央大礼堂演戏的时候,当时毛泽东和朱德都在场,正当他们刚刚走进会场之后,突然有人向礼堂的方向投了几颗炸弹,虽然这些炸弹没有造成人员伤亡,但是这证明关于国民党派遣特务潜入我们根据地大张旗鼓地进行破坏活动的情况是真实的,所以当时毛主席就提出了要对所有的党内干部进行审查的建议。

本来这个建议是好的,但是康生在落实具体任务的时候却走了极端主义的道路,造成了很恶劣的后果。

在4月的时候,康生搞了一个"坦白自救"的运动,将许多本来是忠实的共产党员说成是反动的特务,到处抓人,搞得解放区人心惶惶。尤其是那些来自国统区的青年们,更是人人自危,陷入了恐慌之中。

康生当时宣传说,在我党内部许多人是特务,要对所有的人进行排查,就连那些曾经立下汗马功劳的老一辈革命者也不例外。所以,当时党内很多本来是清清白白的革命者都被康生诬陷成了叛徒。

这个时候的陈毅就对康生的这种方法产生了怀疑,但是出于对革命根据地的安全考虑,陈毅没有说什么。当时陈毅和曾希圣同住,平时这两个室友见了面都是有很多话要说的,但是有一天曾希圣却突然心事重重,一言不发,陈毅就觉得很奇怪。晚上要睡觉的时候,陈毅问曾希圣说:"希圣,你是不是出什么事了?"

"没什么,没什么。"

"嘿,你别骗我了,我还看不出来?你有什么事就说出来,别在心里憋着。"迟疑了很久,曾希圣才将真实情况说了出来——原来是曾希圣的妻子水静被人揭发,说她是个国民党的特务,现在正在受审查呢!

"什么?水静会是特务?"陈毅感觉到很意外。曾希圣也不说什么,只是在默默地抽烟。

陈毅继续问曾希圣说:"你相信吗?"

曾希圣无奈地说:"人证、供词都有,我不信又如何?"

"那是谁指控你妻子是特务的?"

"说是二师政治部的一位女同志,他说他和我妻子在上海的时候认识,并且说我妻子在上海的时候就是特务了。"

陈毅想了想说:"别人不相信你的老婆,你还不相信她吗?要不这样,我们就先把那个告发你妻子的人找来问问。"

随后,陈毅找到了谭震林,让谭震林把那个女干部叫来了。陈毅就问那个女干部说:"你说说你是通过什么渠道加入特务组织的。"

"那是一天晚上,我去我们一个同学的家里参加一个的聚会……"这个女干部讲得头头是道,还说了一些特务活动的内容,但是对于反特工作很在行的陈毅来讲,她说得越是形象,陈毅就越是怀疑。等她讲完,陈毅问这位女干部:"你讲的是真是假?""真话,我说的是真话。"这位干部一口咬定。

陈毅这个时候突然发问说:"你说的这些话,是不是有人胁迫你这么说的?"

"不是……"女干部的眼圈红了。

陈毅这时已经看出她的态度已经有所转变了,这就证明这位女同志很可能是有隐情的。于是陈毅又十分耐心地给她做思想工作。听着听着,这个女干部忽然大哭起来。陈毅又安慰她,不要哭,只要说真话还是来得及的。

这位女干部哭着说:"我的那些话都是假话……"

"那你为什么要说这些对于你自己不利的假话?"

"刚刚开展运动的时候,我讲的都是真话,可他们不相信,继续审问我,一次次的审问叫我不知所措,只好开始胡说八道。从那以后他们就不整我了。而且我说的谎话越多,就越会受到表扬……"陈毅听了女干部那番话,什么都明白了。

这时陈毅对谭震林说"老谭,你们这种"抢救"的办法很不恰当啊!就连曾希圣的妻子也给"抢救"了。

谭震林听了陈毅的话也很惊讶,说:"真有这样的事?"

陈毅又问谭震林说:"你们那里现在总共抢救出了多少特务啊?"

"一个团里将近有一百人吧。"

"这个怎么得了啊!一个团要有100多个特务,你们又在前线上,如果都抓了的话,那部队还有战斗力吗,特务们还不都跑了?"

谭震林说:"没有一个逃跑的啊。"

陈毅有些激动了,说"谭老板啊,咱们那么整这些同志,但是没有一个逃跑,特务会这样吗?我看你们还是赶紧给人家平反吧!"

谭震林听到这也恍然大悟,说:"是这个道理。"

结果,在谭震林部队的"抢救"运动并没有造成更坏的结果。这也全靠了陈毅的仗义执言。

解放战争中的陈毅

经过8年艰苦的抗战,中国人民终于战争了日本侵略者。

而抗战结束之后,中国大地主大资产阶级的政治代表蒋介石,则再次挑起了内战,也就是我们所说的解放战争。

在解放战争中,陈毅来到了华东地区,他坚决执行党中央所规定的政治路线和军事路线,领导华东解放区的各族军民,展开了艰苦卓绝的斗争。

解放战争刚刚打响的时候,国民党的军队气焰非常嚣张,他们频繁地对解放区发动进攻。在此期间,陈毅所率领的部队因为兵力不足,受到了一定的挫折,但是尽管如此,他还是成功歼灭了3000多敌军。

之后,陈毅带领着自己3万人的兵力,与敌人的12万重兵在华东地区周旋,并且获得了七战七捷的光辉战绩,歼灭敌军53000多人。

紧接着,陈毅、粟裕、谭震林采取全面防御的战术,指挥华东解放军,在多个地区和国民党军队展开激战,大获全胜。

之后,在陈毅的指挥下,解放军逐步集中主力,诱敌深入,与敌人打起了运动战,并大量歼灭敌人。

在鲁南的一场战役中,解放军面对有绝对装备优势的国民党机械化部队第一快速纵队,运用灵活的军事策略,以歼灭敌人有生力量为主要目标,不以一城一池的得失为念,成功地歼灭了敌人。

在孟良崮战役中,陈毅率部击溃了国民党张灵甫部——号称国民党五大主力之一的整编第74师,击杀师长张灵甫。蒋介石得知这一消息之后,气得直呕血。

经过三年的解放战争,人民军队终于打败了国民党,赢得了解放战争的胜利。在此期间,陈毅率领的军队屡战屡胜,为新中国的建立立下了不世之功勋。

新中国成立后,陈毅先后担任上海市市长、国家副总理,更是成为了十大元帅之一。

王昆仑

一生为国的爱国者

——马列主义是拯救中国的唯一途径。

姓　　名	王昆仑
籍　　贯	河北保定
生卒时间	1902年8月7日~1985年8月23日
历史评价	爱国民主人士，中国共产党党员，为和平民主奉献出了毕生的精力。

王昆仑的一生，是追求真理、追求进步的一生。虽然他曾经在青年时代加入过国民党，但当他接受了马克思主义之后，就矢志不渝，数十年如一日，坚持为党和人民的事业奋斗到最后一息。

中山门生

1902年8月7日，王昆仑出生于河北保定。他的祖父王忠荫，是清朝直隶候补同知；父亲王心如，曾经在清政府中担任山东平原、海丰（今无棣）等县知县。

王昆仑曾经在北京新开路小学、第四中学读书，之后考上了北京大学，在北大读书期间,正赶上了"五四"运动的爆发,他积极参加了爱国宣传和示威游行活动。

1922年年初,北洋政府任命无良学者彭允彝担任教育总长,引起了北京爱国学生的不满。王昆仑作为北京大学的学生代表之一,南下上海,希望能够得到社会各界的支持,罢免这个教育总长。在此期间,他有幸见到了革命先驱孙中山。在孙中山的启发和鼓励下,王昆仑参加了中国国民党。

回到北京后,他按照孙中山的指示,组织在北京的进步青年从事革命活动。

1922年7月,王昆仑从北京大学哲学系毕业。毕业之后,他应聘到天津南开中学去当中文教员。老舍、范文澜等人当时都在这个学校任教,曹禺、冯至和王瑞骧等则在这所学校读书。

1926年年初,王昆仑从北京赶往广东,担任黄埔军校潮州分校的政治部主任。这一年的7月,他参加革命军北伐。

"四·一二"反革命政变爆发之后,王昆仑在南京担任了以陈铭枢为首的国民革命军总司令部政治部的秘书长。但是因为他不满蒋介石对外勾结帝国主义、对内实行独裁统治,便愤然辞职,南下到了广东,去投奔孙科、李济深等人。之后,王昆仑又返回江苏,奔走于南京、无锡、上海几个城市之间,开始在国民党内部从事反蒋民主斗争。

救国的道路

1931年"九·一八"事变爆发之后,王昆仑为寻找挽救中华民族的正确道路,在无锡姚宝巷17号家中鼋头渚太湖别墅内,积极地学习马列主义著作,联系当地的进步青年,进行革命活动。第二年,王昆仑和孙翔风、华方增等人在无锡创办了《人报》。之后,《人报》正式出版发行。王昆仑当时用"大鱼"、"戡天"等笔名,为报纸撰写了《问无锡青年》、《对外抗日到底,对内争取自由》、《朝鲜的光荣与中国的耻辱》等许多革命文章。

1933年王昆仑和孙晓村、曹孟君、钱俊瑞、张锡昌一起,组织了革命团体——南京读书会。这时的王昆仑,思想上发生了重大的变化,开始由信仰民主主义转而相信共产主义才能救中国。

不久之后,王昆仑由中共南京市委负责人卢志英引荐,加入了中国共产党。他利用自己国民党元老的合法身份,开始从事爱国民主运动和共产党的统一战线工作。

1935年8月,王昆仑和钱俊瑞、曹亮、孙晓村等人,在无锡鼋头渚太湖别墅召开了秘密会议。当时参加会议的还有上海、无锡、南京读书会的重要领导人,如狄超白、华应中、陈佩珊、薛葆宁、秦柳方、钟潜加、汪季琦等。

会上,曹亮向众人传达了关于中共中央《八一宣言》的精神,钱俊瑞给大家分析世界革命形势和关于建立抗日民族统一战线的报告。王昆仑则叙述了国民党左派宋庆龄、何香凝、冯玉祥、于右任、经亨颐等坚持孙中山"联俄、联共、扶助农工"三大政策的情况。会议共商了抗日救国的大计,并决定在读书会的基础上建立救国会,以推动国共合作,一致抗日。同年秋天,王昆仑随孙科重回南京国民政府,任立法院立法委员,又被选为国民党中央候补执行委员。

抗日将士大会

1936年11月,王昆仑和孙晓村在张继的协助下,帮助南京救国会在中央饭店公开举行南京各界援助冯玉祥、方振武领导的绥远前线抗日将士大会。

当时何香凝、柳亚子都参加了这次大会。会后,共产党重要领导人周恩来、叶剑英、秦邦宪、潘汉年等人,都曾经到成贸街无锡同乡会驻地去拜访王昆仑。1937年春,王昆仑在国民党的一次中央全会上,把陕北传来的中国共产党批评国民党长期对内反共、对外投降的电文公开宣读,希望能够促成国共合作、共同抗日的新局面。冯玉祥则在会上公开表示支持王昆仑。

"七·七"卢沟桥事变爆发之后,形势发生了重大的转变。国民党当局在社会各界的压力之下,释放被非法逮捕的上海救国会七位爱国志士。

王昆仑和潘汉年和出狱不久的沈钧儒一起从上海专门到南京,参加南京各界救国会联合会的成立仪式。会后,他们又和沈钧儒一起从南京赶到无锡,住在王昆仑家中好几天,共同商讨国家大事。这期间,王昆仑等人在无锡师范大礼堂和锡师附小大礼堂等地,举办"无锡暑期学术讲座",先后请孙晓村、曹孟君、李公朴、沙千里、薛暮桥等社会名流作报告和讲演,他们的举动掀起了无锡抗日救亡的高潮。

《全民抗战》

随着国民党在抗日战场上的节节败退,南京沦陷。王昆仑和国民党政府迁移到了武汉。第二年年初,他和沈钧儒、邹韬奋、陶行知等人联合创办了《全民抗战》三日刊,开始着重宣传徐州突围和武汉保卫战。之后,王昆仑又和抗战中从事妇女、儿童工作的曹孟君结为夫妇。

在武汉三镇被日本人攻破之后,王昆仑从武汉回到了重庆,在重庆,王昆仑除了继续在国民党内担任原职外,还兼任了中山文化教育馆的总负责人、中苏文化协会常务理事等重要职务。此间,他又和侯外庐、翦伯赞等人一起主编了《中苏文化》杂志。

王昆仑利用自己的合法身份、社会交往和在国民党的关系,积极地争取和团结国民党爱国人士,还为掩护和营救被捕的中共地下党员以及进步青年做了很多工作。

"皖南事变"爆发之后，王昆仑在中共领导人周恩来的支持下，与王炳南、屈武等在重庆组织了声势浩大的"中国民主革命同盟"（简称"小民革"），在国民党内部坚决主张抗战到底，反对内战，反对分裂。之后，他又和谭平山等人发起组织"三民主义同志联合会"，主要从事抗日民主活动。

1945年5月5日到21日，国民党第六次全国代表大会在重庆浮图关召开。在这次大会上，王昆仑批判了国民党顽固派勾结日本人，制造国家分裂，策划国共内战的阴谋，引起了社会各界的强烈反响。蒋介石非常生气，马上把王昆仑的名字从候补中央执行委员候选人的名单中划去。

同一年，毛泽东、周恩来、王若飞、秦邦宪等中共重要领导人赶赴重庆，和国民党进行谈判。王昆仑等人组织中苏文化协会的会员到机场热烈欢迎。在此期间，毛泽东还专门会见并宴请了柳亚子、王昆仑二人，并且和他们探讨了抗日救国的方略。

协助反蒋活动

1946年9月，冯玉祥为了摆脱蒋介石的坚持，以"赴美考察"之名出国。王昆仑、曹孟君等人到上海公和祥码头去送别冯玉祥。一年多以后，王昆仑也申请"出国考察"，在1948年1月带着自己的家人来到了美国。

在美国期间，他经常同冯玉祥来往，积极协助冯玉祥在旅美华侨中开展一系列反蒋民主活动。

从美国回到中国之后，王昆仑进入共产党的根据地，参加筹备并代表民革出席了同年9月在京召开的中国人民政治协商会议第一届全体会议，当选为全国政协常委。中央人民政府成立后，他被任命为政务院政务委员。第一届全国人民代表大会召开后，他历任一、二、三、四届全国人大常委会委员。从1955年年底起,他担任了北京市副市长,积极参加新中国的政权建设。

1981年12月20日,王昆仑当选为国民党革命委员会中央主席;接着,又当选为政协全国委员会副主席。为了架起海峡两岸的金桥,他同朱蕴山、屈武等热情接待从海外回大陆观光的爱国人士,并经常撰写诗文,发表谈话,呼吁台湾和海外的老同事、老朋友,响应伟大祖国的召唤,为实现国共第三次合作和统一祖国、振兴中华的历史伟业而共同努力。

1985年春,王昆仑病重卧床,8月23日与世长辞。胡耀邦代表中共中央在追悼会上致悼词,称他是"忠诚的共产主义战士,著名的政治活动家,中国国民党革命委员会的卓越领导人"。

王选

中国细菌战受害者控诉原告团团长

——用正义的利剑戳穿弥天的谎言，
用坚毅和执著还原历史的真相。

姓　　名	王选
籍　　贯	上海
出生日期	1952年8月6日
历史评价	王选是一位教育者，在文化教育方面，她的贡献不大，但是在中国细菌战受害者诉讼事件上，她却表现出不屈不挠的精神，立志为中国人民讨回公道，把历史的真相告诉每一个人。

王选，一个柔弱的女大学生，本来有着优越的工作环境，但在偶然的机会中，接触到日本细菌战的受害者，从此，为了替受害者讨回公道，在一群七八十岁的受害者的推举下，执著地走上了对日索赔之路，八年中，王选多次来往于中日两国，同日本政府打了八年的"嘴仗"。美国历史学家谢尔顿·H.哈里斯，这样评价她说："只要有两个王选这样的中国女人，就可以让日本沉没。"

走上对日本的索赔之路

王选祖籍浙江省义乌县崇山村，1952年8月6日出生在上海。1969年，作为知识分子的王选响应中央上山下乡的号召，到祖籍崇山村插队，并在那里生活了四年。1973年，被推荐到浙江杭州大学学习英语，毕业后回到义乌中学任教。1984年，到杭州外语学校任教。三年后到日本留学，1989年，以优异成绩获得筑波大学教育学硕士学位，之后回到中国。

1995年，偶然发生的一件事情，从此改变了王选的一生。她从英文报纸上读到这样的新闻：在中国东北的哈尔滨召开了第一届有关731部队的国际研讨会。在大会上，两个日本人报告了他们在义乌崇山村调查731细菌战造成当地鼠疫流行的情况。

义务崇山村是王选父亲的故乡，是自己当年插队的地方。两个日本人的报告让王选回想起小时候，父亲讲述，年仅13岁的小叔叔因为瘟疫的爆发而痛苦死去的情形。虽然几十年过去了，但回想起当时的状况，父亲仍然是满面的恐惧之色。由此可见，当时的瘟疫是多么地可怕。

提起侵华日军的暴行，所有的中国人无不咬牙切齿。日本人对无辜百姓残忍屠杀，他们强奸妇女，对战俘虐待、折磨，将无数战俘带到东南亚和日本做劳工。此外，还不得不提起日本在中国的细菌战。看过电影《七三一部队》的观众，相信都永远不会忘记那恐怖的731部队。在中日长期的战争中，日本先后在中国二十多个省实行过细菌战，数百万人死于日本的细菌战，中国很多地区至今仍残留有日军细菌战遗留下来的遗迹。

王选在报纸上看到这样一段话："1942年的一天，一架日本人的飞机从这个小山村的上空飞过，然后离开，十几天后，小村子突然爆发了前所未见的瘟疫，四百余乡亲在痛苦中死去，王选家中也有八人遇难。村子中的老百姓都不知道瘟疫是如何爆发的。又过了几日，一支披着防疫外衣的日军进驻崇山村，将这美丽的山村变成了解剖活体的试验场。"

看到这些新闻后，王选随即翻阅了更多有关日军细菌战的资料，翻阅后，一切都让王选震惊。王选意识到应该为故乡做些什么事情了，她随后联系到了参加那场会议的日本民间调查团。精通日语又通晓浙江方言的王选，成为日本民间调查团和细菌战受害者之间的沟通桥梁。

崇山村的老百姓对日本发动细菌战的暴行很是愤怒，早就有了向日本政府为先辈讨回公道的意图，却又不知道该如何做。于是，在当地乡亲们的推举下，王选成为180多名细菌战受害者诉讼原告团的团长。

从此，王选频繁地来往于中日两国之间，在湖南、浙江、江西等地来回走访，足迹踏遍了大半个中国，细心地收集一切关于日本细菌战的罪证，然后继续调查、诉讼。她这一切的活动，除了少部分得到了华侨的资助外，其余都是自费。为了这桩别人看起来根本就不可能成功的官司，她丢掉了自己的工作，花光了自己的积蓄，还要受到各方面的不解和冷遇，甚至连自己的家人也不能理解她的举动。

有人问她，她本来可以生活得很好，是什么原因让她放弃了优越的工作待遇？难道是为了日本政府那一点赔偿金？

这些人让王选觉得十分地气愤，也极为心痛。在国外，没有人会问她这样的问题，她坚持诉讼，为的是维护受害者的尊严，这是对遇害者的义务，像细菌战这样超越人类道德伦理底线的罪恶，必须将它调查清楚，还世界一个真相，这是对人类生命尊严的维护，是对整个世界道德的提醒。

为了获得国际社会更多道义上的支持，王选不遗余力地揭露日军细菌战过程，特别是731部队的罪恶。王选从日本到美国，再到加拿大、英国，她到处举办展览，做演讲，搞宣传，开研讨会，王选还称，自己这辈子就跟细菌战索赔较上真儿了。

在法庭上流泪

为了获得更多有说服力的证据，在日本本土，王选费尽千辛万苦，找到一些当年731部队的老兵出庭作证。

2002年,在日本东京法院的一审判决中,面对各种铁一样的事实,日本法院不得不承认细菌战的真相,王选的多年努力,获得了初步的成功。但是,在一审判决中,却以不承认个人的损害赔偿权为由,驳回了王选诉讼团的赔偿要求。面对日本人的无赖行径,王选提出了上诉。

二审开庭之前,原侵华日军731部队士兵、日本律师联合会会长土屋公献跟随王选等人上街游行,在人行道中拉开了一幅"维护正义,尊重生命"的横幅,并向过路的人散发传单,将自己如何在二战中被骗入伍,在731部队中犯下怎样的罪责,原原本本地告诉了日本人民。

在二审的审判中,土屋公献声泪俱下地讲述了731部队在生化细菌战的暴行,他说他相信法官会有足够的勇气和信心,为日本犯下过的罪行做出公正的判决。两位细菌战受害人原告代表,声泪俱下地讲述了细菌战给他们带来的伤害,要求日本政府予以经济赔偿并谢罪,让死去的人得以安息瞑目。两位原告的话感动了现场的每一个人。

在审判之后,土屋公献走上街头,围绕着东京很多街头随同王选等人高喊:"谢罪,赔偿,正义,和平"的口号。有人问他,作为一个日本人,他为什么这么热衷地帮中国人做事情?土屋公献说:"日本政府只有坦然承担细菌战的法律责任,才能让细菌战的受害者瞑目,才能维护人的尊严,进而取信亚洲及世界各国的人民,否则,日本永远不能理直气壮地成为国际社会大家庭中的一员,不能与人类社会友好地和平共处,日本人也不会再以自己是日本人而感到自豪。"

当日并没有做出审判结果,法官只是称第一次接手此类案件,不好做出答复,至于最终的审判结果,将在8月份下达。在8月27日,日本法院再一次判决中国败诉。这是王选自1997年以来,第29次开庭审理此案,但无一例外,都是以败诉而终。

当年,第一次开庭时,王选一开始就声泪俱下,连准备的文件都看不清楚。很多的时候,在没有中国受害者的陪同下,王选都是一个人孤零零地在法院陈述。很多次,在陈述自己的状书时,读着读着却潸然泪下。在面对记者访问时,王选擦干眼泪,声称绝不会让自己再在法庭上流泪!

　　王选的事迹感动了一批批的中国人。2002年,王选被选为"CCTV感动中国2002年度人物",在感动中国颁奖词中,这样说道:"她用柔弱的肩头担负起历史的使命,她用正义的利剑戳穿弥天的谎言,她用坚毅和执著还原历史的真相。她奔走在一条看不见尽头的诉讼之路上,和她相伴的是一群满身历史创伤的老人。她不仅仅是在为日本细菌战中的中国受害者讨还公道,更是为整个人类赖以生存的大规则寻求支撑的力量,告诉世界该如何面对伤害,面对耻辱,面对谎言,面对罪恶,为人类如何继承和延续历史提供注解。"

　　对这样的女子,我们能说什么呢?我们只能跟她说,她并不孤独,在她的身后,还站着13亿的中国人民。我们还要警告日本正视历史,这样才是一个优秀民族、国家应该做的事情。就像是一个人勇于面对、承认犯过的错误,才是一个值得尊重的人。

王伟

为国牺牲的英雄飞行员

——为国尽忠就在今日！

姓　　名	王伟
籍　　贯	浙江湖州
生卒时间	1968年4月6日~2001年4月1日
历史评价	中国海军少校飞行员，烈士，为保卫中国领海英勇牺牲。

2001年4月1日上午，在执行对美军用侦察机跟踪监视的任务中，其所驾驶的飞机被美机撞毁后，跳伞落海，光荣牺牲，年仅33岁。他就是英雄飞行员王伟。

不幸遇难

王伟从小最大的愿望就是当一名飞行员。他的父母回忆说，王伟想当飞行员简直到了痴迷的程度。他的家乡浙江湖州有个空军机场，只要飞机从城市上空飞过，哪怕是吃饭，王伟也要丢下碗筷，跑到外面去看飞机。

1986年，空军飞行学校到湖州招收飞行员，王伟的愿望终于实现了。他瞒着父母亲报考了飞行员。王伟在吉林长春的一所飞行学院度过了4年的学习时光。他对飞行的热爱使他在15年的飞行生涯中创下了一个个的"第一":在飞行学院同期学员中,他第一个放单飞;在飞行部队三次装备更新中,他每次都是第一个放单飞,第一个担负战备值班任务;在同一批飞行员队伍中,他驾驶最先进的中国国产歼击机,第一个飞满1000小时,成为能飞4种气象的"全天候"一级飞行员;在同龄飞行员中,他战斗起飞的次数最多,执行重大任务的次数最多。

在空军部队中,王伟努力学习高科技知识,用心钻研飞行技术,无论驾驶哪一个型号的战机,他都能做到"地面苦练,空中精飞",并且成为了4种气象飞行员。

王伟在部队上的每次飞行考核都是优秀。他积极进取,在军校学习时,第一个当班长、区队长、第一批入党;在部队改装歼七飞机时,他第一个放单飞,始终保持昂扬的精神状态。他经常担负重大飞行任务,多次立功受奖。

在中美撞机事件发生之前,也许王伟并没有想到自己将会成为这起震惊世界事件的主角,并且名留青史,成为亿万人学习的榜样。

2001年4月1日早上,王伟驾驶着歼-8飞机到南海上空去执行监视美国侦察机的任务,这不过是他曾经多次执行过的一次"平常任务"。可是33岁的王伟这一天之后却再也没有能回到基地,他的歼-8飞机和美国EP-3电子侦察机在距离南海104公里的天空上发生碰撞。

据赵宇说,王伟的飞机被美机撞坏后开始翻滚坠落,但飞机上依然传来了王伟镇定的报告声:"飞机控制失灵。"他仍在试图用自己的血肉之躯为救护战机作最后的冲刺。赵宇只得大声命令他"跳伞"。

王伟落海后,海军及地方有关单位和人民群众,克服海上恶劣环境和复杂气候等困难,连续奋战了14个昼夜,展开了大规模的搜救行动。全国各族人民以各种方式表达了对王伟同志安危的牵挂之情,强烈谴责美方侵犯中国主权的霸道行径,体现了中华民族的伟大凝聚力。这次在执行任务时,王伟坚毅果敢，沉着冷静，英勇顽强，用生命谱写了一曲爱国主义和革命英雄主义的壮丽凯歌。

沉痛悼念

不论是民间还是官方，都对王伟的死哀痛万分，同时又被他的精神所激励着。中国空军给了王伟最高规格的表彰，并以海军最隆重的"海祭"为王伟送行。另一方面，全军又号召部队官兵和全国人民向王伟学习。王伟的遗孀阮国琴在深情回忆了丈夫生前的种种事迹后对媒体说："我相信这辈子不会再遇上像他这么爱我的男人了。"

王伟在妻子的眼中，是个多才多艺、热爱生活的人，他喜欢唱歌、下棋、钓鱼、养花，会弹吉他，会作曲，会做饭、布置房间，还曾亲自替妻子设计制作过一条时装裙子。在出事的前一天晚上，王伟在电话中一如往常般告诉阮国琴："今天我值班，不能回家了。"没想到，这竟是他与妻子的最后告别。

王伟牺牲后，中央军委于2001年4月24日在北京举行了命名大会，授予"海空卫士"荣誉称号和一级英模奖章，被海军党委批准为革命烈士。官方安排其遗孀及儿子住在北京西三环海军大院里，2001年8月，王伟父母亦搬到北京居住。王伟的妻子阮国琴则被特招参军。

在亿万人民心中永生的"海空卫士"王伟，最终魂归故里，烈士墓2002年3月27日在位于杭州半山的浙江安贤陵园落成。